W0322248

Riposte

DAVID ALBERTYN

Riposte

Traduit de l'anglais (Canada) par
KARINE LALECHÈRE

Harper Collins
NOIR

Titre original :
UNDERCARD

Ce livre est publié avec l'aimable autorisation de House of Anansi Press, Toronto, Canada.

© 2019, David Albertyn.
© 2020, HarperCollins France pour la traduction française.

Tous droits réservés, y compris le droit de reproduction de tout ou partie de l'ouvrage, sous quelque forme que ce soit.

Toute représentation ou reproduction, par quelque procédé que ce soit, constituerait une contrefaçon sanctionnée par les articles 425 et suivants du Code pénal.

Cette œuvre est une œuvre de fiction. Les noms propres, les personnages, les lieux, les intrigues, sont soit le fruit de l'imagination de l'auteur, soit utilisés dans le cadre d'une œuvre de fiction. Toute ressemblance avec des personnes réelles, vivantes ou décédées, des entreprises, des événements ou des lieux, serait une pure coïncidence.

HARPERCOLLINS FRANCE
83-85, boulevard Vincent-Auriol, 75646 PARIS CEDEX 13
Tél. : 01 42 16 63 63

www.harpercollins.fr

ISBN 979-1-0339-0411-3 — ISSN 2551-0096

Après-midi

1

12 : 34

L'air empeste la sueur, le cuir écrasé et le sang. La poussière tourbillonne, chargée d'électricité. Les muscles saillent et les coups claquent. Dans cette salle de sport à l'écart de la frénésie de Las Vegas, les boxeurs s'entraînent, aiguisant leur concentration et leur technique avant de connaître la consécration ou la défaite au casino.

Pour ce qui est de la concentration, Antoine Deco n'a de leçon à recevoir de personne. Son regard ne quitte pas la cible devant lui. Un seul objectif, face au sac ou sur le ring. Un seul objectif depuis vingt ans.

Il recule, essuie la sueur qui lui coule dans les yeux. Croise le regard du jeune journaliste. Un petit nouveau, sinon il ne serait pas là à attendre une interview avec un boxeur de première partie. Il ferait des courbettes à Gibbons et à Suarez, avec le gratin de la presse.

Mais Antoine aime autant ça. Invisible, sous-estimé, ignoré : la souffrance qu'il éprouvait enfant est devenue son arme secrète. Le gant s'enfonce dans le sac de frappe. Il enchaîne quelques combinaisons. Alejandro, son entraîneur, essaie de maintenir le boudin en place avec un grognement. Paf. Il a laissé une empreinte.

Ses pieds sont légers, rapides ; ses poumons vigoureux, dociles, ont l'habitude d'être poussés au-delà de leurs limites. Paf. Le son du cuir contre le cuir, des gants contre le sac. Il n'y a qu'un bruit plus doux à ses oreilles : le choc étouffé de son poing qui s'écrase sur le visage de l'adversaire. Non. Le craquement de l'os nasal qui se brise. Non, le gargouillis de…

Il recule. Son nez pisse la sueur comme si c'était du sang. Il respire par la bouche avec un halètement animal. Calme-toi. Ça ne fait que commencer.

Il balance son dernier coup et se tourne vers le journaliste. *Hijo de puta*, il a l'air impatient. Qu'il aille se faire foutre, c'est pas moi qui ai demandé à être interviewé.

Alejandro lui lance une serviette avec laquelle il se frotte le visage. Il s'essuie les épaules, les bras et la poitrine, la passe autour de son cou et adresse un hochement de tête au jeune mec. Finissons-en.

Ils s'asseyent sur des chaises pliantes en métal au fond de la salle, loin des sacs et du ring, à côté des bancs et des poids. Antoine prend une giclée d'eau qu'il fait tourner dans sa bouche avant de l'avaler.

— Je me suis toujours demandé ce que signifiait ce nom, Deco ?

La cordialité excessive du journaliste l'agace déjà.

— Rien, il est bidon. Mon père l'a choisi en arrivant dans ce pays.

— Je vois. Et d'où venait-il ?

Antoine le dévisage. Ce type avec son petit bloc-notes et son stylo en argent, qui ne pense qu'à publier ses secrets, ce type qui doit avoir à peu près son âge, ce type si – il cherche le mot –, si *normal*. Il remarque l'alliance à son annulaire. Se demande comment réagirait sa femme s'il lui coupait le doigt et gardait la bague.

— Il me l'a jamais dit. Quelque part au sud d'ici, ça c'est sûr.

Le journaliste se tortille sur son siège. Antoine voit bien ce que l'autre espère. Un récit de rédemption. Une histoire pour faire pleurer dans les chaumières. L'orphelin délinquant sauvé par le sport de compétition après la prison. Qui remercie Dieu, la boxe, le monde entier.

Pas de bol, c'est sur moi qu'il est tombé. Antoine Deco. Qui n'ai personne à remercier.

— La plupart des classements vous rangent dans le top 15 mondial, en catégorie poids moyens. Kolya Konitsyn figure parmi les cinq premiers. Une victoire ce soir serait un grand pas vers le titre.

— C'est une question ?

— Gagner tout à l'heure, qu'est-ce que ça signifierait pour vous et pour votre carrière ?

Il réprime un sourire, songeant à la tête du type demain. Lorsqu'il apprendra ce qu'Antoine a fait, il aura envie de se flanquer des claques en repensant à toutes ces questions cliché.

— Je vais vous dire la vérité : que je gagne ou que je perde, je ne vois pas au-delà de ce soir.

— Vous vous concentrez sur le moment présent ? Un combat à la fois ?

— Au contraire. Je ne m'intéresse qu'au long terme.

— Pas uniquement ce soir, alors ?

— Ce soir, c'est la destination. Il ne reste que l'exécution.

Le journaliste pose sur lui un regard incertain.

— Vous, euh… après quelques défaites, au tout début de votre carrière, vous n'avez perdu aucun match depuis plus de deux ans. Vous avez fait un bond impressionnant dans le classement. À quoi… à quoi attribuez-vous cette progression rapide ?

Une lueur malveillante passe dans les yeux du boxeur.

— À la technique et à l'entraînement. Quoi d'autre ?

— La prison, peut-être ? Tout le monde dit que vous n'êtes plus le même depuis votre sortie. Vous n'avez pas perdu un match. Quel est le lien, s'il y en a un ?

Antoine écoute le frottement des pieds sur le sol, le claquement du cuir contre le cuir. Les ordres des coachs et les grognements de leurs poulains.

— Pas dans le sens où vous l'entendez. Ça ne m'a pas rendu plus fort, ça ne m'a pas appris à apprécier l'instant, toutes ces conneries que la prison serait censée vous enseigner. Ce n'est pas comme ça qu'on réforme les gens. La prison m'a obligé à être mon propre entraîneur.

Il s'interrompt.

— Et je suis un bon entraîneur, ajoute-t-il en souriant.

— Vous ne diriez pas que vous vous êtes « réformé » ?

Tout ce qu'il espère, ce sont des potins. Ce type n'est qu'une balance.

— Je connais personne qui se soit réellement « réformé ». Même ceux qui n'ont jamais été en prison. Sauf…

— Sauf ?

Antoine grimace. Se lève, le dos plat et raide comme une planche.

— L'interview est terminée.

— Attendez… Vous m'aviez promis que j'aurais jusqu'à 13 heures. Il nous reste cinq minutes. Qui n'a pas besoin de se réformer, selon vous ?

Antoine fixe le journaliste, le regard sombre.

— J'ai des trucs à faire. Ce soir, c'est le combat de ma vie.

2

13 : 11

À peine a-t-il posé les pieds sur l'herbe jaune assoiffée de la pelouse derrière chez tante Trudy que, déjà, il veut rebrousser chemin. Trop tard. Il a été repéré.

— Alléluia ! Le prince Shaw est de retour !

Tante Trudy se précipite pour l'accueillir, trottinant le long d'une table chargée de victuailles dressée sur la galerie fleurie attenante à la maison. Tous les invités du barbecue, une bonne cinquantaine de personnes, se tournent vers lui.

— Enfin libre ! Enfin libre ! Dieu soit loué ! Notre garçon est enfin libre ! déclame-t-elle, comme si elle se prenait pour la réincarnation de Martin Luther King.

Tyron recule, mais sa cousine Tara le pousse en avant.

— Allez, tu peux le faire. Ça peut pas être pire que les talibans.

Il lui lance un coup d'œil dubitatif.

Tante Trudy se jette sur lui, hors d'haleine dans sa robe rose, et l'étreint au point de l'étouffer.

— Regardez-moi ça ! Plus beau que jamais ! Notre héros national à nous ! Tu nous as manqué, Tyron.

Elle plonge les yeux dans les siens. Mal à l'aise, il se détourne. Il ne mérite pas ça. Cette dévotion. Cet amour. D'une femme avec laquelle il n'a aucun lien de sang, qui plus est, même s'il l'appelle tante Trudy.

— Tu nous as manqué, répète-t-elle. Cette ville a besoin d'un Shaw.

— Arrête. Tu me fais rougir.

— Eh bien, rougis, parce que je ne suis pas près de m'arrêter.

Il ne peut pas s'empêcher de sourire. Il la prend dans ses bras et la soulève de terre. Quand il lui plante un baiser sur la joue, c'est elle qui pique un fard et se retrouve muette.

À deux mètres de lui, un pitbull alterne entre les aboiements et les gémissements plaintifs. Au-delà, le ciel du désert s'étend à l'infini. D'un désert à l'autre, songe-t-il. Toute sa vie dans la poussière et le sable.

Les invités s'approchent, le félicitent, lui souhaitent la bienvenue. Il a la tête qui tourne. Les énormes assiettes de poulet grillé, d'œufs mimosa et de purée de patate douce que tante Trudy lui colle entre les mains en dépit de ses protestations n'arrangent rien. Malgré tout, il faut reconnaître que ce n'est pas désagréable. Il est parti depuis si longtemps. A été dans des endroits tellement horribles. Fait des choses tellement horribles.

On le harcèle de questions sur l'Irak, l'Afghanistan et les marines. Quand on lui demande ce qu'il compte faire maintenant qu'il a quitté l'armée, il se contente de hausser les épaules.

Puis on l'interroge au sujet de Keenan Quinn.

— Tu es au courant pour le procès ?

— Tu as entendu qu'il avait été acquitté ?

— Tu sais qu'il y a une manifestation de prévue demain ?

— C'est pas sa famille qui t'a accueilli, quand tu étais gosse ?

— Tu vois encore cet assassin ?

— Il s'est mis avec ton ex, non ?

— Tu vas lui demander pourquoi il nous a pris un jeune Noir de plus ?

Oui, Tyron a entendu parler de l'agent Keenan Quinn.

— La ville est au bord de l'émeute à cause de cette histoire, lui a raconté Tara en le ramenant de l'aéroport, la veille. Et il faut que ça tombe juste avant le match Gibbons-Suarez, alors que tous les yeux du pays sont rivés sur nous. Je suis inquiète, Tyron.

Il est encore sous le choc. Il n'arrive pas à réconcilier l'image qu'il a gardée de son meilleur ami d'enfance avec le flic blanc qui a abattu Reggie Harrison, un adolescent noir désarmé. Ça ne ressemble pas à Keenan. Ça ne lui ressemblait pas, en tout cas. Il n'a jamais été raciste. Ils étaient presque frères, dans le temps.

— T'es au courant, à propos de ton ancien pote du lycée ?

— Oui, je sais pour Keenan, répond sèchement Tyron à Ricky Laurent, qui vient à son tour de le coincer.

— Non, pas celui-là. L'autre. Le Mexicain.

Le Mexicain ? Il faut quelques secondes à Tyron pour raccrocher les wagons.

— Antoine ?

— Ouais, Antoine Deco, « Dex ». Alors, t'es au courant ?

Tyron plisse les yeux comme s'il regardait dans le viseur de son fusil d'assaut. Ça fait des années qu'il n'a pas entendu le nom d'Antoine.

— Je suis pas sûr qu'il soit mexicain, marmonne-t-il, pris au dépourvu.

— OK, le Latino, si tu préfères. Il se bat ce soir.

— Comment ça, il se bat ce soir ?

— Là, tu te fous de ma gueule ! Ce soir, y a le match de boxe de la décennie au Reef. Ça te dit quelque chose, non ? Eh ben, ton frère adoptif est en première partie. Si ça c'est pas un cadeau de bienvenue !

Ricky éclate de rire, manifestement ravi.

— Tu déconnes ?

— Est-ce que j'ai l'habitude de raconter des conneries ?

— À peu près chaque fois que tu ouvres la bouche.

— Alors, disons que c'est une première. Parce que pour une fois je suis sérieux. Ton pote d'enfance monte sur le ring ce soir juste avant Gibbons et Suarez. Le monde entier sera devant sa télé et, dans la salle, va y avoir de la star.

— Mais comment c'est possible ? La dernière fois que j'ai entendu parler de lui, il était en taule.

— Hé, ça fait un bail que t'es parti. Il est sorti y a quelques années, et depuis ça marche d'enfer pour lui. S'il remporte le match de ce soir, il peut viser le titre. T'es pas sur les réseaux sociaux ?

Tyron secoue la tête.

— Je préfère éviter les distractions, quand je suis là-bas.

— Je comprends. Priorité à la survie, tout ça…

La survie ? Si seulement c'était aussi simple. Il était plus facile pour lui de s'immerger totalement dans un univers d'attentats suicide, de décapitations et d'exécutions que de devoir se rappeler sans cesse qu'il existait un autre monde.

— Quelque chose comme ça, répond-il.

Il s'efforce de chasser ces pensées afin de se concentrer sur le moment présent. Sans beaucoup de succès. Antoine ? C'était le moins doué de nous trois. Keenan et moi, on le battait toujours sur le ring.

— Comment est-ce qu'il est devenu aussi bon ? Antoine, je veux dire.

— Mec, c'est toi qui t'y connais en sport. Tout ce que je sais, c'est qu'il y aura de la bonne meuf. Les filles les plus sexy de cette ville, de ce pays, et par extension du monde entier seront dans la salle. Et qui est-ce que je vois là ? poursuit Ricky, le prenant par l'épaule. Mon poto, tout juste de retour parmi les siens, qu'a grandi avec le type qui va gagner… bon, peut-être pas le combat principal, mais quand même un des matchs de cette putain de soirée ! Ça va être la grosse teuf, après. Tu devrais pouvoir nous faire entrer à un des afters. Pas nécessairement avec les groupies de ligue 1. Ligue 2, ça me suffirait.

— Là, tu déconnes.

— J'ai jamais été aussi sérieux de ma vie.

Tyron ne peut pas s'empêcher de rire.

— Ouais, je veux bien le croire.

Ricky se tourne et ouvre grands les bras à Tara, dont le débardeur et le short en jean révèlent un corps ferme et des muscles sculptés par la course à pied. Elle se joint à eux, une assiette en carton à la main, et fixe Ricky sans ciller, jusqu'à ce qu'il baisse les bras, à contrecœur.

— De quoi vous parliez ? demande-t-elle, plantant sa fourchette en plastique dans sa salade.

— Ricky voulait savoir si je pouvais avoir des billets pour ce soir par l'intermédiaire d'Antoine Deco, histoire qu'il puisse aller draguer les stars.

— Arrête, « draguer les stars », c'est abuser. Je suis juste un fan de boxe, Tara. D'ailleurs, je me disais que tu pourrais venir avec nous. En fait, j'ai une meilleure idée. Ty doit être crevé avec le décalage horaire, il a sûrement pas envie de sortir. Et si on y allait tous les deux ?

Tara le regarde sans répondre.

— Génial ! dit Ricky en tapant le poing dans sa paume. Tu vas voir, on va s'éclater.

Tara prend une longue inspiration, se préparant à déverser sur lui une tirade bien sentie, puis décide que ça n'en vaut pas la peine et se contente de dire non avant de s'éloigner.

— Bien joué, Ricky.

— Elle est célibataire ?

— Non.

— Non ? Sérieux ? Je croyais qu'elle avait cassé avec…

— Non à la question qu'il y a derrière. Tu ne sortiras pas avec elle.

— Pourquoi est-ce que tu voudrais priver ta cousine d'un méga bon plan comme moi ? Ça me dépasse. Enfin, laisse tomber. Et les billets, alors ?

— Ouais, ça me dépasse aussi. Pour les billets, je ne sais pas trop. Comment je suis censé demander ça à Antoine ? Ça fait des années qu'on ne s'est pas vus. Tu crois que je vais débarquer au casino alors que c'est le jour le plus important de sa vie et lui dire que j'ai besoin d'un service ?

— T'es un génie, poto. Sérieux. Tu sais quoi ? Ton idée, c'est de la bombe. Mille fois meilleure que la mienne.

— Parce que c'était quoi, ton idée ?

— Te mettre sur le coup et te laisser te démerder.

Tyron éclate de rire.

— OK, je vais réfléchir.

Il pose son verre d'eau et fait le tour du jardin pour remercier chacun d'être venu lui souhaiter la bienvenue, s'efforçant de n'oublier personne.

— Ricky est toujours aussi débile, dit Tara, lorsque Tyron s'arrête à sa hauteur.

— Tu dois le savoir mieux que moi.

— Tout se passe bien ?

— Ça va, merci.

— J'ai invité Naomi, au fait.

Il fronce les sourcils.

— Sérieux ? Naomi ?

— Ne me regarde pas avec ces yeux-là.

— Pourquoi tu as fait ça ?

— Parce que c'est une amie à moi. Et aussi parce que c'est une amie à toi.

— Ce n'est pas le mot que j'emploierais.

— D'accord, c'est l'amour de ta vie. Tu préfères ?

Il ne rectifie pas, mais serre les dents, comme s'il s'apprêtait à engueuler l'un de ses hommes.

— Calmos, elle ne vient pas.

— C'est trop pour moi. Je ne suis pas prêt à la voir.

— Figure-toi que c'est exactement l'argument qu'elle m'a sorti : « Ce serait trop pour Ty. » Elle te connaît ou quoi ? ajoute Tara, moqueuse.

— Très drôle. Alors, comme ça, vous êtes devenues meilleures copines ?

— On est toutes les deux entraîneuses sportives à l'université de Las Vegas. Je suis tombée sur elle il y a environ un an. Depuis, on traîne un peu ensemble.

— Elle coache ? Elle ne joue plus en ligue pro ?

— Elle a arrêté il y a quelques années.

Il ne s'attendait pas à ça. Naomi rêvait depuis toute petite d'être basketteuse professionnelle.

— Elle est toujours mariée avec Keenan ?

La lueur espiègle dans les yeux de Tara l'agace.

— En théorie.

— Ce qui veut dire ?

— Faudra lui demander.

Une autre question le démange. Est-ce qu'ils ont des enfants ? Celle-là, il ne la pose pas. Il a trop peur de la réponse.

— Moi qui pensais ne plus jamais entendre parler de Naomi, Keenan et Antoine… Je viens à peine de rentrer et tout le monde me rebat les oreilles avec eux.

Tara hausse les épaules.

— Tes anciens amis ont fait des choix, parfois bons, parfois mauvais, et parfois… juste des choix. C'est la vie.

Tyron acquiesce, mais ne l'écoute plus vraiment. Au fond du jardin, Marlon Joseph hoche son beau crâne chauve dans sa direction. En tant qu'entraîneur de foot, Marlon le terrifiait : exigeant, imposant, un mètre quatre-vingt-huit de muscles en béton. Et, en tant qu'ami de ses parents, il l'impressionnait : toujours un livre à la main, il citait Marx et Malcolm X. Tyron ne sait pas trop ce qu'il pense de lui aujourd'hui, mais il le respecte suffisamment pour aller le saluer. Il s'excuse auprès de Tara et contourne un petit groupe pour le rejoindre.

— Ty, Ty, viens donc nous voir, l'interpelle une femme.

Il ralentit sans s'arrêter, se faufilant entre les invités qui lui prennent le bras et lui tapent dans le dos au passage. Il serre la main de Marlon qui a des battoirs encore plus larges que les siens. Son petit bouc grisonne, seul signe de l'âge.

— Heureux de te revoir parmi nous, mon garçon.

Tyron est tenté de répondre « Heureux d'être rentré », mais il déteste le mensonge et il n'est pas encore sûr qu'il y ait lieu de se réjouir.

— Les gens n'arrêtent pas de me dire que mes parents seraient fiers si… s'ils étaient encore là.

— Personne ici n'a oublié ce qu'ils ont fait pour notre communauté. Ils étaient exceptionnels. Oui, tes parents seraient fiers, ça ne fait aucun doute.

Ces paroles le touchent d'autant plus qu'elles viennent de Marlon.

— Tu seras à la manifestation, demain ?

— Je n'ai pas encore décidé, dit Tyron, qui a appris seulement cet après-midi qu'un rassemblement contre la relaxe de Keenan s'organisait.

Marlon hoche la tête.

— Qu'est-ce que tu vas faire maintenant que tu es rentré ?

— Tout le monde me pose la question. Je ne sais pas quoi répondre. Le simple fait de rentrer à la maison me paraissait déjà impossible. J'étais incapable de voir plus loin que ça.

— C'est pareil quand on est en prison. On a plein d'idées et, en même temps, on ne se projette pas au-delà des portes qui s'ouvrent. Ça te fait quel âge, maintenant ?

— Trente-deux ans.

— Un moment important dans la vie d'un homme. Cela dit, est-ce qu'il y a des moments qui ne le sont pas ? Si tu n'es pas encore marié et que tu n'as pas d'enfants, tu as autant de possibilités devant toi que si tu en avais vingt. Tu sais ce que je pense ?

— Je t'écoute.

— Je pense que c'est le destin. Le fait que tu rentres juste au moment où ce flic est blanchi. Un ancien ami à toi, en plus.

— Le destin ?

— Oui, le destin. On a plus que jamais besoin d'un Shaw, ici. Tyron, si tu ne sais pas quoi faire de ta vie, c'est bien simple : reprends le flambeau familial. Enseigner, défendre nos droits, militer. Perpétuer l'héritage de tes parents. C'est ce qu'ils auraient voulu.

Tyron soutient le regard de Marlon aussi longtemps qu'il le peut, puis lève les yeux vers le ciel immense. Il inspire une bouffée d'air chaud et aride. Ça manque d'humidité, ici, songe-t-il. J'ai besoin d'un endroit vert et humide. Tout est sec, dans le désert, sauf le sang.

— Et perpétuer leur héritage, ça signifierait aller à cette manif ? demande-t-il enfin.

— Ce serait un bon début.

— Tu sais que les parents de Keenan Quinn m'ont recueilli quand les miens sont morts ?

— Je sais.

— Je suis un marine, Marlon. La loyauté, c'est ce qu'il y a de plus important à mes yeux.

— Et si cette loyauté envers un meurtrier entre en conflit avec celle que tu dois aux tiens, tu fais quoi ?

— Je reste sur la touche.

— Donc, on ne te verra pas demain ?

Tyron secoue brièvement la tête.

— Réfléchis, dit Marlon. La justice a été bafouée. On ne peut pas laisser passer ça, quel que soit le coupable.

Il pose la main sur l'épaule de Tyron, et sa mine se fait encore plus grave.

— Black Lives Matter n'en est qu'à ses débuts. Les choses bougent. Enfin. Nous avons besoin de toi. Les gens te respectent et croient en toi. Un athlète émérite, un héros militaire, et surtout le fils unique de Terrence et Viola Shaw. Tu peux être un exemple pour nous. Pas seulement pour les jeunes, mais pour nous tous, moi y compris. Nous avons besoin de toi, mon frère. Promets-moi que tu vas réfléchir.

Ils se serrent la main et se tapent dans le dos.

Tyron traverse la pelouse jaunie dans l'autre sens. Il pense à la cérémonie où un général a épinglé des médailles sur son uniforme – il éprouvait un peu les mêmes émotions qu'aujourd'hui. À la différence près que les décorations ne s'accompagnaient pas du sentiment de malaise qui grandit à présent en lui.

3

14 : 18

Les verts lagune et les bleus outremer du casino-hôtel du Reef donnent à Keenan le sentiment d'avoir été transporté au cœur de l'Atlantide : une Atlantide où il y aurait des machines à sous. À vrai dire, il préférerait être sous l'eau, au fond de l'océan, en train d'admirer de véritables coraux luminescents au lieu de ces protubérances de mauvais goût qui hérissent le sol, les murs et le plafond.

Ce n'est sans doute pas la pire manière d'en finir, une fois que les poumons se ferment. La douleur est certainement intense, mais on doit trouver une forme de sérénité à la fin.

Il passe devant une boîte de nuit et un aquarium à requins avant de rejoindre l'escalator. Sa barbe, un postiche qu'il a collé une heure plus tôt, le démange. Il ne peut plus montrer son visage en public, sa peau claire et ses cheveux roux trop reconnaissables après la médiatisation du procès. Les gens s'écartent quand même sur son passage. Ils sentent qu'il est pestiféré, même s'ils ignorent sa véritable identité. Il longe une rangée de machines à sous pour atteindre les ascenseurs aux portes parfaitement polies. Son reflet lui renvoie une grimace embarrassée.

Avec sa casquette du Reef bien enfoncée pour dissimuler ses cheveux, ses lunettes Aviator et cette barbe ridicule, il a l'air d'un pervers. Quelle femme accorderait un regard à un type pareil, si ce n'est pour s'assurer qu'il ne la suit pas ? Le seul avantage, c'est que ce minable ressemble plus à un Italien qu'à un tocard qui vient de débarquer de Dublin. Les portes s'ouvrent, et il est coupé en deux, comme dans un mauvais montage de film.

Il sort au quatrième, emprunte un couloir moquetté puis un autre jusqu'à une porte métallique affichant RÉSERVÉ AUX EMPLOYÉS. Il insère sa carte magnétique et parcourt un labyrinthe de corridors qui le conduisent à une série de bureaux. Quand il arrive devant celui du directeur de la sécurité, Raymond Monk, la secrétaire l'invite à entrer. Il est attendu.

Keenan marque un temps avant de frapper à la porte. Il est reconnaissant à l'ancien coéquipier de son père de lui avoir trouvé du travail, mais il éprouve un sentiment étrange, un vague malaise en sa présence. À l'époque, Craig Quinn disait que Monk était un bagarreur. Quand ils étaient aux stups, il cognait d'abord et posait des questions ensuite. Keenan est adulte maintenant, et les rares fois où il l'a croisé, l'ex-flic s'est toujours montré parfaitement courtois, même si ces rencontres étaient généralement teintées d'une appréhension sourde, reliquat de l'enfance.

— C'est ouvert, lance Monk.

À l'intérieur, Keenan constate que la thématique sous-marine n'épargne pas non plus le directeur de la sécurité. Un aquarium tout en longueur, qui couvre le minibar et une rangée de placards, une épaisse moquette à motifs ondulés dans les tons de vert et de bleu aquatiques, des murs marine, presque noirs, qui donnent l'impression que le bureau a sombré dans une faille au fond de l'océan. Il ne leur est jamais venu à l'esprit que c'était un peu excessif ? Cela dit, les femmes ont l'air d'apprécier. S'il se base sur sa propre expérience, le Reef est le meilleur endroit de la ville pour conclure. Il faut juste éviter les travailleuses du sexe. Mais Keenan est capable de repérer une prostituée les yeux fermés. Et il n'a jamais eu à payer pour ça.

Enfin, c'était avant. Il va peut-être devoir passer à la caisse, maintenant. Qui voudra coucher avec l'homme le plus haï de Las Vegas ? Un flic déchu. Un meurtrier. Même sa femme ne le désire plus.

— Tu es en retard, dit Monk en se levant.

Keenan regarde sa montre.

— Ah bon ? Je croyais que j'étais en avance.

Monk éclate de rire.

— Je te taquine. Que penses-tu de mon chez-moi ?

Le bureau est vaste, avec une petite table de conférence, des chaises métalliques revêtues de cuir noir, des meubles-classeurs, des étagères, un coffre-fort, mais pas de fenêtres. Keenan n'aimerait pas travailler dans une pièce aveugle.

— Super. C'est grand.

Monk croise les bras, satisfait, et acquiesce d'un coup de menton autoritaire. Les cheveux gris coupés ras, une ossature solide et les traits burinés, il a le genre de visage qui peut encaisser les coups sans perdre de son charme rude.

— Assieds-toi.

Keenan lui tend la main. Monk ne doit pas faire plus d'un mètre soixante-quinze, mais il a des biceps et des épaules de cogneur. Sa poigne vigoureuse lui écrase les doigts, l'obligeant à serrer aussi fort. Surcompensation ? Est-ce pour ça qu'il le met mal à l'aise ?

Il s'assied, et Monk lui offre un whisky avant de s'en servir un.

— Je vais te dire un truc, Keenan, cette histoire, c'est un mal pour un bien. Ton renvoi de la police. Le privé, c'est le pied. Si c'était à refaire, je serais parti plus tôt.

Keenan tousse et répond d'une voix rauque :

— J'ai démissionné.

— Tu as démissionné ou on t'a poussé vers la sortie ?

Les images de ce qu'aurait été sa vie dans la police après le procès défilent dans son esprit. Il a une boule dans la gorge. À l'instant où le jeune est tombé, il a su qu'il ne pourrait plus jamais patrouiller dans ces rues. Et c'était avant de découvrir que quelqu'un avait filmé la scène avec son téléphone.

— J'ai démissionné. Ça a sans doute épargné des maux de tête à pas mal de gens.

Ils trinquent. Keenan n'a pas l'habitude de boire si tôt dans l'après-midi, mais qu'est-ce que ça peut faire, maintenant ?

— Ce pays s'est ramolli. Dire qu'on t'a mis en examen pour ça. La racaille devrait le savoir depuis le temps : tu t'enfuis, tu te prends un pruneau dans le cul. C'est la sélection naturelle. On élimine les abrutis. Il n'y a que comme ça qu'on arrive à quelque chose.

Monk avale une longue gorgée de liquide ambré.

— Mais de quoi je me plains ? C'est ce qui t'a amené ici !

Keenan a envie de le contredire, de se distancier de sa rhétorique. Mais, quand il tente une protestation subtile, conciliante, il sent son corps se crisper. Alors, il boit, parce que c'est la seule chose à faire. Lui qui a toujours fonctionné à l'instinct doute à présent de tout, remet en question chaque geste, chaque désir, chaque décision. Il a peur. De toute manière, qu'est-ce que ça changerait s'il s'indignait ? Désormais, quoi qu'il dise, on le rangera parmi les types comme Monk. Tout ça à cause d'une erreur de jugement.

— Le moment venu, je te présenterai à M. Bashinsky. Quand les choses se seront tassées.

Monk se penche en avant, l'air étonnamment sincère.

— C'est pas n'importe qui, Bashinsky. C'est un visionnaire. Le meilleur patron de casino que cette ville ait connu. Si tu fais bonne impression, ça peut changer ta vie. En tout cas, ça a changé la mienne.

Monk se sert un autre verre et lui fait signe de l'imiter.

— Excusez-moi, inspecteur, mais…

— Je ne suis plus inspecteur depuis longtemps. Si tu tiens absolument au protocole, c'est « monsieur le directeur ». Mais je te connais depuis que tu es tout gosse. Tu te rappelles ? Tu me parlais de tes amoureuses. On te surnommait le petit don Juan.

Keenan n'en a aucun souvenir.

— Appelle-moi Ray. Ton père et moi, on se connaît depuis si longtemps que ça devrait même être oncle Ray. Allez, viens t'asseoir sur les genoux d'oncle Ray, fiston.

Monk est hilare.

Keenan le dévisage.

— Excusez-moi, mais je trouve ça un peu flippant, monsieur.

— Ray.

— Je trouve ça un peu flippant, oncle Ray.

Monk sourit et assène un coup sur la table.

— Allez, passe ton verre et fais pas chier.

— Je commence à 15 heures, objecte Keenan après avoir jeté un bref regard à sa montre.

— Et après ? demande Monk en lui rendant son verre plein à ras bord.

— Vous voulez que je me présente soûl dès le premier jour ?

— Si c'est ton patron qui te soûle, oui. Tu devrais boire tout ce qu'il te donne, pour lui montrer que tu sais obéir.

Keenan avale une longue rasade pour lui faire plaisir. En fait, le problème, c'est plutôt qu'il est trop obéissant.

— Les conneries qu'on a pu faire avec ton vieux quand on était infiltrés… Mais personne n'a envie d'entendre ce genre d'histoire sur son père. Pas vrai ?

— C'est sûr. Les histoires de flics de mon père, j'en ai eu ma dose. Au bout de la centième fois, on a compris, en général.

— Ah ah ! sacré Craig ! Je le reconnais bien là.

Keenan sent que l'alcool commence à lui monter à la tête. Sa langue se délie, ses soucis lui semblent moins importants. Depuis quelque temps, il ne crache pas sur la bouteille. Il ne s'habitue pas à la haine. Il repose son verre, cherche machinalement son alliance. Ses pensées flottent vers Naomi, et il grimace, se demandant une fois de plus s'il ne devrait pas simplement quitter la ville. Laisser derrière lui tous ses problèmes. Ou aller juste un peu plus loin et leur dire adieu une bonne fois pour toutes.

— Pas mal, ton déguisement, dit Monk. Quand les gens auront oublié et que tu auras fait la connaissance de M. Bashinsky, tu pourras l'enlever.

Keenan hoche la tête.

— Je vous remercie encore une fois de m'avoir offert ce travail. Je ne sais pas ce que j'aurais fait sans vous.

— Je t'en prie. Ça ne rembourse pas la moitié de ce que je dois à ton père. Et on avait besoin d'agents de sécurité supplémentaires pour le combat, de toute façon. C'est une soirée énorme, pour nous. Tu t'intéresses à la boxe ?

— Lorsqu'il y a un gros match, oui. J'ai boxé quand j'étais gosse. Je m'entraînais avec Antoine Deco, en fait.

Monk se crispe brusquement. Puis il baisse les yeux et relâche les doigts, semblant prendre conscience qu'il serre son verre à le briser. Keenan se demande ce qu'Antoine a pu faire pour qu'il réagisse ainsi. Cela dit, il a ce genre d'effet sur les gens.

Monk se renverse sur sa chaise avec un sourire forcé.

— Je sais. Ton père me l'a dit. Deco revient de loin. Aucun de nous ne peut imaginer à quel point.

— Je veux bien le croire.

— Tu le croiseras peut-être ce soir. Tu vas escorter les boxeurs entre les loges et le ring.

— Super, répond Keenan, qui n'a aucune envie de revoir Antoine. Alors, Gibbons et Suarez, c'est un gros match ?

— Ça va être gigantesque. Ces deux-là s'évitent depuis des années. Finalement, il y avait trop de fric en jeu pour qu'ils continuent à refuser. Des lâches. Jamais je ne me suis dégonflé devant un combat.

— Vous êtes un homme courageux.

Keenan regrette aussitôt ses paroles. Il passe la langue sur ses dents et goûte l'âpreté du whisky, espérant que l'autre n'a pas saisi le sarcasme.

— Tu veux vérifier par toi-même ? demande Monk.

— Non.

— On peut sortir, si c'est ce que tu veux.

— Non, oncle Ray.

Monk éclate de rire.

Ils trinquent une dernière fois.

4

15 : 02

Le buzzer retentit, assourdissant, couvrant les acclamations des parents dans les gradins. La meneuse rend le ballon à l'arbitre. Les joueuses se sourient. Encore une victoire.

Tandis que Naomi Wilks traverse le gymnase pour serrer la main de la coach de l'autre équipe, elle se fait la réflexion qu'elle est peut-être meilleure sur le banc qu'elle ne l'était sur le terrain.

— Beau match. Bonne chance pour le reste de la saison, dit-elle à son homologue, une femme d'une quarantaine d'années en survêtement.

Naomi, elle, porte un tailleur-pantalon anthracite, à l'exemple de ses propres entraîneuses du temps où elle était étudiante, puis à la WBNA : il faut avoir l'air pro les jours de match.

— Tes joueuses ont sacrément progressé, répond la coach. Bravo.

Naomi sourit.

— Merci.

Elle adresse un signe aux membres de l'équipe adverse et a un mot d'encouragement pour chacune : super, excellente défense, ce panier était impressionnant, bien joué. Puis elle regagne la ligne de touche. Ses chaussures plates, élégantes, ne marquent pas le terrain. Elles claquent sur le parquet, très différentes des baskets qu'elle portait autrefois et qui couinaient dès qu'elle changeait de direction.

Son équipe se réunit autour d'elle.

— T'as assuré, dit-elle à chacune des adolescentes de quinze ou seize ans, tandis qu'elle leur tape dans la main. T'as assuré !

Elle enchaîne avec des bourrades. Survoltées, les filles sautent pour échanger un coup d'épaule avec leur entraîneuse, qui se penche vers elles avec douceur. Étant donné sa taille et sa force, elle pourrait les envoyer au tapis en un clin d'œil. Puis elle fait un dab, et là les adolescentes sont au bord de l'hystérie. Comment un simple mouvement de hip-hop peut-il provoquer une telle excitation chez ces gamines, ça la dépasse, mais elle aime les entendre rire.

Quelques parents descendent des gradins pour la remercier.

— C'est vraiment important pour elles de vous avoir, lui dit l'une des mères pendant que les filles se changent dans le vestiaire. De vous voir et de savoir que vous avez réussi. Vous êtes un exemple pour elles.

Naomi la dévisage, songeant que c'est ironique d'entendre quelqu'un dire qu'elle a « réussi » étant donné ce qu'elle pense de sa brève carrière à la Women's National Basketball Association. Ce n'était pas un échec, loin de là – elle a même remporté deux championnats avec Phoenix Mercury –, mais elle était toujours remplaçante. Et elle ne s'est jamais trouvée près d'accomplir ce qu'elle croyait être son destin.

— Merci, dit-elle avec un grand sourire.

Elle félicite les parents pour la victoire de leurs filles avant de rejoindre celles-ci dans le vestiaire.

— Vous devenez meilleures individuellement et collectivement, dit-elle, contemplant les visages rouges et fervents levés vers elle. C'est comme ça qu'on progresse, toutes, vous et moi, en apprenant à s'améliorer à la fois seules et ensemble. C'est précisément ce que vous faites. Je suis fière de vous. De vous toutes. À trois, pour l'équipe !

Elle tend la main, et les joueuses mettent les leurs par-dessus.

— Un, deux, trois, pour l'équipe !

À cet instant, Naomi est heureuse. Véritablement heureuse. Pourtant, quelques minutes plus tard, alors qu'elle roule sous le soleil impitoyable, elle se sent gagnée par la mélancolie. Au feu rouge, elle regarde les traits fatigués des conducteurs autour d'elle et se demande si elle a la même tête. Quand elle jette un coup d'œil dans le rétroviseur intérieur, ce qu'elle voit n'est pas très encourageant. Le feu passe au vert. On est samedi après-midi, et la circulation est dense.

Pendant le match, elle avait vraiment l'impression d'être à sa place, mais, à peine dehors, c'était fini. Elle se demande s'il y a quelque chose qui ne tourne pas rond chez elle. Ou si c'est la société dans laquelle elle vit qui la fait se sentir aussi seule.

Une chose est sûre, elle ne trouvera pas de réconfort à la maison. Keenan est trop déprimé en ce moment pour fêter la victoire avec elle. Enfin, pas que ça change grand-chose. Il a toujours aimé être au centre de l'attention. S'effacer pour lui laisser le devant de la scène, ce n'était pas son genre. De toute manière, elle n'a pas spécialement envie de partager quoi que ce soit avec lui. Il a été acquitté, il n'ira pas en prison. De son côté, elle a le sentiment d'avoir accompli son devoir ; elle l'a soutenu quand il avait besoin d'elle, même s'il ne le méritait pas. Elle ne lui a toujours pas demandé comment il a pu commettre un tel acte, tuer un innocent, un jeune désarmé. Peu importe, maintenant, ce qui est fait est fait. Elle attend juste que la tension retombe pour lui annoncer que c'est fini.

Elle se gare dans l'allée et jette un coup d'œil à son téléphone. Un SMS d'une cliente à qui elle donne des cours particuliers qui veut savoir si elle est disponible lundi matin, et un autre de son amie Tara Haynesworth.

Salut meuf, t'as raté un super BBQ. Ty a demandé de tes nouvelles ! Et il est toujours aussi mignon ;-)

Tyron. Naomi a honte de la joie qu'elle a éprouvée lorsque Tara lui a annoncé qu'il rentrait. Elle aurait préféré que ses sentiments disparaissent avec lui quand il s'est engagé. Pourquoi a-t-il fallu qu'il choisisse l'armée pour bousiller leur relation ? S'il l'avait quittée pour une autre, elle l'aurait tué, mais ça n'aurait pas été un tel choc. Elle sait bien qu'elle n'est pas la copine idéale, trop bavarde, trop grande, trop musclée, trop émotive, trop tout. Elle a toujours pensé qu'il finirait par la quitter, vu comme les filles lui tournaient autour dès qu'ils sortaient. Pourtant, il ne leur prêtait aucune attention. Tout ça pour finalement lui préférer une guerre. Non, deux. Deux guerres contre une vie avec elle. Merci, Ty. Ça a bien boosté ma confiance en moi.

Naomi fourre le téléphone dans son sac et entre dans la maison, un pavillon de banlieue avec un étage, parfaite pour une famille avec enfants, un peu vide et froide pour un couple. Au moins, Keenan et elle peuvent y vivre tous les deux sans se croiser. Elle laisse tomber son sac sur le plan de travail et remplit un verre d'eau au robinet. Le boit d'un trait.

Tout est tellement silencieux, songe-t-elle, examinant la cuisine et le salon, identiques depuis leur emménagement, quatre ans plus tôt : la rénovation, ce n'est pas exactement sa priorité.

Naomi reprend son téléphone et appelle Tara. Qui décroche aussitôt.

— Ça va ?

— Ça roule, et toi ?

— Je donne un coup de main à tante Trudy pour faire la vaisselle. C'était sympa. Tu nous as manqué. Et ton match ?

— Tu sais ce que c'est. Il faut bien qu'une des deux équipes gagne, non ? Alors, pourquoi ça serait pas la mienne ?

Tara éclate de rire.

— Les filles ont géré ?

— Elles ont assuré, Tara. T'imagines même pas. Elles sont toutes géniales, dans cette équipe. Toutes. Je les adore.

— Elles ont la meilleure coach.

— Ça, je ne sais pas.

— Arrête la fausse modestie, je te connais. Tu sais que tu es une bête.

— Bah écoute, quand c'est justifié…

Elles rient, mais Naomi ne peut pas se défaire du sentiment de mélancolie qui s'est emparé d'elle sur la route.

— Ça t'arrive de te sentir vide ? Après un match ou une course, quand tu as dit au revoir et qu'il n'y a plus rien ? Il y a tous ces gens autour de toi, tu prends ton pied, tout le monde t'aime et tu aimes tout le monde. Ensuite tu rentres chez toi et tu te retrouves seule. Encore plus seule qu'avant… avant… je sais même pas ce que j'essaie de dire.

— Non, je vois très bien. Enfin, c'est pas ce que je ressens, mais je comprends. Hé ! Tu devrais venir à… Oh ! merde. J'allais t'inviter à la manif de demain. Désolée.

— Ah oui, ça serait le pompon. Tu imagines la tête de Keenan ? Et des autres, d'ailleurs. Non, je dois assumer. Rester à l'écart.

— Ne dis pas ça. Tu n'as pas appuyé sur la détente. Personne ne te reproche de soutenir ton mec.

Les paroles de Tara lui font du bien, même si elle ne la croit pas. Elle sait que le nuage de culpabilité et de honte qui suit Keenan plane aussi au-dessus d'elle.

Parfois, elle a l'impression de pouvoir revendiquer son appartenance à deux communautés, et parfois elle a l'impression de n'être nulle part à sa place. Elle est trop dispersée, pas assez l'un ou l'autre.

Son père lui-même est le résultat du mélange de plusieurs nationalités européennes. Quand elle était petite, il disait à ses enfants : « Vous n'imaginez pas toutes les jolies femmes fluettes et bien gentilles que j'aurais pu épouser. Mais je voulais que mes gosses soient des poids lourds ! » Warrior Wilks – Wilks le Guerrier –, comme on le surnommait du temps de sa carrière de boxeur, était classé dans les poids super-moyens, toujours à la limite de passer dans la catégorie supérieure, ce qui l'exaspérait. « Dès que j'ai vu votre mère, disait-il, j'ai su que j'avais tiré le gros lot. » D'origine néerlando-nigériane, la mère de Naomi fait deux bons centimètres de plus que sa fille, qui mesure un mètre quatre-vingt-cinq. « Vous pouvez me remercier pour votre taille. Sauf toi, Derek, tu as hérité de mes gènes, désolé. En revanche, Drew, Naomi : c'est pour vous que je l'ai fait. Je me suis sacrifié : j'ai encaissé les vannes de votre mère sans moufter. Mais, maintenant, j'ai mes petits poids lourds. » Il ne lui était manifestement jamais venu à l'esprit que sa fille ne souhaitait peut-être pas être un « poids lourd ».

Quand il parlait ainsi de leur mère, Vivian, c'était pour plaisanter. Naomi y faisait à peine attention, car sa mère était sublime. Puis, un jour, juste avant qu'elle arrête la boxe pour se consacrer exclusivement au basket, elle avait surpris son père devant la salle de sport en train de monter dans une voiture avec une poupée gracile. Lorsqu'elle l'avait interrogé, il s'était répandu en excuses et en regrets, jurant qu'il s'agissait d'un accident. La deuxième fois qu'elle l'avait pris sur le fait, avec une autre femme, elle avait tout raconté à sa mère. Moins d'un an plus tard, ses parents divorçaient.

— Alors, comment va Ty ? demande Naomi.

— Il est à la fois différent et pareil qu'avant. Plus silencieux. Plus en retrait. Comme s'il n'était pas d'ici, comme un étranger.

Naomi se mord la lèvre.

— Il est avec toi, là ?

— Non, il est allé au Reef avec cette andouille de Ricky. Ils vont essayer de soutirer des billets à Antoine Deco, pour le combat de ce soir.

— Ty va voir Antoine ?

— Je te répète ce qu'ils m'ont dit.

Tyron et Antoine de nouveau amis. Elle a du mal à l'imaginer. Elle éprouve une pointe de jalousie à l'idée qu'ils vont se voir sans elle.

— Ty est resté en contact avec Antoine ?

— Tu sais quoi, il vient d'acheter un nouveau téléphone. Ce serait peut-être plus simple que je te file son numéro.

— Non, surtout pas.

— Je te le texte. Comme ça, tu l'auras, au cas où.

— S'il te plaît, non. Je ne peux pas. Je le verrai quand je le verrai.

— OK. Comme tu veux. Je comprends.

— Merci, Tara, t'es une vraie copine.

— Toi aussi, mais la vaisselle ne va pas se laver toute seule. Faut que je te laisse.

— Ça m'a fait plaisir de te parler. Bon aprem.

— Pareil. À plus.

— À plus.

Naomi attend que Tara ait raccroché pour reposer le téléphone.

15 : 39

La réceptionniste pose la main sur le micro du téléphone, l'examinant d'un air sceptique.

— Vous pouvez me rappeler votre nom ?

Il la dévisage. C'est la troisième fois qu'il le lui répète.

— Tyron Shaw.

— J'ai un certain Tyron Shaw en bas. Il prétend être un vieil ami de M. Deco, dit la réceptionniste dans le combiné.

— Son frère adoptif, précise Rick.

— Son frère adoptif. Apparemment. Ah… ah… Oui, j'attends. Il va se renseigner, dit-elle à Tyron, le téléphone contre la poitrine.

Ricky lui sourit de toutes ses dents.

— Qui oserait te mettre un vent, Ty ?

Tyron lui adresse une grimace. La réceptionniste était à deux doigts d'appeler la sécurité. Il n'a pas envie de jouer la carte de l'ancien combattant, mais Ricky s'en est chargé à sa place. Ça a peut-être aidé. Le fait qu'il ait précisé qu'Antoine était son frère adoptif aussi.

— Oh ! vraiment ? s'écrie l'hôtesse au téléphone. Oui, je le fais monter.

Elle raccroche.

— M. Deco va vous recevoir, leur annonce-t-elle, avant de leur indiquer le chemin.

Ricky lance un regard narquois à Tyron tandis qu'ils traversent le hall du casino.

— Alors, t'es officier dans les marines depuis onze ans, mais ta parole ne vaut que si une pseudo-célébrité à la con se porte garante pour toi ? Bienvenue au pays, mon gars.

— Ouais, tu l'as dit.

Ils longent des rangées et des rangées de machines à sous qui tintent et clignotent. C'est bruyant, criard et oppressant. Tyron se demande ce qui peut attirer les gens dans un endroit pareil.

— Putain, le Reef, c'est trop bien. Ils ont pas ça en Afghanistan ? lance Ricky, sarcastique.

Tyron est tendu. Il ne devrait pas être ici, à solliciter Antoine un jour de match dans ce décor artificiel et tape-à-l'œil, dans cette ville qui n'est plus la sienne. Il n'a rien à faire ici.

Ils quittent le casino et pénètrent dans une galerie souterraine avec des boutiques de luxe de chaque côté. Une trentaine de mètres plus loin, la moquette cède la place à un sol de verre, avec en dessous un aquarium géant, où des poissons, des raies, des requins, et même des tortues et des méduses fendent une eau cristalline. Un miroir tapisse le plafond, si bien qu'on a l'impression d'être à la fois au-dessus et au-dessous de la surface. C'est ce qui fait la réputation du Reef, l'attraction qui le distingue des autres établissements du Strip et attire les touristes.

Tyron oublie les créatures marines qui nagent sous leurs pieds entre les coraux violets et jaunes pour observer la foule.

— Là-bas, avec tous ces gens réunis au même endroit, tu sais ce qu'on penserait ?

— Quoi ?

Sa mâchoire se crispe.

— Qu'une bombe risque d'exploser d'une minute à l'autre.

— T'as dû voir des trucs bien craignos. Je pourrais pas. Comment t'a fait ?

Tyron le regarde sans répondre, puis indique une série d'ascenseurs.

— On y va ?

— OK. T'es content de revoir ton pote ?

Il réfléchit. Il appréhende ce moment, c'est la seule chose dont il est sûr.

— J'en sais rien.

Un grand vigile avec une barbe noire, des lunettes de soleil et une casquette du Reef les attend au vingt et unième étage. Lorsqu'il les aperçoit, il sursaute et se détourne imperceptiblement, puis leur fait signe de le suivre.

Tyron obéit sans quitter des yeux l'arme que le vigile porte à la hanche. L'homme s'arrête devant l'une des portes, s'apprête à frapper puis se ravise et se retourne.

— Il y a un problème ? demande Tyron.

Le vigile ôte ses lunettes et pose sur lui des yeux bleu pâle.

— C'est une fausse barbe, Tyron.

Celui-ci regarde la mince plaque de métal sur sa poitrine : DAVIS.

— Le nom aussi est faux.

Tyron l'examine plus attentivement.

— Keenan ?

Un sourire gêné. Pas de doute. C'est Keenan. Ils s'étreignent sans conviction.

— Putain. Ça fait un bail.

— Une éternité.

Tyron recule et le regarde dans les yeux.

— Ça va ? Je suis rentré hier, et tout le monde ne parle que de toi.

— Pas maintenant.

Une série d'émotions passent sur le visage de Keenan. Il s'apprête à dire quelque chose. S'interrompt. Puis répète :

— Pas maintenant. Mais ça me fait plaisir de te voir. Ça fait un bail. Je ne me rappelle pas… ça me fait plaisir.

— Tu te souviens de mon pote Ricky ? On jouait au basket ensemble, à l'époque.

— Bien sûr. Ça va ?

Keenan lui tend la main puis, comme Ricky reste figé, la laisse retomber.

Le visage de Tyron se durcit. Il s'apprête à dire quelque chose, mais Keenan l'arrête d'un regard.

— T'inquiète, j'ai l'habitude, ces derniers temps.

— Qu'est-ce que tu fous ici ?

Il hausse les épaules.

— J'ai quitté la police. J'avais besoin de boulot.

Tyron indique la porte derrière laquelle Antoine les attend.

— Tu lui as parlé ?

— Non.

— Il sait que tu es là ?

— Pas encore.

— Tu veux que je le lui dise ?

Keenan réfléchit, puis hoche la tête.

— Oui. Vas-y. Mieux vaut qu'il ait le temps de digérer. On ne s'est pas vus depuis… plus de dix ans. Même Naomi n'a plus de nouvelles depuis des années.

Naomi. Tyron a l'impression de recevoir un coup de poing dans l'estomac. Il s'efforce de maîtriser sa voix.

— Comment elle va ?

— Ça va, ça va. On… on va bien.

— C'est cool, alors.

— Elle est coach, maintenant.

— C'est ce qu'on m'a dit. Enfin, ma cousine.

— Ah oui, Tara. Elles sont amies.

— Oui.

Il y a mille autres choses que Tyron souhaiterait savoir au sujet de Naomi. Pourquoi a-t-elle arrêté le sport pro ? Est-ce que ça lui plaît d'entraîner des gamines ? Ses traits se sont-ils adoucis ou affûtés avec les ans ? Est-ce qu'elle rit toujours aussi facilement ? Son odeur a-t-elle changé ? Est-ce qu'il lui manque ? Est-ce qu'elle est encore amoureuse de lui ? Il prend une grande inspiration.

— Et vous avez des enfants ?

Keenan secoue la tête, de la tristesse dans ses yeux bleus.

Tyron se sent si soulagé qu'il en a honte. Il croyait être passé à autre chose. Mais il prend conscience qu'il a juste été momentanément distrait. Il a bien fallu deux guerres pour reléguer Naomi à l'arrière-plan de ses pensées.

— Alors, Antoine joue dans la cour des grands, maintenant ? demande Tyron pour changer de sujet. C'est sérieux ?

Keenan hausse les épaules.

— Je ne comprenais pas Antoine quand on était gosses et je le comprends encore moins aujourd'hui.

Tyron se souvient et acquiesce. Il regarde la porte de la chambre.

— Il m'attend.

Keenan s'efface pour les laisser passer.

— Bonne chance.

Un Latino-Américain maigre, nerveux, leur ouvre. Des tatouages noirs s'enroulent autour de son cou et s'échappent de sous les manches de sa chemise blanche pour recouvrir le dos de ses mains. Il ne leur adresse pas la parole et se contente de les toiser avant de s'écarter. Tyron jette un coup d'œil derrière lui. Keenan a disparu.

Ce n'est pas une suite de star, mais c'est spacieux. Un autre Latino, plus âgé, le corps tout aussi sec et musclé et la peau tannée, se lève et passe dans la pièce adjacente, imité par le premier. Un troisième homme se tient devant les baies vitrées, fixant un point au-delà des gratte-ciel. Au loin, des montagnes rouges poussiéreuses se découpent sur le ciel bleu vif du Nevada.

L'homme se tourne vers eux, le regard sombre et méfiant.

— Je ne pensais pas te revoir un jour.

La voix d'Antoine. Plus posée, plus grave que dans son souvenir.

— Désolé de... Désolé de débarquer comme ça.

Antoine ne dit rien, il se contente de dévisager Tyron, qui sent quelque chose remuer dans ses tripes. C'est un instinct qu'il a développé au Moyen-Orient, un sixième sens pour la violence. En cas d'attaque, il n'était jamais pris au dépourvu.

— C'est qui ? demande enfin Antoine.

Ricky fait un pas en avant.

— Salut, mec, tu te souviens pas de moi ? Rick ? On a joué quelques fois au basket dans le t…

— Je veux parler à Tyron en tête à tête. Ça t'embête pas d'attendre dehors ?

— Ah, euh, ben, je pensais que…

Ricky se tourne vers Tyron, qui lui indique la porte d'un signe.

— Ooo… OK. Comme vous voulez.

Tyron regarde Ricky battre en retraite, dépité.

— Toujours aussi aimable, à ce que je vois.

Le visage d'Antoine demeure impassible.

— Qu'est-ce que tu fais ici ?

— Honnêtement ? Ricky veut des billets pour le match de ce soir. Il m'a harcelé pour que je t'en demande. Je suis rentré à Vegas seulement hier.

— Tu as fini de protéger nos intérêts à l'étranger ?

Il y a du sarcasme dans sa voix.

— Exactement.

— Tu y es toujours ?

— Dans l'armée ?

— Oui, dans l'armée.

— Non.

— Pourquoi ? Tu en as eu ta claque de tuer des musulmans ?

Antoine s'autorise un sourire mauvais. Tyron se raidit. S'il devait dire la vérité, il répondrait oui. Il en a eu assez de tuer dès le premier jour.

— Je n'ai jamais envisagé de rester toute ma vie dans l'armée. Il était temps de passer à autre chose.

— Mais encore ? Trouver un autre moyen de flinguer des basanés ? Tu n'as qu'à faire comme Keenan, entrer dans la police.

— Si tu veux que je parte, dis-le. Je suis pas venu ici pour ça.

— Bien sûr que tu n'es pas venu pour ça. Bien sûr que non. Après des années sans donner de nouvelles, tu es venu mendier un service. C'est pour ça que tu es là.

Tyron n'a pas l'habitude d'être agressé ainsi par des civils. Il sent son pouls accélérer.

— Vous êtes tous pareils, gronde Antoine. Depuis que je suis sorti de prison et que j'ai commencé à gagner, et surtout depuis que les gens ont compris que je ne m'arrêterais pas, je vois débarquer tous ceux que je connaissais avant. Les fantômes du passé. Et c'est toujours le même discours : « Ne m'oublie pas quand tu seras célèbre. Ne m'oublie pas quand tu seras au sommet. Ne m'oublie pas, ne m'oublie pas, ne m'oublie pas. » Tu sais ce que je pense moi ? Ne te souviens pas de moi quand j'aurai réussi. Ne te souviens pas de moi. Si tu n'étais pas avec moi quand je n'avais rien, si tu n'étais pas avec moi quand j'étais à la rue, si tu n'étais pas avec moi en taule, surtout, ne te souviens pas de moi maintenant. Tu ne pouvais pas me rendre visite en taule, tu ne pouvais pas m'écrire une lettre, tu ne pouvais pas m'envoyer un putain de mail, et il faudrait que je ne t'oublie pas ? T'inquiète. Je n'oublie pas. Je n'oublie pas qui tu es. Je n'oublie jamais.

Tyron lui rend son regard froid.

— Je me souviens pas que tu m'aies écrit quand j'étais en Irak. Ou en Afghanistan.

Antoine sourit.

— C'est vrai.

Il fait un pas brusque vers lui. Les muscles de Tyron se tendent.

— Je pense à tes parents chaque fois que je te vois. C'est fou ce que tu leur ressembles.

Tyron cherche quelque chose à dire. Mais ne trouve pas les mots pour combler le fossé qui se creuse entre eux.

— Tu ne t'es jamais demandé qui les avait tués ? demande Antoine.

Pris de court, Tyron fait un pas en arrière. Antoine ne le lâche pas du regard.

— Ça fait longtemps que j'ai arrêté de me prendre la tête avec ce genre de question. Pourquoi ?

Antoine hésite, semble sur le point de continuer. Mais son visage redevient lisse et indéchiffrable.

— Simple curiosité.

— Keenan est dehors.

— Hein ?

— Il est vigile à l'hôtel. C'est lui qui nous a escortés jusqu'ici. Il attend dans le couloir.

Antoine a un mouvement de colère. Puis il se détourne et éclate de rire.

— C'est le destin ! Le destin, répète-t-il d'une voix plus douce. Nous trois réunis un jour comme aujourd'hui. C'est un signe. Il va se passer un truc énorme.

Son regard brille, et l'ombre d'un sourire apparaît sur ses lèvres.

Tyron l'observe, se demandant à quelle vitesse il pourra sortir de la pièce si ça part en vrille. Antoine parle très vite, maintenant.

— Je vais vous faire entrer, Ricky et toi. Vous allez attendre au casino, je vais vous filer de l'argent. Carlos, ajoute-t-il, se tournant vers la chambre voisine. *Trae quinientos dolares y dos boletos para la pelea.* Donne ton numéro à Carlos, poursuit-il, revenant vers Tyron. Il s'occupe de tout.

Il pose soudain la main sur l'épaule de Tyron, qui tressaille, s'attendant presque à recevoir un coup.

— Je peux compter sur toi, hein ? Si ça tourne mal, je peux compter sur toi ?

— Qu'est-ce que tu racontes ? Sur le ring, tu veux dire ?

— Je n'ai pas besoin d'aide sur le ring. S'il y a autre chose qui tourne mal, tu…

— Mais quoi ?

— Peu importe. S'il se passe quoi que ce soit, tu ne me laisseras pas tomber, d'accord ? Qu'on ait vraiment été frangins ou pas, tes parents m'aimaient. Souviens-toi de ça. Tes parents m'aimaient, et je les aimais. Ce soir, je compte sur toi. OK ?

— Oui, bien sûr.

Les yeux d'Antoine fouillent les siens, puis il hoche la tête, satisfait.

Carlos, l'homme aux tatouages, attend sans un mot derrière eux.

— On se voit après le match. Envoie-moi Keenan en sortant.

Antoine retourne se planter devant la fenêtre après avoir murmuré quelques mots à l'oreille de Carlos.

Celui-ci approche, une liasse de dollars et deux billets d'entrée à la main. Tyron lui donne son numéro de téléphone et prend les tickets, en revanche, il refuse l'argent.

— Hé, Antoine, lance-t-il.

Celui-ci se retourne, son profil émacié se découpant à contre-jour.

— Bonne chance, ce soir.

Le boxeur le dévisage longuement, si longuement que Tyron pense qu'il n'obtiendra pas d'autre réaction. Puis elle arrive enfin : un demi-sourire.

15 : 53

Keenan se décolle du mur avec soulagement lorsque Tyron réapparaît dans le couloir – partager un silence embarrassé avec Ricky n'était pas particulièrement agréable. Il faut que je me tire, se dit-il une fois de plus. La vie ici ne sera plus jamais la même pour moi. Mais il a peur que Naomi ne le suive pas s'il part. Il laisse échapper un rire sans joie. Elle le quittera sans doute aussi s'il reste.

Tyron a les yeux vitreux.

— Qu'est-ce qui ne va pas ? demande Keenan.

— Il est bizarre.

— C'est pas un scoop.

— Il est encore plus bizarre qu'avant. Et il veut te parler.

Ça ne plaît qu'à moitié à Keenan.

— Tu me files ton numéro ?

Il n'est pas sûr que Tyron accepte devant Ricky, mais Tyron acquiesce.

— On prend le temps de se voir plus tard ? ajoute-t-il d'une voix hésitante.

— J'espère bien.

Ils se tapent dans la main et s'étreignent. Keenan se dirige vers la porte après un dernier coup d'œil morose à Ricky, qui lui lance des regards furieux.

Antoine se tient devant la fenêtre.

— Approche.

Keenan traverse la pièce en quelques longues enjambées, surpris par l'aura d'Antoine, qui emplit la chambre en dépit de sa minceur et de son petit mètre soixante-dix-huit. Quand ils étaient gamins, on pouvait facilement l'oublier. C'était Keenan qui attirait les regards, à l'époque. Avant qu'il devienne la bête noire de la ville. Lorsqu'il se plante à côté de lui, il remarque le torse bien découplé, les veines saillantes sur les avant-bras. Un corps qui n'est plus que muscles et os.

Ils contemplent Las Vegas Boulevard, incroyablement large et pourtant encombré de voitures.

— Qu'est-ce qu'ils viennent faire ici, au juste ? demande Antoine. Ils ne peuvent pas boire, se défoncer et baiser chez eux ? Ils ne peuvent pas casser leur tirelire dans leur ville ? Pourquoi est-ce qu'il faut qu'ils viennent faire ça chez nous ?

— Je suppose que c'est plus facile ici.

Keenan prend une inspiration avant de poursuivre :

— Alors, qu'est-ce que tu deviens ?

Antoine détourne lentement la tête de la fenêtre et lui lance un regard mauvais.

— Comment t'as pu merder à ce point ?

Keenan tressaille, décontenancé par son hostilité.

— C'est ça qu'on vous apprend dans la police ? À éliminer les Noirs un par un jusqu'à ce que les problèmes de l'Amérique soient réglés ?

— Va te faire foutre.

— C'est facile. On n'est plus des gosses. Beaucoup de choses ont changé.

— Sans blague ?

Keenan sent son pistolet contre sa hanche et, pendant un instant, il se demande s'il va en avoir besoin, puis l'animosité d'Antoine retombe. Ni douceur ni chaleur à la place, simplement de l'indifférence.

— Comment c'est arrivé ?

Keenan se sent incapable de décrire la vision du monde et les réflexes qu'il a acquis au fil de sa carrière et, s'il est honnête avec lui-même, qu'il a commencé à développer bien avant d'entrer dans la police. On lui a appris à tuer quiconque menace sa vie ou celle des autres. Il n'y a pas de gradation. Un terroriste armé jusqu'aux dents et un Noir qui n'obéit pas quand on lui demande de s'arrêter représentent tous les deux un danger. Peut-être avait-il simplement demandé – lui, un membre des forces de l'ordre que l'on est censé écouter – à ce jeune de s'allonger par terre, que le garçon n'avait pas obtempéré. Peut-être qu'il s'était mis en colère, lui qui n'avait jamais utilisé son arme, qu'il s'était senti humilié. Il ne voulait pas avoir l'air faible, il ne voulait pas qu'on le mette dans cette position. Il était flic, après tout. Il était temps de mettre les points sur les *i*. Peut-être était-ce le regard des collègues, à qui il devait montrer qu'il était un dur pour mériter leur confiance.

Peut-être que tout s'était simplement passé trop vite. Que la seule possibilité qui lui était venue à l'esprit, c'était d'ouvrir le feu.

— Je suis pas censé en parler, dit-il à Antoine.

— Comment va ton père ?

Keenan fronce les sourcils.

— Ça va. Il est à la retraite, maintenant.

— Il s'occupe ?

— Pas vraiment. Il regarde le foot à la télé ou il va picoler et regarder les matchs au bar du coin. Et toi ?

— Quoi moi ?

— Comment va…

Keenan se rend compte de sa gaffe trop tard. Il essaie de se rappeler s'il y a quelqu'un dont il devrait prendre des nouvelles.

— Te fatigue pas, dit Antoine. Il n'y a personne.

— Tu as une copine ?

— Non. Et Naomi ?

— Ça va. Ça va très bien. Elle a suivi ton parcours. Elle est fière de toi.

Pour la première fois depuis le début de la conversation, Antoine se détend. Il semble sur le point de sourire. Puis son visage s'assombrit.

— Des enfants ?

— Pas encore. On va peut-être attendre un peu.

— Donc, tu es mon garde du corps pour la soirée ?

— Non, je suis en coulisses au cas où on aurait besoin de moi. Je ne serai pas dans la salle.

Antoine se tourne vers la fenêtre. Le soleil rouge flamboie, bien qu'il ait déjà entamé son déclin. Gêné par l'étrange intensité qui bouillonne sous l'apparence glaciale d'Antoine, Keenan constate qu'il n'a rien à lui dire. Il réalise qu'il ne l'aime pas, qu'il ne l'a jamais vraiment aimé. Ou alors uniquement en tant que troisième membre de leur petite bande – quatrième, en comptant Naomi –, mais pas en tête à tête. Pas étonnant qu'il n'ait personne dans sa vie.

— Je ne te reverrai peut-être pas. Bonne chance pour la suite.

— Bonne chance pour le combat.

Ils se serrent la main et Keenan se retrouve dans le couloir, heureux d'être débarrassé de quelqu'un avec qui il a passé presque toutes ses journées pendant deux ans à l'adolescence. C'est bizarre comme on change, songe-t-il. Aujourd'hui, s'il cherchait de la compagnie, il lui préférerait n'importe quel inconnu.

5

16 : 10

Tyron et Keenan partis, Antoine a encore quelques heures à tuer avant le match. Il retourne dans sa chambre, ferme les doubles rideaux et s'étend sur le lit. Sa tête s'enfonce dans l'oreiller de plumes, et il remonte le drap sur lui, songeant à toutes ces nuits passées dans la rue, sur des terrains vagues, dans des squats où des gangs vendaient du crack, en prison, le crâne à même le ciment ou sur un plancher crasseux, aux réveils en sueur après un cauchemar ou pire, avec les mains de quelqu'un sur lui, les coups qu'il devait distribuer pour survivre. Même si, au fond, le confort de ce lit lui importe peu. Bien sûr, entre un matelas moelleux king size et le sol, il n'hésiterait pas. Mais les biens matériels lui ont toujours paru éphémères, dérisoires, depuis l'époque où, gamin, il entrait en douce dans les maisons des riches avec son père.

Le sommeil le gagne, et la dernière chose qui lui traverse l'esprit, c'est qu'il va encore faire ce rêve. Penser à son père juste avant de s'endormir, c'est l'appeler à quitter les recoins sombres de sa mémoire. Le rêve est si prenant, son scénario si rigoureusement identique qu'il ne sait plus vraiment s'il s'écarte un peu, beaucoup ou pas du tout du souvenir qui lui a donné naissance.

Il a douze ans et il marche à pas de loup dans la résidence d'un milliardaire à Las Vegas. Tout est noir, tout est flou, y compris son père, Raul, qui se faufile devant lui, une ombre parmi les ombres. Le silence absolu rassure Antoine. Ils ne seront pas pris. On ne les prend jamais.

Les alarmes ont été désactivées, les caméras repérées, et le coffre, qui est caché derrière un placard au fond de la maison, ne résistera pas longtemps à l'habileté paternelle. C'est leur second cambriolage de la nuit. Lors du premier, dans un cabinet d'avocats d'Industrial Road, ils devaient aussi voler des documents.

Il y a une ellipse, comme souvent dans les rêves, et ils se retrouvent en voiture, à côté d'une benne à ordures, sous un grand pont autoroutier. Sur les genoux d'Antoine, une enveloppe brune contenant les papiers dérobés. Son père est nerveux. Antoine le remarque, car c'est inhabituel. Même poursuivi par les chiens les plus féroces, même en compagnie des femmes les plus séduisantes, même cuisiné par les policiers les plus acharnés, Raul Deco ne perd jamais son sang-froid. Mais ce soir, il est nerveux, ça se sent.

— Sors, *hijo*. Trouve un endroit où te cacher. Je reviens.

Pour la première fois de sa vie, il a le sentiment que son père a besoin de lui. Raul n'en est peut-être pas conscient, mais Antoine, si : il est en train de commettre une erreur.

— C'est quoi, ces documents ?

— Un testament. Des copies d'un testament. Maintenant, sors. *Vete !*

— C'est pour qui ?

Raul le dévisage, et Antoine – l'homme de trente-deux ans qui rêve – comprend ce regard. Il pèse le pour et le contre : révéler ou non sa fragilité à son fils, demander de l'aide à celui qu'il est censé guider et éduquer. Il ne l'a jamais fait jusque-là. Finalement, il lâche trois mots.

— Pour des flics.

— Des flics ?

— Ils m'attendent. File.

Antoine est écartelé entre l'obéissance qu'il doit à son père et son instinct.

— Tu devrais peut-être me laisser une des copies.

Raul s'empare de l'enveloppe.

— Sors, Antoine.

Il s'exécute. Il sait ce que signifie cette voix tranchante. S'il insiste, il va s'en prendre une. Il regarde la voiture s'éloigner sur le parking poussiéreux, passant des ténèbres à la lumière.

Quelle que soit la fréquence du rêve, quels que soient ses efforts, il ne peut jamais en changer la fin. Il ne peut jamais s'obliger à rester. Et, à l'instant où son père démarre, il s'en veut de l'abandonner.

Il se cache derrière la benne, voit les feux arrière diminuer sous le pont. Comme un soldat sous les tirs ennemis, il court d'un pilier de béton à l'autre.

La voiture est maintenant loin devant lui. On ne distingue plus que deux points rouges, comme les yeux d'une petite créature dans l'obscurité. Il accélère. Elle a disparu.

Ses poumons le brûlent, pourtant, ses jambes bougent à peine. Il a l'impression d'être un moustique englué dans la sève d'un arbre. Il faut qu'il rattrape son père. C'est vital. C'est la chose la plus importante qu'il ait jamais eu à faire. Il sait ce qui arrivera, sinon. Le pressentiment qui lui glace le sang ne peut pas se tromper.

Il court, environné d'ombres et de formes indistinctes. Jusqu'à ce que les yeux rouges réapparaissent. Immobiles. Il aperçoit son père à côté de la voiture, l'enveloppe à la main. Devant la berline sombre garée un peu plus loin se détache la silhouette floue d'un homme très grand. L'homme lance un sac de sport noir dans le faisceau de lumière que projette l'autoroute au-dessus d'eux. Raul s'approche à pas prudents.

C'est alors qu'Antoine repère un autre individu caché derrière un pilier dans le dos de son père. Il tient un pistolet. Et Antoine est encore très loin d'eux.

Son père vérifie rapidement le contenu du sac, le met sur son épaule et jette l'enveloppe en direction du premier homme. Antoine ouvre la bouche pour le prévenir. Le tireur s'avance et lève son arme.

Raul regagne sa voiture, la tête tournée vers la haute silhouette. Il ne voit pas le deuxième homme. Il ne voit pas la mort le mettre en joue. Le cri d'Antoine s'étrangle dans sa gorge. Ils vont me tuer, moi aussi, pense-t-il. La balle part.

Il y a huit éclairs successifs. Les coups de feu résonnent dans l'espace caverneux. Le corps de son père se tord et tressaute. Encore une fois, Antoine veut crier. Encore une fois, sa voix le trahit.

Le tireur récupère le sac à côté du cadavre de Raul et grimpe dans la voiture noire. Le moteur rugit. Antoine se plaque derrière le pilier le plus proche. À l'instant où la voiture passe devant lui, il risque un œil hors de sa cachette et aperçoit les deux hommes, brièvement éclairés par un rai de lumière.

Ils n'ont pas de visage. Pas de cheveux. Pas d'yeux. Pas de nez. Pas de bouche. Une toile blanche de chair. Dans son rêve, il est incapable de retrouver les traits qu'il a vus des années plus tôt.

La berline se fond dans la nuit, comme si elle en avait toujours fait partie. Antoine sort de sa cachette. Traverse le parking vide en courant. Une mare de sang s'est déjà formée autour du corps de son père.

Ses larmes ruissellent, mais il a peur de s'attarder. Si Raul a été tué par des flics, il ne faut pas qu'on te trouve ici, lui souffle son instinct de survie. Fiche le camp.

Antoine relève la tête et aperçoit dans l'ombre deux brandons incandescents, puis deux autres et encore deux autres. Ils clignotent, dansent, avancent, reculent, et soudain des hurlements s'élèvent tout près de lui. Un coyote émerge des ténèbres, le plus gros et le plus téméraire, les crocs luisants dans la pénombre. La meute s'approche. Des corps efflanqués se matérialisent autour des yeux féroces. Le poil hérissé, la langue pendante et les longues gueules salivantes, attirées par le sang.

Antoine se redresse. Il doit s'enfuir, vite. Mais il ne peut pas. Il ne peut pas abandonner son père encore une fois. Il essaie de le soulever. Les coyotes grondent, et le cercle se resserre. Les flics ne vont pas tarder. Ceux en uniforme. Et, d'une manière ou d'une autre, ils alerteront les policiers sans visage qui ont assassiné Raul, et ils comprendront qu'il était là, qu'il a tout vu, qu'il est le complice du vol commandité, une menace. Un témoin gênant dont ils ignoraient l'existence jusque-là.

Il hurle pour éloigner les coyotes, qui font claquer leurs mâchoires écumantes. Le plus gros bondit sur lui, toutes dents dehors.

Antoine se réveille en sursaut. Sa peau est humide de sueur sous les draps, ses poings serrés. Il n'y avait ni animaux ni yeux brillants lorsqu'il a abandonné son père. Cependant, quelques jours plus tard, quand il a dû identifier le corps, il a vu ce que les coyotes avaient fait en son absence. Les images sont restées gravées à jamais dans son esprit. Il s'agenouille sur le matelas. Son poing s'abat sur l'oreiller qui se gonfle autour de son bras. Il veut continuer à frapper.

Pas encore, lui souffle une voix à l'intérieur, la voix à laquelle il obéit depuis ses douze ans. Économise tes forces. Économise-toi pour ce soir.

6

17 : 38

— Le black jack, c'est de la bombe, baby ! s'exclame Ricky, ratissant à deux mains les jetons de la mise.

— T'as quand même perdu plus que t'as gagné…

— Pour l'instant, rétorque Ricky, aspirant bruyamment sa salive entre ses dents.

Tyron sourit. Il regarde autour de lui, et ses yeux croisent involontairement ceux de l'une des sirènes, qui lui adresse un sourire aguicheur avant de se diriger vers eux, passant entre deux tables, un plateau de dry martinis à hauteur d'épaule.

Un simple sourire et voilà qu'il a le cœur qui part au triple galop. C'est embarrassant. À sa décharge, l'étoffe gris-bleu à motifs écaille de poisson qui prend les hanches et les jambes de la serveuse est si fine qu'on voit presque à travers. Et elle ne porte en haut que deux petits coquillages maintenus en place par des ficelles invisibles. Il n'a jamais vu une femme aussi sexy. Mais si le regard d'une sirène à demi nue lui fait autant d'effet, c'est surtout qu'il n'a pas tellement eu l'occasion de fréquenter l'autre sexe ces dernières années. Ça fait si longtemps qu'il n'a pas couché avec une fille qu'il a honte rien que d'y penser. Et même sans aller jusque-là, à quand remonte son dernier rendez-vous ?

— Qu'est-ce que je fais ? lui demande Ricky, qui lui montre son jeu : un six de trèfle et un valet de carreau.

— Les cartes, c'est pas mon truc.

— Allez, décoince-toi, Ty ! Merde, on est dans le casino le plus dingue du Strip et, ce soir, on va au combat du siècle. On fête ton retour au bercail. T'es plus un marine, t'es un homme libre. Oublie le barbecue de tante Trudy. La fête, c'est maintenant ! Pigé ?

— Pigé.

— T'es au taquet ?

— Si on veut.

Ricky lui file un coup dans l'épaule.

— T'es à donf ?

— Me frappe pas.

Ricky recommence.

— Soldat, vous êtes à donf ?

— OK, OK.

Tyron ne peut pas s'empêcher de sourire. Ce mec est vraiment un cas.

— Alors, réponds : je reste ou je tire ?

— Tu tires.

— Merci ! Une carte ! crie Ricky au croupier.

Celui-ci retourne un sept de pique.

Ricky jette son jeu d'un air dépité.

— Vingt-trois. Tu repasseras, Tyron.

— Alors comme ça, vous êtes dans les marines ? demande un type chauve à lunettes, qui doit avoir la soixantaine.

Assis à droite de Ricky, il se penche en avant pour mieux voir Tyron.

— Oui. En fait, non, j'y étais. On peut dire que je suis un ancien combattant, maintenant. Je viens de quitter l'armée.

— Allen. Proviseur à la retraite, dit le chauve.

Tyron serre la main qu'il lui tend, remarquant au passage la manchette élimée et grise de sa chemise, trop portée et pas assez lavée. Dans les yeux de l'homme, derrière les verres, il voit les poches noires et les petits vaisseaux éclatés. Accro au jeu, soupçonne-t-il. S'il claque sa pension ici, il risque de ne pas rester à la retraite longtemps.

— Et vous ? demande Allen à Ricky.

— Quoi, moi ?

— Vous êtes un ancien combattant, vous aussi ?

Ricky prend son temps, comme si la question méritait réflexion.

— Pas au sens traditionnel du terme. Mais je suis un ancien combattant dans un tas de domaines.

Allen lance un regard déconcerté à Tyron.

— Ça veut dire non, traduit-il.

L'homme ajoute une poignée de jetons à leur pile.

— Je tiens à vous remercier pour les services que vous avez rendus à la patrie. Qu'est-ce que vous buvez ?

Tyron refuse et voit Ricky trépigner d'impatience.

— Vous pouvez l'offrir à…

— Vous pouvez me l'offrir, à moi, complète Ricky.

— Si vous voulez, dit Allen d'un air dubitatif. Qu'est-ce que ce sera ?

Le téléphone de Tyron vibre dans sa poche. Un SMS de Marlon.

Tu as réfléchi pour demain ?

— Qu'est-ce que vous avez tous avec cette manif ? demande-t-il à Ricky. Marlon me harcèle pour que j'y aille.

— Je voulais pas être lourd mais, puisque tu abordes le sujet, t'aurais pas dû être si sympa avec ce mec.

— Je n'aurais pas dû être sympa avec qui ?

— Ce putain d'assassin. Le flic. Qu'est-ce que tu crois ?

Tyron rentre les épaules, et son dos se raidit. L'attitude de Ricky ne lui ressemble pas, mais est sans doute révélatrice de ce que signifient le geste de Keenan et son acquittement pour les gens d'ici.

— Ça peut arriver à tout le monde de faire une connerie.

— Pardon ?

— Tu ne sais pas ce que c'est d'avoir une arme entre les mains et d'être autorisé à t'en servir.

— Parce que tu penses que c'est OK de…

— Est-ce que j'ai dit que c'était OK ? Je disais seulement que ça pouvait arriver à tout le monde de faire une connerie.

Allen fait signe à une serveuse.

— Un whisky-Coca pour moi et ce que ces deux messieurs voudront. Nous avons un ancien combattant avec nous, il faut le traiter avec les honneurs qu'il mérite.

— Un ancien combattant, vraiment ? susurre une voix féminine.

Tyron tourne la tête et découvre la sirène qui lui a souri il y a un instant. Elle plonge des yeux verts enjôleurs dans les siens.

— Un dark and stormy, si vous avez, répond Ricky.

— On a, oui, dit-elle. Et pour vous ? poursuit-elle, s'adressant à Tyron.

— Rien, merci.

— Allez, prenez quelque chose, intervient Allen. On est à Vegas.

— Surtout que ce n'est pas qu'un ancien combattant : c'est un héros. Parle-leur de tes médailles, Ty.

— Un héros ? répète la sirène, se mordillant la lèvre inférieure. Au nom du Reef, j'insiste pour vous offrir le meilleur.

— Vous savez quoi ? lance Ricky. Vous devriez l'embrasser. Il vient de rentrer au pays. Ce serait pas une bonne manière de l'accueillir ? D'autant plus que, si je peux me permettre, vous êtes le meilleur de ce que l'Amérique a à offrir.

La sirène fait mine de réfléchir. À l'instant où Tyron comprend qu'elle risque de le faire pour de bon, il secoue la tête, mais elle est déjà penchée vers lui.

— Bienvenue au pays, soldat.

Ses lèvres sont douces et pleines, et elle les plaque un long moment contre les siennes. Tyron rouvre les yeux, sonné. Une fois, en Irak, il s'est retrouvé à demi commotionné par l'explosion d'un engin improvisé. La sensation n'était pas si différente.

— Alors, un whisky-Coca et deux dark and stormy ? murmure la sirène avec un clin d'œil.

— D'accord.

Elle pourrait lui demander n'importe quoi, à cet instant, c'est la réponse qu'il lui donnerait.

Après son départ, il se rend compte que le reste de la table est aussi sidéré que lui.

— C'était chaud ! lance une femme à l'autre bout.

Il leur offre un sourire contrit.

Ricky lui flanque une grande tape sur l'épaule.

— Ça va être une nuit de folie.

Tyron se dit soudain qu'il a peut-être raison. Il n'a aucun soldat sous sa responsabilité. Aucun civil sous sa protection. Et une jolie fille s'intéresse à lui. Je peux me lâcher ce soir, ça ne me tuera pas, se dit-il. Je pourrais même y prendre goût. Et tout ça grâce à Antoine. Difficile à croire.

De tous ses amis d'enfance, Antoine est le dernier qu'il se serait attendu à voir grimper aussi haut. Cela dit, à l'époque, il était déjà à part. Il avait quelque chose de différent. Ça s'était vu dès le premier jour.

Lorsqu'il était arrivé chez eux, ça faisait deux ans qu'il était trimballé de centres d'hébergement en familles d'accueil. Pendant les quinze premiers jours, il avait à peine ouvert la bouche. Ils avaient tous les deux quatorze ans et allaient au collège ensemble.

Durant le trajet, à pied ou en bus, Antoine ne desserrait pas les dents, comme s'il savait que tout ça n'était que temporaire. Tyron avait vu passer d'autres enfants, des garçons et des filles qui eux aussi avaient eu la vie dure et qui en retour s'étaient endurcis, mais rien de comparable au mutisme d'Antoine.

Il ne s'était décidé à parler qu'après le premier incident. Une nuit, il s'était fait arrêter après s'être introduit dans un poste de police. À l'époque, Tyron s'était dit qu'il fallait être vraiment demeuré pour faire un truc pareil. Les flics avaient gardé Antoine dans un centre de détention pour mineurs pendant deux jours avant que les parents de Tyron obtiennent sa libération. Dans la mesure où il n'avait rien volé ni cassé, on n'avait retenu que l'effraction. Les policiers se figuraient que la prison apprendrait la vie à ce petit Latino qui faisait moins que son âge, mais Antoine semblait ne même pas avoir remarqué qu'il avait été puni. Pour lui, c'était dans l'ordre naturel des choses. Lorsque les parents de Tyron lui avaient demandé s'il allait bien, il les avait regardés avec de grands yeux, l'air de penser : pourquoi ça n'irait pas ?

De retour à la maison, ils l'avaient invité à s'asseoir et interrogé : est-ce que quelqu'un l'avait poussé à faire ça ?

— La police disait que tu fouinais dans les dossiers et les ordinateurs. Qu'est-ce que tu cherchais ?

— Rien.

— Pourquoi est-ce que tu as fait ça ?

Il avait haussé les épaules, les regardant dans les yeux, attendant la correction qu'il était sûr de recevoir.

— Nous ne sommes pas fâchés, Antoine. Nous ne sommes même pas déçus. Nous voulons juste savoir pourquoi tu as fait ça.

Antoine avait vite assimilé les règles de la maison, pourtant, il lui avait fallu une éternité pour comprendre que Terrence et Viola Shaw n'allaient pas le battre comme plâtre parce qu'il avait été arrêté. Tyron aurait trouvé ça presque drôle, si le garçon ne lui avait pas paru aussi bizarre. Antoine n'avait rien dit ce soir-là, mais il avait laissé échapper quelques mots au cours des jours suivants. Puis, un beau matin, il s'était mis à parler normalement. À la maison, en tout cas. À l'extérieur, c'était une autre histoire.

17 : 52

Keenan est accoudé à la rambarde d'une galerie qui surplombe l'aquarium, son portable à l'oreille. L'effet de l'alcool s'est dissipé, et il se sent sur les nerfs, comme souvent quand il a bu. Pas l'état d'esprit idéal pour appeler sa femme. Il tente sa chance quand même, car il n'est pas sûr de pouvoir plus tard dans la soirée. Il s'efforce d'être un meilleur époux. En temps normal, il ne répondrait pas à ses SMS au travail, mais sa vie n'a plus rien de normal. Il écoute le téléphone sonner, se demandant à combien de mètres est l'eau en dessous de lui. Il faudrait juste sauter assez loin, histoire de ne pas s'écraser sur la bordure carrelée du bassin. Ça ne devrait pas poser de problème. Il a une bonne détente. Et après, que feraient les requins ? Son désespoir les attirerait-il ? Aiguiserait-il leur appétit ?

— Keenan ? Ça va ?

Naomi est surprise. Pas de silence radio, pas un SMS lapidaire, ni même un long SMS. Un vrai appel téléphonique. C'est un pas dans la bonne direction, pense-t-il. Espère-t-il.

— Je voulais juste te dire que tout se passait bien, pour l'instant.

— Oui ?

— Oui.

— C'est bien, Keenan. Je suis contente pour toi.

— Comment… Comment ça va à la maison ?

Elle marque une pause, et, une fois encore, il sent son étonnement.

— Tout va bien.

— Tyron est à Vegas, dit-il.

Le silence est si long qu'il se demande si elle a raccroché.

— Chérie ?

— Tu l'as vu ?

— Il est rentré hier, il a quitté l'armée. Il est venu voir Antoine.

— Donc, tu l'as vu ?

— Oui, je les ai vus tous les deux, en fait.

— Sérieux ? Tous les deux ?

— C'est dingue, non ? Comme au bon vieux temps.

Du coin de l'œil, il aperçoit les mouvements d'un requin en contrebas. Une ombre fluide sous la surface.

— En fait, non, ce n'était pas comme au bon vieux temps. C'était différent. Mais quand même, toute la bande réunie, la première fois en plus de dix ans.

— Pas toute la bande.

Le requin rattrape un petit poisson. Est-ce qu'il va l'avaler ? Keenan aimerait voir ça. La souffrance.

— Enfin, j'appelais juste pour te faire un coucou. Je rentrerai tard. Ne m'attends pas.

— J'arrive.

Le petit poisson fait un brusque virage, mais le requin ne lui prête aucune attention et continue à fendre l'eau au même rythme régulier.

— Qu'est-ce que tu disais ?

— Je viens au casino. Je veux les voir.

— Quoi ?

— J'arrive.

— Naomi, non.

— Je veux les voir, Keenan. Ce sont aussi mes amis.

— Tu les verras. Ils ne vont pas s'envoler.

— Écoute, si tu crois que je vais rester à me morfondre pendant que vous allez faire la fête tous les trois, tu te trompes.

— Ne dis pas n'importe quoi. Personne ne fait la fête. Je bosse, et Antoine a un match dans deux heures.

— Et Tyron ?

Keenan soupire.

— D'accord, Tyron fait la fête. Il est au casino avec son pote Ricky.

— Ah ! Ricky. Le dragueur de service.

— Lui-même.

— Je viens, je traînerai avec eux. Et après ton service, on pourra tous se retrouver. Peut-être même qu'on pourra trinquer avec Antoine, s'il gagne. Oh ! Keenan, je suis hyper contente de les revoir.

Son enthousiasme l'irrite. Le fait que d'autres puissent provoquer une telle euphorie chez elle alors qu'ils avaient tous les deux le moral à zéro dernièrement lui paraît insupportable. Elle a la voix grave, pour une femme, et quand elle le veut elle peut parler d'une voix rauque, mais lorsqu'elle est excitée, comme maintenant, elle grimpe dans les aigus. À l'époque, l'entendre ainsi faisait naître en lui une joie sauvage. Et maintenant ? Maintenant, ça lui rappelle seulement à quel point les choses ont changé. À quel point le cœur de Naomi lui est fermé et inversement.

— S'il te plaît. Je suis au boulot. Je n'ai pas envie de voir ma femme sur mon lieu de travail.

— On dirait surtout que tu n'as pas envie de voir ta femme tout court.

— Putain, j'en ai vraiment marre de ces conneries.

— Tu en as marre ? Et moi, qu'est-ce que je ressens, à ton avis ? Ces mecs, c'est ma famille, Keenan. Et je ne les ai pas vus depuis des années. Je ne serai pas dans tes pattes. Je ne te verrai même pas avant que tu aies fini ton service.

Le téléphone de Keenan lui annonce un double appel. C'est son père. Il l'ignore.

— D'accord, si tu veux, viens.

— Pourquoi est-ce qu'il faut toujours se battre avec toi ?

— Je t'ai dit de venir, merde ! Qu'est-ce que tu veux de plus ?

Il s'attend à une sortie lapidaire, au lieu de quoi, il n'obtient qu'un silence glacé encore plus inquiétant.

— Tu as le numéro de Tyron ? demande enfin Naomi.

— Je te le texte.

— Cool. J'espère que tout va bien se passer au boulot.

Puis elle raccroche. Bien joué, Keenan, se dit-il. C'était une bonne idée de lui téléphoner. Pourquoi est-ce qu'il ne peut plus se fier à son instinct, depuis quelque temps ? Avant, c'était le contraire. Tout lui réussissait.

Il lui envoie le numéro de Tyron et rappelle son père, jetant un coup d'œil à sa montre. Il devrait vraiment retourner bosser.

— Keenan ?

— Salut, papa. Tu voulais me parler ?

— Comment ça se passe, au travail ?

— Très bien.

— Et Monk ?

— Il a l'air en forme. Tu lui manques.

Craig Quinn ricane.

— N'importe quoi. Au fait, je vais miser sur ton ami.

— Ah oui ?

— Beaucoup d'argent. Si j'avais su qu'il deviendrait une star, je l'aurais laissé vivre chez nous.

— Antoine n'est pas une star.

— Pas encore, mais attends un peu. Tu l'as déjà vu se battre ?

Keenan prend une profonde inspiration et regarde le ciel bleu-gris du crépuscule.

— Non.

— Il rigole pas, ce petit jeune.

— Faut que je retourne travailler, papa.

— À bientôt, mon garçon.

Un groupe de nanas rieuses longe l'aquarium avec des margaritas de couleur vive dans des gobelets en plastique. On dirait des potions préparées par un savant fou. Encore un enterrement de vie de jeune fille. On reconnaît la future mariée à l'écharpe blanche qui barre sa robe moulante. De l'autre côté se trouvent les piscines de l'hôtel, celles pour les clients normaux. Et au-delà le portail menant aux villas des gros parieurs, avec bassins privés. Les piscines de l'hôtel ont cependant un avantage : elles jouxtent les aquariums, dont elles sont séparées par une simple paroi de verre, si bien que les clients peuvent nager à côté des créatures des profondeurs. Ceux à qui ça plaît, en tout cas. S'ébattre à proximité d'un requin bleu n'est pas du goût de tout le monde.

Les filles admirent l'aquarium, sirotant leurs cocktails. L'une d'elles lève les yeux et surprend le regard de Keenan. Elle sourit. Rien d'aguicheur, juste un sourire heureux, satisfait. Il s'apprête à répondre, mais se retient et se détourne.

En sept ans de mariage, bien qu'il lui soit arrivé de donner des coups de canif dans le contrat, il n'a jamais eu de liaison régulière. Il n'y a pas de quoi se vanter, il n'empêche, c'est mieux que certains. Il connaît des flics qui, non contents de mentir à leur femme, doivent inventer des histoires pour leur maîtresse quand ils sortent. En tout cas, pour lui, c'est ceinture, désormais. Aucune aventure, aussi brève soit-elle. Il veut être un bon mari. Il fait des efforts.

La fille est quand même mignonne.

7

18 : 35

Terrence Shaw disait que la boxe était un excellent apprentissage pour un adolescent, ce qui était paradoxal, car il était par ailleurs un fervent défenseur de la non-violence et farouchement opposé aux matchs. « On a besoin de sa tête, disait-il. Et les combats finissent toujours par l'abîmer, peu importe le niveau qu'on a atteint. » En revanche, le sport lui-même, l'entraînement et la discipline qu'il exigeait, la confiance en soi que l'on développait, la vitesse, la forme physique et la force que l'on acquérait lui paraissaient autant d'atouts pour un jeune. Il encourageait également la pratique du jeu d'échecs.

Antoine se ressaisit. Ce n'est pas le moment de penser à son père adoptif. Il est dans sa loge, l'autre combat de première partie a déjà débuté. Bientôt, il sera sur le ring, devant des milliers de personnes, sans parler des millions de téléspectateurs. La nostalgie, ce sera pour plus tard.

Sauf que ce soir, il se bat aussi pour Terrence Shaw, murmure une voix en lui. Ce soir, il se bat pour eux tous. De toute manière, qu'a-t-il de mieux à faire avant l'échauffement ?

C'est toujours le même dilemme. Antoine a besoin de tout son souffle, de toute son énergie et de toute son attention pour le combat. Mais il ne veut pas perdre de vue son objectif. S'il est trop tendu, sa concentration risque de faiblir, s'il ne l'est pas assez, il craint de ne pas être prêt pour l'épreuve. Il ne lui reste qu'à attendre, à osciller entre les deux.

C'est Terrence Shaw qui lui avait fait découvrir la boxe. Tyron allait au Rising Star Boxing Club depuis ses onze ans. Keenan en avait douze à ses débuts. Antoine, quatorze. Et il en avait bavé. Terrence Shaw avait beau leur interdire de se battre entre eux, les garçons s'affrontaient les jours où il n'assistait pas à l'entraînement, et ils visaient la tête, bien qu'on leur ait dit de ne pas frapper trop haut, avec ou sans casque. Antoine se faisait démolir. Encore et encore. Tyron et Keenan avaient un niveau à peu près équivalent, et ils gagnaient à tour de rôle, mais contre lui c'était la victoire assurée. Et ils adoraient ça. Chaque fois, Antoine donnait tout ce qu'il avait. Il mettait toutes ses forces et tout son cœur dans le combat, allait chercher au plus profond de ses tripes et de ses os. Et chaque fois, il perdait.

Le propriétaire et principal coach du club était Tony « Warrior » Wilks. Il amenait à la salle sa fille, Naomi, comme il avait amené ses fils, passés professionnels et qui dirigeaient désormais leur propre salle à Atlanta. Naomi venait presque tous les jours pour s'entraîner ou aider son père. Elle avait l'âge des garçons, mais elle était plus mûre. Sans la présence formidable de Tony, tous les aspirants boxeurs lui auraient tourné autour comme des vautours. Même quand il était dans les parages, ils pariaient entre eux sur celui qui lui prendrait sa virginité et ils essayaient de lui faire du rentre-dedans sans se faire remarquer. Jusqu'au jour où l'un d'eux eut le malheur de lui mettre une main aux fesses, sous les yeux de Warrior Wilks. Et apprit à ses dépens que l'uppercut de l'ancien champion n'avait rien perdu de sa puissance.

Tony avait autorisé le jeune à reprendre l'entraînement des mois plus tard, une fois sa mâchoire guérie. Il n'avait jamais reposé les yeux sur Naomi et était devenu l'un des boxeurs les plus motivés du club. Antoine était cependant incapable de comprendre comment Tony Wilks avait pu lui pardonner.

Tyron et Keenan évitaient de se battre contre Naomi. Pas parce que c'était une fille, mais parce qu'ils n'aimaient pas perdre et qu'elle gagnait presque toujours.

À l'époque, elle faisait une tête de plus qu'eux. Quant à Antoine, il lui arrivait à peine aux épaules. Jamais il n'avait vu une fille aussi belle. Il montait sur le ring rien que pour être près d'elle, peu importe si elle cognait encore plus dur que Tyron et Keenan. Même au tapis, le nez en sang, il ne pouvait pas s'empêcher de la regarder sourire.

Après l'entraînement, ils faisaient une virée au magasin le plus proche. La plupart du temps, Tyron et Antoine, les poches vides, n'achetaient rien. Parfois, Keenan offrait sa tournée de bonbons ou de glaces, et Antoine se sentait un peu moins seul, il avait l'impression d'être entouré.

Tout ce qu'il voulait, lorsqu'ils se rendaient d'un pas tranquille au magasin, c'était dire quelque chose qui ferait rire ou sourire Naomi, mais quand il ouvrait la bouche rien ne venait, tandis que les deux autres rivalisaient d'esprit. Il parvenait juste à balbutier : « Tu t'es bien battue aujourd'hui » ou « T'as trop assuré. » Au début, elle avait l'air contente, même s'il se rendait compte qu'elle le trouvait bizarre, à force. Pourtant, il était sincère. Il le pensait vraiment.

Le basket accaparait de plus en plus Naomi. Elle avait cessé de fréquenter la salle. Ils se voyaient tous les quatre en dehors, mais Antoine n'était pas plus éloquent. Sur le ring, en revanche, il se donnait à fond.

Car, avant que Naomi se tourne vers le basket, que Keenan décide que le tennis était sa priorité et que l'athlétisme éloigne Tyron de l'art de la castagne, avant tout ça, alors que la boxe était encore quelque chose de nouveau pour Antoine et non pas toute sa vie, il avait découvert le nom du propriétaire de la maison que son père et lui avaient cambriolée. Il s'appelait Marty Bloom et il possédait un casino. Après sa mort, sa femme avait hérité de la majorité des parts de sa société, qu'elle s'était empressée de revendre à un prix défiant toute concurrence à Norman Bashinsky. Bashinsky avait rasé le casino pour en construire un autre. Le Reef.

18 : 37

Tyron ne sait plus depuis quand il n'a pas vu autant de gens réunis au même endroit. Le lieu rêvé pour un attentat. Les agents de sécurité sont nombreux, eux aussi. Et ils ont l'air assez compétents. Il grimace. Assez compétents ? Tu es idiot ou quoi ? Ne sous-estime jamais la capacité d'innovation des terroristes.

Ce n'est pas le même désert, se répète-t-il. Pas le même désert.

Une part de lui apprécie l'ivresse après une si longue abstinence, la sensation de détente et de vertige. Mais il sait aussi que l'alcool émousse les réflexes, et cette simple idée le rend fou. Pire, il a choisi délibérément de se mettre dans cet état. Tous ces gens agglutinés qui progressent lentement vers l'entrée de la salle. Des réflexes émoussés dans un lieu rêvé pour un attentat.

— Putain, je viens de voir Jennifer Lawrence, s'étrangle Ricky. Je t'avais dit qu'il y aurait de la meuf.

Pas besoin d'une bombe, songe Tyron. Pas besoin d'une mitraillette. Avec une foule aussi compacte, il suffirait d'un semi-automatique pour descendre une dizaine de personnes avant de se faire arrêter.

— Je me demande si elle a envie de s'amuser un peu.

Un lieu rêvé pour un attentat, et c'est le soir que je choisis pour picoler. Merde.

— Bien sûr, elle a eu mieux. Plus beau. Meilleur au pieu, sans doute. Des mecs riches, brillants et célèbres. Des mecs d'une autre classe en général. Mais est-ce qu'elle en a eu des plus drôles ?

En dépit de ses efforts pour rester vigilant, les pensées de Tyron reviennent à la sirène, qui l'a encore embrassé lorsqu'ils ont quitté la table de black jack. Layla. Elle lui a donné son numéro et lui a demandé de lui envoyer un SMS après le match. Soudain, il est de nouveau heureux d'avoir de l'alcool dans le sang, heureux que ça réveille en lui un instinct qui ne pouvait pas s'exprimer quand la vie de ses hommes et des civils qui souffraient devant lui prenait le pas sur le reste. Ce serait agréable d'être avec une femme depuis tout ce temps. Tellement agréable qu'il a du mal à l'imaginer.

— OK, elle en a eu des plus drôles, c'est sûr, avec la tripotée de comiques qu'il y a à Hollywood. Mais, si ça se trouve, elle est là pour s'amuser. Peut-être qu'elle se dit : « J'ai envie d'autre chose, je veux un gus qui est inférieur en tout aux surhommes que je me tape d'habitude. » Ça arrive, si, si.

Le téléphone de Tyron vibre. Il extirpe l'appareil de sa poche tout en continuant à progresser lentement dans le couloir noir de monde. Les escalators qui mènent à la salle sont juste devant eux. Il écarquille les yeux lorsqu'il lit le message.

— Parce que les stars de ciné, elles tiennent pas à être avec d'autres stars. C'est évident. Elles aiment être le centre de l'attention. Elles aiment être le seul point d'intérêt. Deux stars ensemble, c'est comme… c'est comme si elles étaient toujours en compétition, tu vois. Genre, elles veulent des fans, pas des rivales. C'est pour ça qu'il y a tant de gens bien qui sont avec des bouffons. Tu me suis ? Alors, qu'est-ce que t'en penses ? Tu crois que je délire ?

Tyron regarde Rick pour la première fois depuis un moment.

— Non, je te vois très bien en bouffon de Jennifer Lawrence.

— Mec, dit Ricky, faisant mine de retenir des larmes d'émotion, c'est le truc le plus sympa qu'on m'ait dit depuis longtemps.

Tyron lui fait signe de le suivre, puis se faufile jusqu'au mur pour s'extraire de la foule.

— Tu te souviens de Naomi ? dit-il à Ricky, lorsqu'il le rejoint. Cette fille que…

— Naomi ? Bien sûr, qui pourrait oublier une meuf pareille ? C'est l'autre assassin, le flic, qui te l'a piquée.

— Non, ce n'est pas ce qui s'est passé. Tu ne peux pas dire ça. Et arrête de traiter Keenan d'assassin. C'est une connerie.

Ricky hausse les épaules.

— Comme tu veux. N'empêche que c'est ce qu'il est.

Tyron l'attrape par le col et le secoue.

— Je te demande de ne pas dire ça. Pas devant moi.

Un vigile les a remarqués. Tyron lâche Ricky. L'homme ne bouge pas, toutefois il les tient à l'œil.

— Putain, quand t'as la rage, je suis sûr que tu pourrais te faire les gardes du corps de Jennifer. C'est des armoires à glace, mais t'en ferais qu'une bouchée. Tu t'occupes d'eux et, pendant ce temps, je l'emballe.

Tyron se force à rire, regrettant déjà d'avoir perdu son sang-froid.

— Excuse-moi.

— C'est rien. Alors, quoi, Naomi ?

— Elle vient. Key lui a dit qu'il nous avait vus, Antoine et moi. Toute la bande réunie pour la première fois depuis la fac. Depuis plus longtemps, peut-être. Elle est dans les embouteillages, mais elle ne va pas tarder.

— Ça te fait quoi, de la revoir ? demande Ricky, soudain inquiet.

Tyron hésite.

— J'en sais trop rien. Quelle journée de malade !

Ricky éclate de rire.

— Et c'est que le début. Qu'est-ce que tu veux que je fasse ? Je peux rester avec toi si t'as besoin de soutien moral.

— Non. Va t'installer dans la salle. Jennifer Lawrence t'attend, non ?

— Amen, mon frère. On se retrouve à l'intérieur.

Ils se tapent dans la main. Puis Ricky rejoint le flot humain tandis que Tyron le remonte à contre-courant.

18 : 44

Naomi a mis du rouge à lèvres. Un rouge sombre, presque violet. Elle n'en porte jamais, sauf si elle va à un mariage ou pour une occasion spéciale. Elle a même été surprise d'en trouver dans sa maigre trousse à maquillage, puis s'est souvenue qu'on lui en a fait cadeau il y a un an ou deux. Ce petit geste de vanité l'inquiète. Il l'inquiète, car elle ne se serait jamais maquillée si elle n'était pas en route pour retrouver Tyron. Elle pourrait se mentir, dire qu'elle a mis du rouge parce qu'elle se rend à la fête de l'année sur le Strip et qu'elle ne veut pas détonner, le problème c'est que détonner ne l'a jamais gênée jusque-là. Vu sa taille, hormis sur le terrain, elle ne peut que se faire remarquer. Elle se sent déjà coupable, mais pourquoi ? Parce qu'elle s'est maquillée comme le font la plupart des femmes chaque jour ? Oui, sauf qu'elle n'est pas comme la plupart des femmes.

Naomi regarde par la fenêtre du taxi, exaspérée par la lenteur de la circulation. Samedi soir, soir de match qui plus est, ça ne risque pas d'avancer plus vite, elle le sait, pourtant, elle ne tient pas en place. Après toutes ces années, dix ou vingt minutes de plus, qu'est-ce que ça peut faire ?

Elle a les mains sur les genoux, les doigts entre les cuisses. Pour un peu, elle sentirait l'odeur de Tyron. Oui, vingt minutes, ça fait une différence. Il est rentré. Il a quitté l'armée. Et Antoine est là aussi. Il est devenu une star, maintenant, son grand rêve devenu réalité.

Elle est la seule d'entre eux à lui avoir rendu visite en prison. Dans le grand parloir blanc qui sentait la javel, quand elle lui avait demandé pourquoi il ne l'avait jamais draguée, il l'avait regardée en secouant la tête.

— Les causes perdues, ce n'est pas mon genre.

— Qui sait, tu aurais peut-être été surpris.

— Non. Tu ne m'aimais pas de cette façon-là.

Il avait raison. Cependant, elle éprouvait une réelle tendresse pour lui et aussi de l'admiration. Il n'avait jamais renoncé, en dépit des obstacles. C'est pour ça qu'elle était sûre qu'il tiendrait le coup en prison.

Le taxi avance un peu, puis s'arrête de nouveau. Le Reef se trouve juste après le prochain feu. Sauf qu'à Las Vegas il y a des kilomètres entre chaque carrefour. D'immenses casinos se dressent de chaque côté de la chaussée, certains voyants mais élégants, d'autres d'un mauvais goût tapageur. Elle se demande si elle ne devrait pas descendre et terminer à pied. Le problème, c'est qu'il n'y a nulle part où s'arrêter sur le boulevard, hormis devant les hôtels. En plus, parcourir cette distance en talons hauts, ce n'est même pas la peine d'y penser.

Des talons. Une femme d'un mètre quatre-vingt-cinq perchée sur des talons. Ma pauvre, tu ne crois pas que tu en fais un peu trop ?

Mais n'est-ce pas ce que les femmes sont censées porter lorsqu'elles veulent attirer l'attention d'un homme : rouge à lèvres, talons et robe prune fendue jusqu'aux cuisses ?

En même temps, elle ne veut pas coucher avec Tyron. Elle veut seulement qu'il ait envie d'elle, rappeler à cet idiot ce qu'il a perdu quand il s'est engagé dans l'armée. « Antoine pense que tu fais une grosse connerie », lui avait-elle lancé, juste après les sélections pour les Jeux olympiques.

Il avait laissé échapper un rire railleur.

— Je ne suis pas sûr qu'Antoine soit le meilleur juge. Enfin, pour les conneries, c'est vrai qu'il en connaît un rayon. Pourquoi est-ce que tu continues à aller le voir en prison ?

— Il faut bien que quelqu'un y aille ! Merde, Ty, on est les seuls amis qu'il lui reste. Mis à part la bande de tarés à cause de qui il se retrouve derrière les barreaux. Peut-être que ni toi ni Key ne voulez le voir, mais moi, je le laisserai pas tomber.

— Qu'est-ce qu'il dit à propos des marines ? Pourquoi c'est une connerie ?

— Il dit que l'armée est un instrument au service du capitalisme, qui permet aux États-Unis d'exploiter le Sud.

— Le Sud ?

— Les pays du tiers-monde, les pays non blancs. Les marines sont les pires, d'après lui, parce qu'ils sont en première ligne. Tout ce que tu feras, c'est te battre pour le néocolonialisme. Tu en seras le bras armé. Le seul groupe que tu défendras, ce sera l'élite industrielle, et les seuls ennemis que tu détruiras, ce seront les pauvres. Les marginaux.

Tyron semblait prêt à balancer son poing dans le mur.

— Pour qui il se prend avec ses leçons de morale ? Un petit délinquant qui se permet de me juger ? Non mais quel connard !

Jamais Naomi ne l'avait vu dans une telle fureur.

— C'est le seul avantage de la mort de mes parents. Au moins, ils ne sauront jamais qu'Antoine est devenu cet espèce de dégénéré.

— Un tas de gens se font recruter par les gangs, Ty. Surtout ceux qui n'ont personne. Ce n'est pas comme s'il avait tué quelqu'un.

— Vraiment ? Ce n'est pas ce qu'on dit.

— Des rumeurs.

— Même si ce sont des rumeurs, je sais qu'il ne s'est pas fait choper pour la moitié des saloperies qu'il a faites. Sinon, il en aurait pris pour beaucoup plus longtemps.

— En tout cas, il n'a pas tort en ce qui concerne les marines.

— Pas tort ? Tu délires ou quoi ?

— J'ai l'impression qu'en prison il passe son temps à lire et à s'entraîner. Il est peut-être pas complètement à côté de la plaque.

— Arrête. Je suis sûr qu'il est très occupé. Ses copains du gang ne vont pas le laisser se la couler douce.

— Laisse tomber, ce n'est pas Antoine, le problème. Je ne veux pas que tu y ailles. C'est fichu pour les Jeux olympiques, et après ? Tu réessaieras dans quatre ans. J'ai été recrutée. On pourra vivre sur mon salaire jusqu'à ce que tu passes pro.

— Je ne veux pas que tu m'entretiennes.

Au grondement grave et froid de sa voix, elle avait aussitôt compris que c'était fini.

Une semaine plus tôt, pendant les sélections, Naomi y avait tellement cru. Si Tyron voulait se qualifier pour le décathlon, il devrait battre son propre record. Elle était sûre qu'il en était capable. Il était déterminé. Les Jeux, la publicité, l'argent, un peu de célébrité : tous ses concurrents en voulaient aussi, mais il avait quelque chose en plus. Il lui avait dit qu'il s'engagerait s'il n'était pas sélectionné, et elle l'avait prévenu qu'elle le quitterait s'il le faisait. Tous deux n'aimaient pas revenir sur leur parole ni changer d'avis. Il devait réussir.

Naomi ne ratait aucune de ses compétitions. Il fallait le voir dans son maillot qui mettait en valeur ses épaules et son torse, et son short qui gainait ses cuisses puissantes.

Ce qu'elle préférait, c'était le javelot. Lorsqu'il s'élançait, brandissant la sagaie à hauteur d'épaule, prenait de la vitesse, puis plantait la jambe avant dans le sol, rejetant la hanche en arrière et projetant le torse en avant, elle admirait la beauté de la détente, le bras étiré au maximum, la fluidité du geste, le javelot qui s'élevait en dessinant une spirale serrée. Soudain, elle croyait voir un héros antique sur un champ de bataille, dont la lance puissante ferait la première victime dans le camp adverse. Et, quand le javelot plongeait en sifflant, se fichant droit dans l'herbe, elle en avait des frissons.

En général, après deux jours de compétition, elle n'avait qu'une hâte : le ramener dans sa chambre sans même le laisser se doucher, le déshabiller, le jeter sur le lit et le chevaucher. Mais, après dix épreuves, sans compter l'échauffement et la récupération, Tyron était vidé. Il avait tout juste assez d'énergie pour s'alimenter, les réserves plus qu'à plat, les graisses brûlées, les muscles en manque de carburant. Elle devait attendre un jour, voire deux, avant de pouvoir assouvir ses fantasmes. Il était encore épuisé et étourdi, néanmoins il était dur et vivant. Elle pouvait l'attirer sur elle, sentir sa force circuler en elle et la sienne en lui. Et, lorsqu'elle jouissait, elle l'imaginait lançant ce javelot.

Pendant les sélections olympiques, pourtant, elle était restée de marbre. Rien n'avait vibré en elle lorsqu'il était apparu dans sa tenue ajustée. Et elle savait que c'était mauvais signe. Pour lui comme pour leur relation.

Il avait quand même battu l'un de ses propres records. Il était tendu, c'était évident, mais n'avait rien lâché. Malheureusement pour lui, l'équipe américaine comptait de véritables champions cette année-là – cela dit, est-ce que ce n'est pas toujours le cas, pour le décathlon ? – et Tyron n'avait même pas décroché une place de suppléant.

Après la dernière épreuve, le 1 500 mètres, elle n'avait pas pu descendre sur la piste pour le prendre dans ses bras. Elle pleurait si fort qu'elle s'était réfugiée aux toilettes et enfermée à clé. Aujourd'hui encore, elle s'en voulait de ne pas avoir été là pour le consoler et le féliciter, alors qu'il avait donné le meilleur de lui-même et que cela n'avait pas suffi. Elle était consciente de lui faciliter la tâche, d'une certaine manière, mais elle se sentait incapable de sortir. Elle ne pouvait affronter personne dans cet état, lui moins que quiconque.

Le taxi s'arrête devant le Reef. Naomi essuie une larme et prend son sac.

8

19 : 17

Antoine se concentre sur son souffle lorsqu'il s'échauffe dans la loge. C'est devenu un réflexe. Pas besoin de réfléchir pendant les planches, la corde, les squats, les étirements, et même quand il fait du shadow, boxant contre un adversaire imaginaire : il est en pilotage automatique. Il veut se vider l'esprit avant le match, car, dès que la sonnerie retentira…

Il n'a pas hâte de retrouver l'état de concentration extrême dans lequel il devra se plonger. C'est douloureux, plus douloureux que les coups. Alors, pour l'instant, il pense à respirer, rien qu'à respirer.

Il y a toutefois une préoccupation à laquelle il ne peut pas échapper. Tu dois gagner. Tu le dois. Ce sera ta seule occasion. Ça l'inquiète. Depuis sa sortie de prison, il s'est toujours focalisé sur le processus, la technique, la tactique – pas le résultat, pas l'issue. Mais ce soir, il doit gagner.

Cette idée l'obsède. Et, s'il est obsédé par l'objectif, alors il ne peut pas se concentrer sur le plus important : la technique. L'exécution. Les gens compliquent le sport à l'extrême, pourtant, au bout du compte, c'est le meilleur exécutant qui gagne. Ni plus ni moins. Comment être meilleur que le meilleur du monde, c'est ça qui est difficile. Et c'est la question qui a occupé tout son temps en prison. Ça et, de temps à autre, une mission pour les Latin Knights.

Vu le nombre de victoires qu'il a remportées depuis sa sortie, on pourrait croire qu'il a résolu ce mystère, sauf que c'est la première fois qu'il affronte un boxeur du niveau de Kolya Konitsyn, dit Clayface. Non seulement il n'a jamais perdu un match, mais il a envoyé au tapis ses dix-neuf derniers adversaires. On dit qu'il incarne l'avenir de la division. Antoine ne s'est jamais retrouvé K-O. Même avant la prison. Jamais.

Tandis qu'il laisse ses bras et ses jambes enchaîner les combinaisons avec Alejandro, Antoine fixe les murs gris, lisses, derrière son entraîneur. J'ai bâti ce lieu, songe-t-il. J'ai bâti le Reef.

Les enfants de Marty Bloom l'avaient juré : juste avant de mourir, leur père avait rédigé un nouveau testament qui leur laissait la société. L'avocat du vieux magnat avait corroboré leur histoire : Bloom avait modifié ses dispositions quand un détective privé – embauché par ses enfants – avait découvert que sa jeune et jolie femme était en fait une collaboratrice de Norman Bashinsky. Bashinsky dont tout le monde savait qu'il aurait vendu père et mère pour avoir son propre casino sur le Strip. C'était bien avant que ses établissements de jeu en Asie du Sud-Est le propulsent parmi les cinq premiers milliardaires du classement de *Forbes*.

Sauf qu'au moment de porter plainte les enfants Bloom et leur avocat n'avaient pas réussi à mettre la main sur le dernier testament. Ils crièrent à l'espionnage industriel, au vol, mais il n'y avait aucun signe d'effraction, ni dans la résidence de Bloom à Las Vegas ni au cabinet de l'avocat. La jeune épouse, elle, possédait une multitude de copies du document qui faisait d'elle la légataire de la société, toutes signées par le défunt.

Les enfants Bloom n'avaient pas capitulé. Le procès menaçait de durer éternellement. Pour finir, Bashinsky leur avait fait une offre : il leur avait versé une compensation raisonnable quand il avait racheté le casino. Tout ce qui l'intéressait, c'était un emplacement sur le Strip, et tout ce que les Bloom désiraient, c'était toucher de l'argent et en finir avec les frais d'avocat ruineux. Tout le monde était content.

Sauf l'homme qui avait livré un empire à Bashinsky et dont le corps avait été rongé par les coyotes.

Ton souffle. Concentre-toi sur ton souffle.

19 : 18

Le casino est maintenant un véritable eldorado pour terroristes. On se bouscule dans les bars, les boîtes, les boutiques, les restaurants, aux tables de black jack, devant les machines à sous, dans les salles de poker et de baccara, autour des aquariums, dans les ascenseurs, les escaliers mécaniques, les couloirs, les galeries, les halls, les toilettes : le moindre espace est occupé. La plupart des gens ont les yeux rivés sur les écrans, disposés à des endroits stratégiques. La première partie a débuté, d'abord un match pour le titre de champion dans la catégorie poids mouches et, juste après, celui d'Antoine. Tyron se demande comment il va retrouver Naomi dans cette multitude en tenue de soirée, quand il l'aperçoit, dépassant d'une tête toutes les autres femmes, et il se souvient que repérer Naomi au milieu d'une foule n'a jamais été compliqué.

Au club de boxe, les plus vieux enchaînaient les blagues lourdes : « Hé, petite, t'es un drôle de mélange, mais ça fait un cocktail explosif ! » « Ce genre de cocktail, ça me donne soif. »

Tyron croise son regard et fend le flot humain pour la rejoindre. Elle s'immobilise et lui sourit. Il lui rend son sourire, étonné de voir avec quelle facilité elle peut encore le désarmer. En un instant, elle a balayé les visions de terroristes, de bombes et de sang. Il n'est plus dans le désert.

Naomi se décide à avancer, et ils se retrouvent au milieu de la cohue. En talons, elle est plus grande que lui, comme autrefois, avant qu'il atteigne son mètre quatre-vingt-huit d'adulte.

— Tu as l'air en forme.

Il secoue la tête.

— Arrête.

— C'est toi qui es…

Magnifique, c'est le mot qu'il a envie d'utiliser. De longues mèches noires encadrent son visage, tandis que ses cheveux coupés court sur la nuque révèlent les lignes gracieuses de son cou.

— Tu as l'air en forme, toi aussi, réplique-t-il.

Tyron se retient. Il n'a pas spécialement envie de dire à une femme qui l'a quitté qu'elle est magnifique – une femme qui en a choisi un autre. Et qui est mariée.

Naomi franchit l'espace entre eux et l'étreint. Il ferme les yeux, tandis que ses bras enlacent sa taille. Il doit lutter contre le désir soudain d'enfouir le visage dans son cou et d'effleurer sa peau avec ses lèvres.

— Ça me fait plaisir de te voir, dit-il enfin d'une voix qu'il espère neutre.

Elle plonge le regard dans le sien.

— Ça va ?

— Pourquoi ça n'irait pas ?

— Tu as l'air inquiet.

Tyron cherche une réponse, puis décide d'ignorer la question et indique un bar où l'on peut à la fois regarder toutes sortes de sports et parier dessus.

— Tu veux boire un verre ?

Naomi hoche la tête et lui adresse un demi-sourire, le dévisageant toujours comme s'il était un mirage.

Il n'y a aucun siège de libre, et ils ont tout juste assez de place pour se tenir debout, mais ils commandent – un dry martini pour elle, un autre dark and stormy pour lui – et se faufilent jusqu'au fond, à côté d'une télé géante. Les boxeurs poids mouches sautillent comme des personnages de jeu vidéo, si rapides et si vifs qu'ils semblent irréels, comme dans un film en accéléré.

— Antoine passe juste après, lance Naomi par-dessus la musique du Top 40 et le brouhaha des conversations.

— Je flippe pour lui.

— C'est un peu comme si on allait aussi monter sur le ring, non ?

— Carrément.

Tyron regarde les boxeurs qui transpirent, essoufflés, et sent son propre sang s'échauffer. Le désir d'être sur le ring, de ressentir le frisson du combat encore une fois. Après les sélections olympiques, il pensait ne plus jamais connaître une telle excitation, puis il a découvert un autre genre d'angoisse, d'anticipation et d'adrénaline lors de son baptême du feu. Pourtant, la peur a fini par se dissiper. L'homme qu'il voyait dans le miroir n'était plus le fils de ses parents, mais le capitaine Shaw. Le problème, c'est que cet homme n'a pas sa place ici, dans cette ville, dans ce pays, dans aucun endroit qui n'est pas une zone de guerre. Qu'est-ce que je vais bien pouvoir faire, maintenant ? se demande-t-il.

Tyron s'arrache à ses pensées et se détourne de la télé pour regarder Naomi.

— Antoine est le seul d'entre nous qui est toujours dans la course. De nous quatre, le seul qui reste. C'est vous deux qui êtes allés le plus loin, qui êtes devenus pros.

Elle médite là-dessus, et une expression de regret passe sur son visage.

— Tu aurais pu, toi aussi. Si tu t'étais accroché.

Elle hésite, réalisant ce qu'elle vient de dire.

— Excuse-moi. Je n'aurais pas dû ramener ça sur le tapis.

Il secoue à peine la tête.

— C'est bon, Naomi. C'est de l'histoire ancienne.

Il lève les yeux vers l'écran. Les boxeurs reprennent leur souffle et boivent goulûment, chacun dans un coin du ring.

— La vérité, c'est que je n'ai jamais été aussi motivé qu'Antoine et toi. Je n'avais pas le tempérament qu'il fallait. L'instinct de tueur. Je ne l'avais pas.

— Vraiment ?

— Pas à l'époque.

— Et maintenant ?

Maintenant, si, songe-t-il, tandis qu'il revoit les visages des morts. Il serre la mâchoire et secoue la tête. Croise son regard inquiet.

— Quand c'est nécessaire. Mais je n'aime pas ça. La domination, c'est pas mon truc. Et au bout du compte, la compétition, ça revient à ça.

— Pourtant, tu es un soldat.

— *J'étais* un soldat.

— OK. Mais quand même, le but c'est bien de…

— De gagner ? De vaincre l'ennemi ?

— Oui.

— Pour certains. Pour moi, c'était de protéger mes hommes. De défendre les civils. Mes parents pensaient que c'était très bien de faire du sport, mais qu'on ne devait pas sacrifier sa vie pour ça. Qu'il y avait des choses plus importantes. Je n'étais pas d'accord avec eux à l'époque. Maintenant, si.

— Ils te manquent ?

C'est différent de regarder dans les yeux d'une femme quand ils sont au-dessus des siens. Ceux de Naomi brillent comme la surface d'un étang noir et profond. Il est facile de s'y perdre, difficile d'y échapper. Ne te noie pas dedans, se dit-il.

— Pas autant qu'avant. En partie grâce à l'armée. On peut dire ce qu'on veut, c'est une famille.

Il voit ses lèvres se serrer.

— Pardon. J'ai raté une occasion de me taire.

— C'est la vérité. Pourquoi t'excuser ? Ils t'ont donné ce dont tu avais besoin. Pas moi, c'est…

Elle passe un ongle verni sur le bord de son verre. Relève la tête.

— Peu importe, c'est de l'histoire ancienne, comme tu le disais.

Naomi et Tyron boivent en silence, les yeux rivés sur l'écran. L'un des boxeurs laisse une ouverture dans sa garde, et son adversaire en profite pour le frapper au visage. Sa tête part brutalement en arrière, mais il se reprend aussitôt. Le combat continue. L'ambivalence qu'il éprouve devant ce spectacle met Tyron mal à l'aise. Il est choqué par la violence, par sa marchandisation, et en même temps elle l'apaise.

— Qu'est-ce que tu vas faire, maintenant ?

— Antoine m'a filé un billet pour le match.

— Je voulais dire en général.

— Je sais. Je plaisantais… Je ne sais pas ce que je vais faire de ma vie. Je n'en ai aucune idée.

Il doit crier par-dessus la musique et les conversations, et il se fait la réflexion que c'est gênant de dire une chose pareille à voix haute, même si personne n'écoute.

— Tu as changé, déclare-t-elle en l'examinant avec attention. Quelque chose a changé.

— Comment ça ?

Elle ne répond pas tout de suite, comme si elle n'était pas sûre de ce qu'elle voulait dire. Elle était déjà réfléchie quand ils étaient plus jeunes, mais elle a changé, elle aussi. Elle est devenue une femme. Ce n'était déjà plus une gamine la dernière fois qu'il l'a vue : on peut difficilement considérer une basketteuse professionnelle d'un mètre quatre-vingt-cinq autrement, mais son visage était plus rond, plus doux et plus lisse. Il ne pouvait pas l'imaginer être mère, en ce temps-là. Maintenant, si. Et il la trouve encore plus belle.

— Tu es plus sûr de toi.

Tyron éclate de rire,et en conclut que son deuxième verre est en train de lui monter à la tête. Curieusement, avec elle, ça ne le dérange pas. Les terroristes ne relèvent plus de sa responsabilité. Ou du moins ils passent après ses désirs et ses besoins.

— J'ai trente-deux ans, je n'ai pas la moindre idée de ce que je vais faire de ma vie, et tu penses que je suis plus sûr de moi ?

— Tu es plus sûr de ne pas être sûr. Jamais tu ne l'aurais admis, avant.

Il lui sourit et constate que son verre est vide.

— Un autre ?

Naomi hésite, puis hoche la tête. Il va faire la queue au bar et en profite pour jeter un coup d'œil à son téléphone. Il a raté un SMS. C'est encore Marlon.

R-V chez moi demain matin à 6 h.

Puis un autre.

S'il te plaît, c'est important.

D'accord.

Aurait-il accepté, sobre ? Oui, sans doute. Il aime et respecte Marlon, et il l'aidera comme il peut, tant que ça ne va pas à l'encontre de ses principes. En l'occurrence, trahir un vieil ami.

À ce propos, songe-t-il, n'oublie pas que Naomi est la femme de Keenan.

Avec la fine robe violette qui enserre son corps comme il souhaiterait le faire, comment ne pas oublier qu'elle est intouchable ? Il prend une décision qu'il estime appropriée. Lorsqu'il rapportera les boissons, il mentionnera Keenan à plusieurs reprises dans la conversation.

Mais sa solution n'a pas l'effet escompté.

— Je le quitte, dit-elle.

— Quoi ?

— Je n'avais pas l'intention de t'en parler ce soir, mais ce n'est pas non plus comme si on ne se connaissait pas. Je vais le quitter, Ty.

Adossée au mur, tenant négligemment son verre, elle ressemble à une star de cinéma, sûre d'elle, si calme qu'il en conclut que soit elle plaisante, soit elle a pris cette décision depuis un certain temps.

— Tu es sérieuse ?

— Je suis restée avec lui pendant le procès uniquement parce que je ne voulais pas l'abandonner dans un moment difficile. Mais, maintenant qu'il a été acquitté, je peux vivre ma vie.

Naomi détourne la tête.

— C'est bizarre. S'il avait été condamné et envoyé en prison, je ne serais pas partie.

Elle le regarde à nouveau en face, les larmes aux yeux.

— On s'est tous les deux échappés.

Tyron se rend compte qu'il a mal interprété son attitude. En fait, elle est loin d'être aussi solide qu'il le pensait. Elle est simplement douée pour cacher sa souffrance. Il l'attire contre lui et ne peut pas s'empêcher de l'embrasser sur la joue. Il relâche son étreinte, mais elle continue de s'accrocher à lui.

Enfin, elle s'écarte et chasse ses larmes d'une chiquenaude. Son côté dur à cuire reprend déjà le dessus. Elle lève la tête vers l'écran.

— Le match est presque fini.

Les poids mouches en sont à leur dernier round. L'un des boxeurs a l'œil horriblement enflé et l'autre une entaille sur le front. Sans commune mesure avec ce qu'il a pu voir sur le champ de bataille.

— Je suis sûre qu'Antoine va gagner, dit Naomi. C'est incroyable qu'il soit arrivé jusque-là.

Elle fixe toujours l'écran, mais Tyron a les yeux sur elle. Il sort son billet de sa poche.

— Tiens. Vas-y. L'inconvénient, c'est que tu vas devoir te farcir Ricky. Lui sera ravi, ça ne fait aucun doute. Mais, au moins, tu verras Antoine en vrai.

— Non, je ne veux pas te piquer ta place.

— Tiens, je te dis. Je veux que tu y ailles.

— Tu es sûr ?

— C'est pour Ricky que j'ai demandé les billets. Et tu as toujours été meilleure boxeuse que moi. Allez.

Naomi referme la main sur le bout de papier et lui sourit.

— Et toi, qu'est-ce que tu vas faire ?

— Je vais suivre les matchs ici et je vous retrouverai à la fin. Grouille-toi ou tu vas rater l'entrée d'Antoine.

— Merci, Ty. C'est vraiment bon de te revoir.

Il hoche la tête.

— Toi aussi.

19 : 27

Keenan marche d'un pas vif dans le couloir de service à l'éclairage fluorescent qui relie l'hôtel à la salle omnisport. Une bagarre a éclaté parmi les spectateurs, et un grand-père est tombé dans les vapes. La sécurité a dû intervenir, et il a fallu appeler d'autres vigiles pour prendre la relève. Il arrive devant un escalier et grimpe les marches quatre à quatre. Il doit se joindre à l'équipe qui escorte les boxeurs entre les loges et le ring. Le prochain match ne peut pas commencer sans lui.

Keenan émerge du souterrain gris pour retrouver le décor aquatique de Norman Bashinsky. Certains voient en lui un génie, un visionnaire. Pour d'autres, c'est un homme d'affaires tellement dénué de scrupules que le reste des cinq cents premiers entrepreneurs américains de *Fortune* sont des enfants de chœur à côté de lui. Plus naïfs que machiavéliques. Keenan ne s'est jamais vraiment intéressé à la question, mais il se souvient que, quelques années auparavant, un haut fonctionnaire chinois notoirement corrompu avait été assassiné dans une chambre du Reef. Ce n'est pas tant le meurtre qui avait surpris Keenan que ce qui avait suivi : peu après, Bashinsky obtenait des licences du gouvernement chinois pour construire plusieurs casinos à Macao. Après ça, il était devenu le chouchou de Wall Street. Les actions du Reef avaient grimpé en flèche, en même temps que sa fortune.

Keenan franchit un contrôle de sécurité pour entrer dans la salle. Un agent qu'il a rencontré plus tôt dans la journée l'attend à la porte de l'une des loges.

— On bouge dans quelques minutes.

Keenan hoche la tête.

— On emmène qui ?

— Deco. Il termine son échauffement. On devrait nous appeler d'un instant à l'autre.

Antoine, songe-t-il, tu n'arriveras pas à te débarrasser de moi, aujourd'hui.

Paradoxalement, quand ils étaient gamins, c'était le contraire. C'était lui qui trouvait toujours Antoine sur son chemin. Keenan avait tout ce dont il pouvait rêver au Rising Star : son meilleur copain, une jolie fille qu'ils se disputaient, un bon entraîneur en la personne de Tony. Ils étaient réellement des « rising stars », tous les trois, des étoiles montantes : Ty, Naomi et lui, les meilleurs jeunes boxeurs du club et les meilleurs amis du monde. Jusqu'à l'arrivée de ce petit Latino silencieux et charismatique.

Devoir rivaliser avec Tyron pour les beaux yeux de Naomi ne le dérangeait pas. Ils étaient en compétition dans presque tous les domaines, pourquoi pas en amour ? Il n'avait pas compris que son ami ne voyait pas les choses ainsi. S'il s'en était douté, il n'y aurait peut-être pas un tel gouffre entre eux aujourd'hui.

Dès le premier jour, en revanche, il avait eu envie d'écrabouiller Antoine. Ils montaient sur le ring pour s'entraîner, et Keenan cognait jusqu'à ce qu'il ait l'impression de l'avoir remis à sa place. Mais Antoine se relevait en titubant, se glissait entre les cordes, et on le retrouvait égal à lui-même, les bleus et le sang en plus. Le pire, c'était quand Tony Wilks le félicitait pour ses efforts, son courage ou son endurance. La manière dont les yeux d'Antoine s'illuminaient comme si c'était la première fois qu'il recevait un compliment exaspérait Keenan, qui brûlait de lui flanquer une nouvelle raclée.

Et il n'y avait pas qu'à la boxe qu'il devait le supporter. Partout où il allait – au basket, à l'athlétisme –, Antoine était toujours là. Heureusement que Tyron ne jouait pas au tennis, sinon son père y aurait aussi envoyé Antoine.

Bien sûr, Keenan avait fini par s'attacher à lui. D'autant plus que Naomi ne s'intéressait pas à Antoine. Et c'était utile de pouvoir compter sur un troisième membre dans leur petite bande – un quatrième, quand Naomi était avec eux. Par ailleurs, Antoine avait progressé dans toutes les disciplines, si bien que les trois garçons étaient les meilleurs non seulement sur le ring, mais également sur le terrain de foot, de basket et au 4 × 400 mètres relais. Personne ne les provoquait lorsqu'ils étaient tous les trois. Il y avait aussi des trucs marrants chez Antoine. Quand Keenan offrait sa tournée de glaces, par exemple. Il n'aurait pas eu l'air plus touché si on s'était ouvert une veine pour lui. Dans ces cas-là, Keenan se sentait l'âme d'un bienfaiteur, fier de venir en aide aux plus pauvres.

Mais, le jour où il avait fallu choisir entre se montrer charitable ou se débarrasser d'Antoine, il avait opté pour la seconde solution. Un mois avant le meurtre des parents de Tyron, Terrence et Viola, quelque chose d'étrange s'était produit au club de boxe. D'abord, son père était entré dans la salle au lieu de laisser Keenan devant. Le simple fait qu'il l'emmène était rare depuis que Keenan avait le permis de conduire. Ensuite, lorsque Terrence Shaw avait déposé Tyron et Antoine, il était allé le trouver et l'avait entraîné dans un coin. Les deux autres étaient sortis courir, mais Keenan, qui était arrivé plus tôt, était déjà à l'intérieur, en train de se bander les mains. Alerté par les éclats de voix de son père, il s'était approché. Les deux hommes étaient en bons termes mais ne se connaissaient pas plus que ça. C'était probablement la première fois qu'ils discutaient en tête à tête.

Ou presque. Voyant son fils qui les regardait, Craig avait aboyé : « C'est comme ça que tu t'entraînes ? Au boulot. Magne-toi le cul. » Keenan avait filé sans demander son reste. On ne désobéissait pas à Craig Quinn quand il était en colère.

Mais il en avait assez entendu pour se poser des questions.

— Écoutez, je respecte ce que vous faites, disait son père à Terrence. Sincèrement. Plus que ça, je suis d'accord avec vous. On ne peut pas avoir l'avenue la plus lucrative des États-Unis tandis que la majeure partie de la ville vit dans la misère. Je comprends. Ce que j'essaie de vous dire, c'est qu'avoir raison ne suffit pas. Il y a des gens qu'on n'a pas intérêt à se mettre à dos.

— Ah bon, et qui sont les gens que je me suis mis à dos ?

— Ce n'est pas la question. Je vous ai dit ce qu'il y avait à savoir : il y a des gens qu'on n'a pas intérêt à se mettre à dos. Je ne devrais même pas être là. C'est moi qu'ils vont avoir dans le collimateur, maintenant.

— Ils vous ont envoyé pour me menacer ?

— Vous menacer ? Vous appelez ça une menace ?

Le visage du père de Keenan était marbré de rouge. Un flic d'un mètre quatre-vingt-dix, une armoire à glace avec un sale caractère : n'importe qui aurait été intimidé. Pas Terrence Shaw. Sans être petit, il n'était pas aussi grand et costaud que Tyron l'était déjà. Pourtant, il lui tenait tête.

— Si vous pensez que je vous menace, vous n'avez pas idée de ceux à qui vous avez affaire. Honnêtement, ce ne sont pas mes oignons, mais il ne s'agit pas que de vous. Viola milite avec vous. Ne croyez pas qu'ils hésiteront…

Là, son père avait essayé de baisser le ton, mais il était tellement remonté qu'il avait parlé plus fort qu'il ne l'aurait souhaité.

— … à s'en prendre à une femme. Encore une fois, ce ne sont pas mes affaires, mais j'aime bien votre fils. C'est un brave gamin. Je n'ai pas envie qu'il se retrouve orphelin.

Terrence l'avait dévisagé, puis il avait parlé d'une voix douce et posée.

— Craig, il faut que les choses changent. Il le faut. Les gens ont trop peu, et ils souffrent trop. Et ceux qui se battent pour eux ne peuvent pas toujours avoir peur.

— Bordel de merde, Terrence !

C'est alors que Craig avait regardé autour de lui pour voir si on avait remarqué son éclat et avait surpris son fils.

Quelques instants plus tard, à l'autre bout de la salle, il attrapait Keenan par le col et le plaquait sans ménagement contre le mur.

— Tu n'as rien entendu, avait-il grondé tout bas, lui collant presque le doigt dans l'œil. Rien du tout. Ce qui signifie que tu ne peux pas répéter quoi que ce soit. Surtout à tes copains. Si tu laisses échapper un mot devant eux, un seul, je te jure que tu te prendras une raclée dont tu te souviendras toute ta vie.

Heureusement pour Keenan et son orgueil, la salle était presque vide. Lorsque Tyron et Antoine étaient rentrés de leur jogging, ils lui avaient demandé pourquoi il était tout rouge. Il s'était tu. Il avait peur de son père et, de toute manière, il se sentait trop humilié pour raconter ce qui s'était passé. Pour autant qu'il le sache, Terrence Shaw n'avait pas mentionné la conversation à son fils non plus.

Keenan s'était forcé à oublier l'incident. Il s'y était si bien employé que le souvenir n'était même pas remonté à la surface quand il avait appris que Terrence et Viola Shaw avaient été abattus, victimes collatérales d'un règlement de comptes entre gangs. On n'avait jamais retrouvé les coupables. Ce n'est qu'à l'enterrement, alors qu'il regardait leurs cercueils descendre dans la tombe, que la conversation lui était revenue en mémoire.

Les circonstances de la fusillade étaient floues. On présumait que les coups de feu avaient été tirés d'un véhicule et qu'ils avaient raté leur véritable cible. Que les Shaw s'étaient trouvés au mauvais endroit au mauvais moment. Tous les témoins avaient vu une voiture s'enfuir juste après. Tout le monde disait – le père de Keenan le premier – que les Shaw vivaient dans un quartier difficile et que c'était le genre de choses qui arriverait, malheureusement. Lorsque Keenan avait fait remarquer que les Shaw étaient appréciés de tous, son père s'était emporté.

— Tu crois que les voyous se préoccupent de savoir qui ils tuent ? Ces raclures sont toujours complètement défoncées. Ouvre les yeux !

Keenan ignorait qui était responsable du double meurtre, mais il avait jugé plus prudent de ne pas répéter à Tyron la conversation qu'il avait entendue au club. Son ami était déjà suffisamment bouleversé. Quant à Antoine, Keenan estimait que cela ne le regardait pas, même s'il vivait chez les Shaw. Il n'était pas leur vrai fils.

Pourtant, il les pleura comme s'ils avaient été ses véritables parents. Tout le monde était effondré. Keenan n'en revenait pas du nombre de personnes présentes à l'enterrement et de la quantité de larmes versées. Il ne se souvenait pas d'avoir autant pleuré depuis qu'il était tout petit. Avant ce moment, il ne s'était pas rendu compte de ce que les Shaw représentaient pour lui.

À la demande de Keenan, les Quinn avaient proposé à Tyron de venir habiter chez eux. Dans un premier temps, il avait refusé pour s'installer avec Antoine chez sa cousine Tara et sa mère Patricia. Mais elles n'avaient ni la place ni les moyens d'héberger deux personnes supplémentaires. En outre, Tyron se sentait plus proche des Quinn que de sa propre famille. Sans compter que leur maison, plus spacieuse et plus confortable, avait aussi l'avantage d'être plus près de son lycée. Et Keenan possédait une voiture. S'ils vivaient sous le même toit, ils pourraient aller à l'école et à l'entraînement ensemble. En bref, habiter chez les Quinn permettrait à Tyron de ne pas avoir à se préoccuper de ses besoins élémentaires et de se concentrer sur ses priorités : les cours et le sport.

La vérité était que la famille de Keenan adorait Tyron. Sa mère comme ses sœurs, son grand frère et son père, un râleur invétéré. Et, à cette période, après l'enterrement de ses parents, Tyron avait besoin d'eux. Il avait donc changé d'avis, et tout le monde avait applaudi. La seule inconnue, c'était Antoine.

— C'est toi qui vois, mon garçon. Est-ce que tu veux qu'on le prenne à la maison ? avait demandé Craig.

C'était une lourde décision pour un adolescent.

— Je ne sais pas, et toi, tu veux qu'il vienne ?

— Bien sûr que non. Tu crois que c'est écrit assistante sociale sur mon front ? Tu crois que j'ai envie d'ouvrir ma porte à tous les Mexicains sans abri ? Merde ! En plus, je n'aime pas ce gosse. Il est sournois. Comme son père.

— Tu connaissais son père ?

— Une petite frappe. Un voleur professionnel. Les chiens ne font pas des chats.

— Dans ce cas, il ne peut pas vivre ici ?

— Si, il peut. Ce n'est pas parce que je ne tiens pas à l'avoir chez moi que je ne l'accueillerai pas. Ta mère a un faible pour lui, bizarrement. Mais c'est à toi de voir. C'est ton ami.

Être généreux ou se débarrasser d'Antoine ? Keenan avait fait semblant de réfléchir plus longtemps que nécessaire pour prendre sa décision. Il n'avait aucune envie de dormir dans la chambre voisine d'un garçon qui lui tapait aussi facilement sur les nerfs.

Sans son neveu, Patricia n'allait pas garder Antoine chez elle. Antoine espérait que Tony Wilks accepterait de l'accueillir, mais leur entraîneur lui avait expliqué que la moitié de ses boxeurs avaient des problèmes familiaux et qu'il lui était impossible de tous les héberger chez lui. Par souci d'équité, il préférait n'en inviter aucun. C'était sans doute vrai. Cependant, Keenan le soupçonnait aussi de penser à sa fille et de ne pas vouloir faire entrer le loup dans la bergerie. Ce en quoi il avait tort. Après Tony, il n'y avait pas plus fervent défenseur de la vertu de Naomi qu'Antoine.

Ainsi, tandis que Tyron partait vivre dans une grande famille irlando-italienne, Antoine redevint un orphelin à la charge de l'État. Pendant environ une journée. Il continuait de s'entraîner au Rising Star, où Keenan, Tyron et Naomi le croisaient toujours, en revanche, partout ailleurs, il disparut de la circulation. On ne le voyait plus au lycée ni au foyer pour mineurs où il était censé dormir. Il ne figurait même plus sur les registres officiels : la rumeur disait que tous les dossiers le concernant s'étaient volatilisés. Si un policier ou un travailleur social se présentait au club et le demandait, les autres boxeurs le distrayaient pendant qu'il s'enfuyait par la sortie de service.

Tony le laissait s'entraîner gratuitement, sans doute parce qu'il se sentait coupable d'avoir fermé sa porte à un garçon deux fois orphelin. De plus, sa présence était un atout. À seize ans, presque dix-sept, Antoine était le plus assidu de ses poulains. Peut-être, ainsi que l'affirmait Tony, le plus assidu qu'il avait jamais eu. Il n'était pas le meilleur, loin de là, mais c'était un argument supplémentaire quand il le montrait en exemple : « Ce garçon ne sera jamais pro, et pourtant, regardez comme il travaille dur. Vous voulez devenir champion du monde ? Vous vous prétendez motivé ? Alors, vous avez intérêt à passer à la vitesse supérieure. »

Au bout du compte, Antoine était le seul ancien du Rising Star à avoir gravi les échelons de la compétition. Les autres n'avaient jamais dépassé le niveau amateur ou professionnel de dernière catégorie.

Tony lui donnait aussi à manger. Culpabilité ou générosité, Keenan l'ignorait, en tout cas, c'était une bonne chose. Il avait toujours été mince, mais il était carrément maigre, en ce temps-là. Très maigre. Si on lui demandait où il habitait, il avait une réponse toute prête : « De quoi je me mêle ? » Si on insistait, il ajoutait : « C'est un peu tard pour penser à m'aider. Foutez-moi la paix, maintenant. » Et, si on ne se décourageait pas, c'était la bagarre assurée. Antoine n'était peut-être pas le meilleur boxeur de la salle, néanmoins il avait fait d'énormes progrès et il cognait jusqu'à ne plus sentir ses bras.

Il n'avait pas besoin de donner d'explication, de toute manière : son apparence crasseuse et miteuse en disait assez long. Certaines nuits, il dormait dehors. Keenan avait prétendu que c'étaient ses parents qui avaient refusé de le prendre chez eux, et Antoine avait posé sur lui son regard imperturbable qu'il trouvait si déconcertant.

Il n'en avait plus jamais été question, et Keenan s'était toujours demandé s'il connaissait la vérité.

19 : 45

Le nombre de stars dans le public est impressionnant, même pour une célébrité de seconde zone comme elle. *Ancienne* célébrité de seconde zone, se corrige-t-elle.

Naomi gravit l'escalier raide jusqu'au sommet des gradins. Les people ont aussi envahi cette section : faux seins, bronzage artificiel, vestes de sport sur mesure et robes de créateur. Le match Gibbons-Suarez a lieu après le prochain combat, et l'alcool coule à flots ; l'excitation est une bulle qui ne cesse de gonfler.

— Naomi ! Naomi ! hurle Ricky, se faufilant entre deux types en blazer et jean déchiré.

Il s'avance pour la prendre dans ses bras, mais elle lui tend la main. Sans se laisser démonter, il la serre avec enthousiasme, comme si c'était le geste qu'il visait depuis le début : une bonne prise d'élan pour une vigoureuse poignée de main.

— Ça fait un bail, Naomi. Trop longtemps. Comment ça va ? Ty m'a envoyé un message pour me prévenir, et je t'ai vue monter, poursuit-il sans qu'elle puisse en placer une. T'es canon. Je veux dire encore plus qu'avant, ce qui fait… euh… qu'est-ce qui est au-dessus de canon ? Carrément canon ?

Prise au dépourvu par sa logorrhée, Naomi se demande comment elle est censée réagir, mais Ricky l'entraîne un peu plus haut et redescend d'un rang pour rejoindre leurs sièges. D'habitude, les gens s'écartent devant elle, surtout quand elle porte des talons. Ici, les spectateurs la dévisagent, revêches et dédaigneux, déplaçant leurs genoux à contrecœur, lui rappelant pourquoi elle évite généralement cette partie de la ville. Ricky s'assied au milieu de la rangée. Leurs places sont parfaites, la salle bondée à leurs pieds.

De là-haut, le ring semble minuscule. Cela fait bizarre de se retrouver dans le public. C'est plus éprouvant pour les nerfs que d'être sur le ring, estime-t-elle, car elle souhaite de tout son cœur qu'Antoine gagne. Il le mérite : avoir un succès de cette ampleur, accéder à la gloire. Il le mérite autant à cause de son travail que de ce qu'il a enduré.

Naomi est surprise d'être aussi anxieuse. Elle aimerait pouvoir défaire le nœud qui lui tord le ventre. C'est d'autant plus désagréable que c'est une sensation nouvelle pour elle. Elle ne connaissait pas le trac quand elle faisait de la compétition. Pas vraiment. Même pour la finale de la WNBA. Rien à côté de ce que Tyron éprouvait, en tout cas. Ou Keenan. Avec Antoine, comment savoir ? Il n'était pas du genre à se confier, et son langage corporel ne révélait pas grand-chose, dans la mesure où il était toujours tendu, le front plissé, le regard sombre et méfiant, comme s'il était sans cesse en compétition. Soit il était nerveux dans la vie et il l'était sur le ring, soit il gardait son calme en toutes circonstances. Quoique Naomi ait bien vu, une fois, une réaction chez Antoine. Quelque chose qu'elle n'avait jamais vu chez lui et n'a jamais revu depuis.

C'était plus d'un an après la mort des parents de Tyron, presque à la fin du lycée. Tyron habitait chez les Quinn, et Antoine dormait Dieu sait où. Naomi, Tyron et Keenan ne se rendaient que rarement à la salle depuis qu'ils se consacraient à d'autres sports. Antoine, lui, continuait à s'entraîner régulièrement, avec sa discrétion habituelle.

C'était un samedi. Naomi était là, car son père devait l'emmener à un match après le travail. Elle avait trouvé Antoine assis à côté de la table basse de l'accueil, plongé dans un magazine de boxe. Fidèle à lui-même, il l'avait accueillie d'un hochement de tête réservé et d'un paisible « Salut, Naomi ». Il y avait toujours une lueur dans son regard, comme s'il voulait en dire plus, mais à force elle avait cessé d'attendre une quelconque confidence.

Après quelques banalités, il était retourné à *The Ring*, et elle s'était assise à côté de lui pour lire. Elle avait senti qu'il se passait quelque chose avant de le voir, un fourmillement incompréhensible sur sa peau. C'est alors qu'elle s'était rendu compte qu'il était fasciné par les pages qu'il tenait. Lentement, il s'était levé, les yeux rivés sur le magazine. Naomi l'avait imité, se demandant ce qui avait pu produire cet effet. Enfin, Antoine avait paru se rappeler où il était. Il l'avait regardée et lui avait adressé un léger sourire. Puis, sans crier gare, il avait pris son visage entre ses paumes et l'avait embrassée sur la bouche. Ses yeux lui avaient révélé ce qu'elle avait déjà plus ou moins deviné : je t'aime, je sais que ce n'est pas réciproque, tant pis, j'ai quelque chose de plus important à faire maintenant. Un instant plus tard, il sortait d'un pas décidé, le magazine à la main, et elle se retrouvait seule, sonnée, un peu surprise d'avoir autant apprécié ce baiser.

Lorsqu'elle avait repris ses esprits, elle s'était emparée d'un autre exemplaire de *The Ring* sur la table et l'avait feuilleté jusqu'à tomber sur l'article qu'il lisait : un papier au sujet du Reef, qui venait d'ouvrir et qui accueillait son premier match de boxe. Elle l'avait relu trois fois sans comprendre ce qui avait pu secouer Antoine à ce point.

L'article ne présentait rien d'inhabituel : il était surtout question des gagnants, des perdants, des prochains combats des boxeurs et de la réaction du public. Il y avait quelques détails sur le propriétaire du casino, une description de la salle et de l'ambiance aquatique de l'établissement. Elle s'était arrêtée un moment sur la photo, saisissante, des requins et des raies qui nageaient sous les pieds des clients. Des poissons de couleurs vives partout. Inutile d'aller en Australie pour voir la Grande Barrière de corail, elle était là, à Las Vegas. C'était un projet imaginé par le nouveau magnat du jeu Norman Bashinsky, qui ne se déplaçait jamais sans une escorte armée, sauf pour aller féliciter personnellement les vainqueurs à la fin des matchs. « J'aime les gagnants, avait-il déclaré au journaliste. Ce sont les gens que je veux fréquenter. Si quelqu'un gagne chez moi, alors il mérite une poignée de main. » C'était une tradition qu'il avait inaugurée et qui durerait tant que le Reef serait sa propriété. « Je ne céderai le plus beau casino de Las Vegas que si on l'arrache de mes mains refroidies par la mort. Non, en fait, même mort, je ne le lâcherai pas. »

Naomi s'était fait la réflexion que ce Bashinsky était un peu cinglé, comme tous les cadors de l'industrie du jeu. Le Reef avait l'air d'être un endroit incroyable, en tout cas. Mais qu'est-ce qui avait bien pu mettre Antoine dans un état pareil ?

Elle avait reposé le magazine et s'était renversée sur le canapé, songeant à la façon dont il l'avait embrassée. Il devait en avoir envie depuis longtemps. Pendant quelques secondes, elle avait eu l'impression d'être face à un inconnu.

Elle se demanda s'il était encore puceau. Ce n'était pas la première fois qu'elle se posait la question. Peut-être qu'elle se trompait. Déjà, avant la mort des parents de Tyron, il lui arrivait de disparaître pendant des heures, voire un jour ou deux. Et, à présent, il était totalement livré à lui-même. Qui sait à quoi ressemblaient ses autres vies ? Peut-être y avait-il une fille qui l'attendait quelque part, quelqu'un à qui il pouvait confier tous les secrets qui brillaient au fond de ses yeux. Mais Naomi n'y croyait pas vraiment. Elle était prête à parier que tout s'était joué là, son unique instant d'abandon. Elle l'avait senti, qui passait des lèvres d'Antoine aux siennes.

Ricky dit quelque chose qu'elle n'entend qu'à moitié, absorbée par sa rêverie.

— Pardon ?

— Je te demandais ce que tu faisais, maintenant.

— Je suis coach.

Elle n'a pas envie de s'étendre, mais il attend manifestement la suite.

— Je suis assistante auprès des équipes de basket masculine et féminine de l'université de Las Vegas, j'entraîne des filles qui jouent en amateur, une équipe de lycéennes, j'anime des stages et des séminaires pour les plus jeunes, et en plus je fais un peu de coaching avec les particuliers.

— Hé ben, tu dois aimer ça, alors. Sinon, t'en ferais pas autant.

Naomi a les yeux rivés sur le ring vide et le couloir qui y mène. Devoir détourner le regard toutes les deux minutes pour répondre à Ricky l'agace. À l'évidence, il n'a pas beaucoup changé depuis le lycée.

— Oui, j'aime ça. Mon père est entraîneur. Mes frères aussi. On a ça dans le sang.

— Tu ne joues plus au basket, alors ?

Il y a de l'activité autour du ring, des responsables qui s'affairent. Son stress monte d'un cran. Cela fait sept ans qu'elle n'a pas vu Antoine. Sept ans qu'elle lui a annoncé qu'elle s'était fiancée à Keenan. Sept ans qu'il lui a demandé de cesser de lui rendre visite en prison.

— Non, ça fait quelques saisons que j'ai arrêté.

— C'est vrai, maintenant, je m'en souviens. Tara a dû me le dire. Et pourquoi tu as arrêté ?

Exaspérée, Naomi se tourne vers lui, prête à sortir un mensonge ou une demi-vérité pour éviter de répondre à la question, mais sa franchise naturelle prend le pas, ce qui l'énerve encore plus.

— J'ai été remplaçante pendant toute ma carrière. J'avais zéro chance d'être promue. Les salaires ne sont pas mirobolants dans le sport féminin, pour la majorité d'entre nous en tout cas, même si on bosse comme des dingues, et je commençais à penser à avoir un enfant. Et toi, Ricky, qu'est-ce que tu deviens ?

— Merde, Naomi, tu sais bien que j'ai au moins dix jobs différents, non ? Sinon, Tara et toi, vous êtes assez copines ?

— Oui, c'est une amie.

Il hoche la tête d'un air entendu.

— Qu'est-ce que tu penses d'elle ?

— Ce que je pense de Tara ?

— Ouais. Tu crois qu'elle… euh… qu'elle cherche un nouveau mec ?

Naomi le dévisage, incrédule.

— T'es sérieux ?

— Pourquoi pas ?

— *Toi ?*

— C'est bon, t'es pas obligée d'en rajouter.

— Je m'excuse, dit-elle, même si elle n'arrive pas à s'empêcher de pouffer. Tu as rencontré son dernier mec ?

— Deux ou trois fois. Pourquoi ?

Elle lui lance un regard de biais.

— C'est ton total opposé.

— Ouais, d'accord, mais bon… ça n'a pas marché. Ça n'a pas marché avec lui, Naomi. Alors, qu'est-ce que t'en dis ? T'essaies de me décourager ? Eh bien, c'est raté, parce que je suis encore plus chaud, maintenant…

— Oh vraiment ? Tu m'en vois ravie. Je suis ravie, si je t'aide.

— … parce que, si c'est mon opposé – c'est toi qui l'as dit – et qu'elle ne l'aime pas, alors, peut-être, je dis bien peut-être, que je suis le mec qu'elle attendait.

Naomi s'efforce de garder son sérieux, sans succès.

— Personne ne t'attend, Ricky.

Il aspire l'air entre ses dents et secoue la tête.

— Tu sais que t'es une pure garce ?

— Je suis désolée. Sincèrement. Je te présente mes excuses. T'es quelqu'un de bien. J'en suis sûre. Et tu sais quoi, tu m'as convaincue. Je pense que Tara voudrait vraiment sortir av... Pardon, non, je ne peux pas dire ça sérieusement. Tu n'es pas son genre, Ricky ! Tu es vraiment un mec bien, c'est clair, mais pas son genre. Je ne sais pas ce que tu veux que je te dise !

Ricky se réfugie dans le silence, et Naomi se concentre sur le ring. Le présentateur se glisse entre les cordes, un micro à la main.

— Tu pourrais pas plaider ma cause ? S'il te plaît, dit Ricky.

Elle se tourne vers lui, abasourdie.

— Arrête de me regarder avec ces yeux de cocker, tu veux bien ? Et d'abord, est-ce qu'elle t'intéresse vraiment ou c'est juste la suivante sur la liste ?

— Est-ce que les deux sont incompatibles ?

— C'est bien ce qu'il me semblait.

— Non, je rigolais. Elle me plaît bien. Vraiment bien. Tu veux que je t'ouvre mon cœur ? Tu veux que je me mette à poil ? Je rêve d'être avec elle. Je veux...

Les lumières s'éteignent. Un projecteur s'allume à l'entrée du couloir. Ça y est, pense-t-elle. En dépit de ses nerfs tendus à se rompre, elle sourit.

— Je veux une rela...

— Pas maintenant, Ricky. Antoine arrive.

19 : 56

— Il est l'heure, annonce la responsable en poussant la porte.

Elle a un casque sur les oreilles et une tablette à la main. Antoine la regarde. Il est temps.

Il se détourne et écarte les bras comme s'il était crucifié. Alejandro lui enfile un peignoir noir chatoyant. Dans le dos, une tête de coyote, la gueule ouverte, les crocs luisants. La capuche qui lui tombe sur les yeux noie son visage dans l'ombre, ne laissant voir que sa mâchoire.

Il met ses gants et frappe le poing d'Alejandro, de Carlos et de Simón, le *cutman* chargé de soigner ses blessures entre les rounds. Ils hochent la tête, les traits durs, la mine sombre. Il regarde vers la porte et voit Keenan qui l'attend, avec son postiche ridicule. Keenan lui adresse un sourire d'encouragement gêné, mais Antoine ne salue plus personne maintenant, et certainement pas Keenan.

Entouré de sa garde rapprochée, il avance, déterminé, conquérant. Même ici, en coulisses, les murs sont bleu lagon, gris orage et vert algue, des vagues colorées qui se mêlent et se chevauchent. Avec des tableaux représentant tous les boxeurs qui ont remporté des matchs au Reef, des grands champions immortalisés à coups de pinceau stylisés. Hopkins, Ward, Mayweather, Suarez, Gibbons. Il ne ralentit pas pour les regarder. Peu lui importe qui est passé et ce qu'ils ont fait avant lui. Pour Antoine Deco, l'histoire de la boxe commence et s'achève avec ce combat.

Le couloir décrit une courbe, et il aperçoit devant lui la salle plongée dans le noir, sporadiquement illuminée par l'éclat des flashs, comme des étoiles dans l'immensité du cosmos. Certes, il a commencé à se faire un nom, mais ce soir c'est le plus gros match de sa carrière.

Il émerge du tunnel. Un rugissement monte de la foule. Faire-valoir, outsider et sous-estimé, peut-être, mais il reste un enfant de la ville. Avec le projecteur dans les yeux et toutes les autres lumières éteintes, il ne distingue que des silhouettes. Cependant, il sent le public. Son énergie, l'énergie de ces milliers de personnes, et il a l'impression qu'il pourrait exploser et s'enflammer. Il y a de la musique, un morceau de reggaeton fourni par son équipe. Il l'entend à peine par-dessus les acclamations.

Il est sur le ring. Il ne se souvient pas de s'être glissé entre les cordes, ce qui l'inquiète. Reste ici, lui murmure une voix à l'intérieur. Le monde entier peut te regarder, ça ne changera rien à ce que tu as à faire. Reste ici.

Tu n'es pas ici pour ça, pense-t-il. Ce n'est qu'un pas de plus. Concentre-toi. Fais ce que tu as à faire. Exécute.

Il s'adosse dans son coin et étend les bras par-dessus les cordes, un rictus arrogant aux lèvres.

9

20 : 05

Antoine a fait une bonne entrée, estime Tyron, mais en dessous de Konitsyn. S'il a des airs de Faucheuse athlétique dans son peignoir sans manches – une Mort aux bras de bronze sculptés et tatoués –, Clayface, lui, a la prestance d'un champion.

Il est escorté d'une cour de près de vingt personnes. Parmi lesquelles un rappeur et un acteur mondialement connus, deux entraîneurs tout aussi célèbres et l'un des principaux agents de la profession. Deux géants de type slave l'encadrent, des monstres barbus qui lancent des regards noirs à la foule et aux caméras, mettant quiconque au défi de le toucher. Tous portent des T-shirts gris barrés de CLAYFACE en lettres de feu, au-dessus d'un portrait du super-vilain dans Batman qui a inspiré ce nom : Gueule d'argile, une créature hideuse avec des mains qui se transforment en massues, des yeux blancs sans âme et un large sourire belliqueux.

Konitsyn a le corps lisse, presque luisant. Il est rasé des pieds jusqu'à son menton notoirement indestructible.

Ses cheveux sont raides, ni trop longs ni trop courts, avec la raie sur le côté. Il a dans le regard une expression à la fois magnanime et autosatisfaite. Sa peau est tendue sur ses muscles sinueux et ses ligaments durs comme des cordes. Ses abdominaux sans un gramme de graisse sont larges et épais : le moteur de son coffre herculéen. Il est réputé pour ses K-O : dix-neuf d'affilée, et il compte bien en ajouter un vingtième ce soir. L'homme semble indestructible. Il n'a jamais été vaincu. Il adresse à la caméra un sourire de politicien en campagne. On a du mal à imaginer qu'un homme dégageant une telle assurance puisse perdre.

Si Antoine est menaçant, Clayface est effrayant.

Tyron écoute les commentateurs télé retracer son parcours. C'est le dernier match avant le combat principal, avec un gars de la ville, aussi le bar a-t-il éteint la musique et monté le son.

— Personne n'a envie de se battre contre lui, dit l'un des journalistes au sujet de Clayface. Nous savons aujourd'hui qu'on a proposé à deux boxeurs mieux classés qu'Antoine Deco de l'affronter et qu'ils ont refusé. C'est un événement majeur dans le monde de la boxe, et il y a un joli pactole à la clé, mais ça ne suffit pas pour s'exposer au genre de traumatisme que Konitsyn a l'habitude d'infliger à ses adversaires. C'est tout à l'honneur de Deco d'avoir relevé le gant et de se donner une chance de briguer le titre, s'il crée la surprise… Et ce serait une sacrée surprise.

— Tout à fait, enchaîne un commentateur plus jeune, au débit brusque et haché. J'aime bien Antoine Deco. Je l'aime beaucoup. C'est un excellent boxeur. De la vitesse, du punch, une bonne défense. Il a travaillé dur pour se réinventer après la prison. Mais personne, jusqu'à maintenant, n'a pu résister à la puissance de Clayface. Dex a beau être costaud, je doute qu'il le détrône ce soir.

Tyron serre les poings. Il n'en revient pas qu'Antoine ait réussi, qu'il soit arrivé tout en haut, sous les projecteurs et les flashs. Le genre de destin dont ils rêvaient ados. Tant de chemin parcouru. Une part de lui a toujours du mal à y croire.

Mais Naomi a eu une belle carrière, elle aussi. En revanche, Keenan, quelle chute ! Nous avons tous avancé. La route n'a été facile pour aucun d'entre nous. Tout ça pour aller où ?

Son ancien ami ne peut pas gagner. Si lui, Tyron, le battait quand il était gamin, comment Antoine pourrait-il vaincre un champion ? Et maintenant que Tyron en sait un peu plus sur Konitsyn, il commence même à se demander s'il s'en sortira vivant. Tous les poids moyens l'évitent, y compris les boxeurs les mieux classés. C'est l'unique raison pour laquelle il n'a pas encore le titre. Antoine a été le seul à saisir l'occasion d'affronter cette machine à K-O.

Ils ont été presque frères, et Tyron ne tient pas à assister à un massacre. Il a vu assez de corps réduits en bouillie. Ce reste d'attachement fraternel l'étonne. Pendant toutes ces années, il a cru qu'il n'entendrait plus parler d'Antoine, si ce n'est pour apprendre sa mort. Et voilà qu'il le retrouve auréolé de gloire. Qu'est-ce que Terrence et Viola penseraient de tout ça ?

Ils seraient fiers de leur fils. Et ils s'inquiéteraient pour lui, comme Tyron.

Les commentateurs se taisent, et la voix de stentor du présentateur retentit dans le bar.

— Et maintenant, les poids moyens : un affrontement de dix rounds entre deux étoiles montantes de la division. Dans le coin rouge, en noir et or, soixante-douze kilogrammes à la pesée, avec à son actif vingt-cinq victoires, dont quinze par K-O, et seulement trois défaites. De Las Vegas, dans le Nevada, après une succession de quatorze combats gagnants, veuillez applaudir Antoine « Dex » Deco !

Dans les gradins comme dans le bar, la foule se déchaîne. Antoine ne lève pas son poing ganté. Il ne hoche pas la tête. Il se contente de fixer Konitsyn.

En dépit de l'assurance d'Antoine, il est évident que son adversaire est né pour ce genre de moment. Issu d'une famille de boxeurs. Une star depuis ses débuts. Repéré, entraîné et élevé pour être le meilleur.

— Face à lui, dans le coin bleu, vêtu de blanc, soixante-douze kilogrammes également, avec à son actif vingt-sept victoires, dont vingt-quatre par K-O, jamais vaincu. De Tachkent, dans l'Ouzbékistan, dix-neuf K-O d'affilée, Nikolai « Kolya » « Clayface » Konitsyn !

Tyron n'est pas sûr qu'Antoine ait réellement le soutien du public. Les applaudissements et les acclamations pour Clayface sont au moins aussi nombreux.

Les arbitres appellent les adversaires au centre du ring. Ils récapitulent les règles tandis que les deux hommes s'affrontent du regard. Toute trace de contentement a déserté le visage de Clayface. L'œil éteint, il a l'air d'un assassin. Tous les deux mesurent un mètre soixante-dix-huit, et ils faisaient l'un comme l'autre soixante-douze kilos au moment de la pesée officielle, même s'ils sont plus lourds aujourd'hui. La différence de carrure est négligeable. Si on fait abstraction de la couleur de peau et des tatouages d'Antoine, remontant au gang et à la prison, ils ont un corps très similaire. Les jambes de Dex sont peut-être un peu plus épaisses et le torse de Clayface plus large. Antoine a les veines plus saillantes. Son visage assombri par une barbe de deux jours est plus long, plus émacié. Il a le front bas et incliné sous ses cheveux noirs. Le favori est parfaitement rasé, son front est haut et plat, sa bouche arquée. Tous les deux ont le nez aplati, écrasé plus d'une fois mais pas tordu. Ils se fixent sans ciller, la rencontre de deux volontés meurtrières. Ils ont l'air d'avoir déjà tué et, plus Tyron les observe, plus ils lui apparaissent semblables. Il ne peut imaginer aucune coopération entre eux, cependant, quand l'arbitre les invite à s'approcher pour se toucher les gants, ils obéissent : un petit coup, le regard inflexible.

Puis chacun retourne dans son coin, et Tyron réalise qu'il a la bouche sèche. La sonnerie retentit.

20 : 20

Penchée en avant, les ongles enfoncés dans les cuisses, Naomi regrette de ne pas être plus près. Même s'il ne s'est pas passé grand-chose jusque-là. Deux rounds pendant lesquels Konitsyn a poursuivi son adversaire tout autour du ring à pas patients et mesurés, sans jamais croiser les jambes – pied avant en l'air, pied arrière en l'air, pied avant en l'air, pied arrière en l'air –, tandis qu'Antoine sautillait, avançant et reculant, aussi vif en attaque qu'en défense. Pourtant, malgré ses efforts, il n'a pas réussi à vraiment aller au contact : il est trop prudent pour s'approcher de lui à ce stade. Ce que Naomi comprend très bien. Même à cette distance, elle est consciente de la force et de l'explosivité de Konitsyn. Pas dans ses *jabs*, surtout destinés à préparer le terrain. Ni dans ses feintes qui annoncent la véritable combinaison. Mais quand il attaque réellement. Alors, ses coups sont si puissants et si soudains que c'est presque surnaturel. Chaque fois, elle retient son souffle. Heureusement, Antoine esquive avec une vivacité et un instinct impressionnants. Jusqu'au moment où il n'est pas assez rapide.

Ça se produit au troisième round. Konitsyn lui envoie un crochet du droit à la mâchoire, qui le prend par surprise. Un coup superficiel mais suffisant pour qu'il trébuche en reculant et que le public laisse échapper un cri, suffisant pour que Naomi tressaille comme si elle avait été touchée. Konitsyn se précipite, prêt à porter le coup de grâce. Il fait un pas chassé pour acculer

Antoine dans le coin le plus proche et déclenche un véritable tir de barrage. Il est d'une précision remarquable. Chaque fois, il trouve la seule brèche dans sa garde. Corps. Visage. Corps. Des frappes nettes qui touchent leur cible. Soudain, Antoine riposte avec un uppercut à la mâchoire. Le cou de Konitsyn part en arrière, son menton projeté vers le ciel.

Les spectateurs en délire se lèvent et l'acclament. Naomi hurle à pleins poumons : « Oui ! Oui ! Bravo Antoine ! »

À présent, c'est lui qui avance et Clayface qui recule. Si le favori n'a pas l'agilité de son adversaire, sa garde est presque infranchissable. Bien qu'Antoine enchaîne les combinaisons à une vitesse étourdissante, tout son corps engagé, il marque rarement. Konitsyn contre-attaque, et les coups pleuvent. Les deux boxeurs sont en mode offensif, désormais. La foule est hystérique. Il y a un claquement sonore, puis dix secondes de combat acharné avant la sonnerie.

20 : 23

À la sonnerie, Antoine bondit en arrière et pivote vers Alejandro, la tête encore tournée vers Clayface. L'Ouzbek lui adresse un petit hochement de tête approbateur pour ce dernier échange.

Garde tes compliments, pense Antoine. Tu n'as rien vu.

Assis dans l'angle, il s'efforce de reprendre son souffle discrètement. Clayface est rapide. Il s'en doutait, mais espérait que les rumeurs exagéraient sa vitesse. Et il frappe fort. Tous les gens qui racontent qu'il a des parpaings dans les gants ont raison : ce crochet l'a bien amoché. Et ses *jabs* ne l'ont pas loupé non plus. Il ne peut pas se permettre d'être déjà dans le brouillard.

Il cligne des paupières, espérant que sa vision va s'éclaircir. Simón lui verse de l'eau sur la tête tandis qu'Alejandro lui frotte le visage avec de la vaseline. Il se sent un peu revigoré. L'oxygène afflue de nouveau dans ses poumons et irrigue ses épaules. Il n'empêche, il est trop tôt : le voile devant ses yeux, la brûlure dans sa poitrine, l'acide lactique dans ses membres. Le rythme est trop rapide. Il n'a jamais vu ça. L'attaque, la défense, tout. Il ne fait pas le poids. Il doit jouer le tout pour le tout. Son adversaire est trop fort. Sa technique trop parfaite. Les coups n'ont pas beaucoup d'effet quand ils se heurtent à des couches et des couches de muscles d'acier. Et, pour ça, il faut déjà qu'ils atteignent leur but. Aura-t-il le temps d'attendrir cette chair ? Il n'a pas le choix, il doit essayer. C'est un risque à prendre.

Vise la tête de ce salopard, songe-t-il. Frappe la tête pour déstabiliser le corps. Il a senti mon uppercut. Il ne savait pas que je pouvais envoyer comme ça.

C'est l'obsession d'Antoine. La puissance. À chaque combat, il pousse le curseur un peu plus haut. Il essaie d'exploiter toutes ses réserves. Il a appris à cogner. Il est devenu un vrai puncheur, sans rien perdre de ses qualités en défense. Mais la force ne suffira pas.

Je dois lui couper les jambes. L'obliger à bouger. Ne jamais le laisser se reposer. Le corps, la tête, les jambes. Le briser. Oublie le score, contente-toi de briser ce *pendejo*.

Il fronce les sourcils, imaginant le reste du combat. Ça ne va pas le faire. Il ne peut pas attendre. Sa potion magique. Il doit la boire maintenant. Pas au sixième round.

En général, il n'utilise pas le souvenir du meurtre de son père avant la moitié du match. Ou, plus précisément, le souvenir de son incapacité à le sauver. De sa lâcheté. C'est comme si on le brûlait vif.

Quand ses adversaires sont à bout de souffle, il se déchaîne. Quand ils ralentissent, il accélère. Quand leur volonté flanche, il s'acharne.

Après ça, il sait qu'il va se détester pendant des jours. Que le feu qu'il allume va consumer toute son énergie, si bien qu'il lui faudra des semaines pour récupérer. Mais c'est ainsi qu'il parvient à atteindre l'état de dissociation auquel aspire tout athlète. Oublier l'objectif pour être entièrement dans l'instant.

Le problème, c'est que je ne tiendrai pas jusqu'au bout, pense-t-il au moment où l'arbitre annonce la reprise. Antoine se lève.

Son ennemi avance, gants en l'air, une froide détermination dans ses yeux pâles.

Si tu t'épuises, tant pis. C'est maintenant ou jamais. Inutile d'attendre d'être K-O.

Antoine frappe, fait un pas, enchaîne un *jab* et un direct du droit. Recule et saute sur le côté.

Espèce de lâche, pense-t-il. Tu as laissé mourir ton père.

20 : 26

Même avec les coudes plaqués contre sa cage thoracique, Tyron se fait sans arrêt bousculer. Les spectateurs continuent d'affluer dans le bar déjà bondé pour regarder le match. Tous les yeux sont rivés sur les écrans.

Le rythme s'est accéléré, et le public le sent. Les commentateurs ont attribué les trois premiers rounds à Clayface, mais le rapport de force s'est inversé. C'est Antoine qui attaque, à présent, et son adversaire se défend comme il peut. Merde, il est rapide, réalise Tyron. Pourtant, ce qui le surprend, encore plus que sa vivacité et sa brutalité, c'est la furie d'Antoine. C'était donc ça, se dit-il, ce qui sommeillait en lui depuis tout ce temps. *C'était donc ça.*

J'aurais dû aller le voir en prison, songe-t-il soudain. Il réfléchit. Non, il était déjà trop tard.

Tandis qu'Antoine harcèle son adversaire, le frappant tantôt à l'œil, tantôt à la tempe, Tyron se demande ce qu'il aurait pu faire pour le sauver de ses démons. Il y avait forcément un moyen.

À la fin du cinquième round, Clayface regagne sa place en boitillant, groggy. Gueule d'argile : son surnom reste valable, même si sa signification a changé. Ce n'est plus une matière durcie par le feu, aussi solide que le roc, mais une pâte malléable, façonnée par les forces qui l'entourent. Un vaisseau sanguin a éclaté dans son œil gauche, la tache rouge envahit le blanc, la peau tout autour est gonflée.

À cet instant, Tyron réalise ce qu'il aurait pu faire. Il aurait pu refuser d'aller vivre chez les parents de Keenan. Il aurait pu rester le frère d'Antoine. Il est étonné de ne jamais avoir véritablement approfondi la question, ni à l'époque ni plus tard. Il n'a pas mesuré les conséquences de sa décision. Mais j'étais trop jeune, se dit-il. J'allais trop mal pour pouvoir penser à quelqu'un d'autre que moi.

Lorsque le combat reprend, il apparaît clairement que l'énergie d'Antoine a chuté. Il n'a plus la même agressivité, la même résolution, la même vitesse d'exécution. Konitsyn s'en rend compte avant les commentateurs, qui en prennent conscience quand ils voient ses coups traverser la garde d'Antoine.

— On dirait que le rapport de force s'est à nouveau inversé. Les trois premiers rounds étaient pour Clayface, le quatrième et le cinquième pour Deco, et à présent Clayface reprend la main, dit l'un des journalistes. Il est peu probable que Deco remporte le sixième round. Cela dit, ce match est plein de surprises.

— Deco nous a montré la qualité de son jeu. Mais Clayface reste plus puissant. Il a tenu le choc face à l'offensive de Deco et maintenant il contre-attaque, rétorque le plus jeune, son débit haché soulignant ses arguments. Aaah, un bon *jab* dans les reins. Vous voyez, Deco essaie de se protéger la tête pour éviter le K-O, alors Clayface se concentre sur le corps. Ce n'est pas seulement une machine à assommer ses adversaires. C'est aussi un boxeur intelligent.

— Deco fait de son mieux pour rester hors d'atteinte, mais le favori sait comment cadrer un opposant et bloquer ses déplacements. De son côté, Deco semble avoir perdu l'élan qui l'animait pendant les deux précédentes reprises.

— C'est évident. Il a utilisé beaucoup d'énergie pour avoir le dessus et il commence à fatiguer. J'ai déjà vu ça, et ce n'est pas joli, surtout quand on a en face la puissance destructrice d'un Clayface.

Tyron essaie de filtrer leurs voix. Allez, Antoine. Allez.

Le groupe qu'ils formaient s'est dissous. Ils ont été éparpillés aux quatre vents. Ils n'ont peut-être même plus le droit de revendiquer un quelconque lien entre eux. Mais pendant des années ils se sont entraînés ensemble, et aujourd'hui c'est la consécration. L'aboutissement suprême pour lui comme pour eux. Ils ne peuvent pas échouer maintenant.

— Allez, gronde-t-il plus fort. Tu peux le faire. N'abandonne pas, tu le tiens.

20 : 34

Le poing de Konitsyn s'enfonce sous ses côtes et vide instantanément l'air de ses poumons. Il est surpris de ne pas cracher ses tripes avec. Son adversaire lui tombe dessus pour lui asséner le coup de grâce. Antoine voit comment contrer, mais son corps le trahit : il parvient seulement à s'agripper à lui de toutes ses forces. Le visage crispé, il se ferme à la douleur qui irradie de son abdomen.

Ça va passer, se répète-t-il, comme toujours face à la souffrance physique. Le problème, c'est qu'il l'a pensé trop souvent au cours des cinq derniers rounds et demi, et la douleur continue de s'accumuler. Ses côtes le mettent au supplice.

Konitsyn s'efforce de se dégager. Antoine s'accroche plus fort, sachant que s'il le lâche il est fini. Il est comme un homme en train de se noyer, incapable de respirer. L'arbitre les sépare. Clayface plonge en avant et lui balance un coup fracassant sous le menton. Antoine pare, le poing rebondit contre ses gants. La sonnerie retentit.

Cette fois, Konitsyn ne le salue pas. Il fusille Antoine du regard, furieux qu'il ait été sauvé par le gong. Avec son œil enflé et injecté de sang, il est hideux. Terrifiant.

Antoine soutient son regard, mais il doit se forcer. C'est un choc. Il n'a jamais eu peur pendant un combat. Peur de perdre, peut-être, mais pas une peur réelle. Pas peur pour lui. Pas peur de la douleur. Cette émotion nouvelle l'écœure et l'inquiète.

Il regagne sa place tandis que Konitsyn, toujours au centre du ring, le toise. L'arbitre doit le pousser, et il finit par rejoindre son coin à contrecœur.

Avachi sur son tabouret, tandis que Simón fait de son mieux pour le ressusciter, Antoine essaie de réfléchir. La potion magique n'a pas eu l'effet escompté. Il a blessé la bête au lieu de la tuer et, maintenant, il est physiquement et mentalement à plat. Alors, que lui reste-t-il ? Il doit y avoir un moyen. Il y en a toujours un. Mais il est à court d'idées. Ou, s'il en a, son cerveau en compote est incapable d'aller les chercher.

Ses paupières papillotent. Agenouillé à ses pieds, Alejandro claque des doigts devant ses yeux. À la différence de la plupart des entraîneurs, Alejandro parle très peu à son poulain pendant les combats. Ils estiment tous les deux qu'Antoine sait ce qu'il a à faire. Ce n'est que s'il s'écarte du plan, s'il oublie un détail ou s'il flanche que le vieux intervient et prend les commandes.

Ses paroles résonnent avec d'autant plus de force aux oreilles d'Antoine qu'elles sont rares.

— *Sobrino*, dit Alejandro, qui a l'habitude de l'appeler « neveu ». Tu as seulement besoin d'un round supplémentaire. Pas plus. Il est fatigué. Lui-même est trop furieux pour s'en rendre compte, mais je le vois. Tu as bien fait de le blesser et de l'énerver. Il va chercher à t'attaquer. Et toi, *sobrino*, tu vas le laisser te courir après. Contre-le quand c'est possible, sinon, fais-le courir. Repose-toi. Le huitième round, c'est là que tu vas frapper.

Les yeux d'Antoine s'accrochent à ceux de son coach. C'est important, d'avoir quelqu'un qui croit en vous. De le lire dans son regard.

Il hoche la tête. Alejandro sourit. Il lui tape gentiment la joue.

— Tu montes juste ce qu'il faut en puissance. Cinq pour cent de plus, dit-il encore. *No más.*

Antoine serre la mâchoire sur le protège-dents que lui tend Simón.

La sonnerie retentit.

20 : 37

— Tu peux le faire, Antoine ! hurle Naomi.

Elle sent les coups d'œil dédaigneux de la foule cossue autour d'elle. Ricky lui-même a l'air gêné. Qu'ils la jugent si ça leur chante. En ce qui la concerne, si elle peut aider son ami à gagner cette bataille, elle est prête à tout.

— Antoine, tu peux le faire ! Écrase ce connard ! ajoute-t-elle, criant à tue-tête, en partie pour énerver ceux qui lui lancent des regards noirs, mais aussi parce que les mots qui s'accumulent à l'intérieur ont besoin de sortir.

Devant elle, des spectateurs peut-être stimulés par sa véhémence hurlent à leur tour le nom d'Antoine et l'encouragent. Elle prie pour que leur enthousiasme descende jusqu'au ring, où Antoine se bat pour sa vie.

La salle est immense. Sans ciel au-dessus d'eux, Naomi a l'impression qu'ils se trouvent tous dans une grotte, sous une gigantesque montagne. Ni jour ni nuit, seulement une multitude avide de violence dans son tombeau scellé. L'odeur du sang dans l'air. Pas de vent pour la dissiper. Elle en a plein les narines.

Nous sommes une populace. Une populace isolée du reste du monde. Une populace galvanisée par la barbarie. Car c'est un combat barbare. Même dominé, Antoine vise la tête, s'acharne à frapper pour que le cerveau de l'autre heurte sa boîte crânienne. Près de la tempe droite de Konitsyn, il y a une bosse enflammée de la taille d'une balle de golf qui continue de grossir, résultat d'un coup de tête involontaire. Naomi peut le voir sur l'écran géant qui surplombe le ring. Antoine a une entaille sanguinolente au-dessus de l'œil gauche, et une qui fend sa lèvre inférieure.

Et il y a la sueur. La sueur qui ruisselle. La sueur qui jaillit quand un poing atteint son but. Tout ça alimente la frénésie de la foule ivre de violence et d'alcool, qui n'attend qu'un déclic pour laisser éclater sa ferveur.

Naomi sent tout cela, alors que le huitième round succède au septième. Antoine tente de reprendre le dessus. Mais elle tient le compte dans sa tête, et le score est clairement de cinq à deux, sans *knock-down* ni pénalité. Même si Antoine remporte les trois derniers rounds, tout ce qu'il peut espérer, c'est un match nul. Et la huitième reprise est la première dont l'issue est incertaine, avec des échanges dans les deux sens et de longues périodes d'inactivité, chaque boxeur léchant ses plaies. Antoine a besoin d'un K-O, pense-t-elle. C'est sa seule chance de gagner. Il doit le savoir, lui aussi, mais il ne reste que deux rounds, et son adversaire a l'air invincible.

Neuvième round. Antoine attaque, Konitsyn réplique. Ce n'est plus la victoire qui compte. C'est à qui enverra l'autre au cimetière le premier. Le public est en transe. Les spectateurs les acclament fiévreusement. La sonnerie retentit, et les boxeurs exténués titubent jusqu'à leur place. Aucun des deux ne semble capable de reprendre le combat. Soudain, Naomi sait comment l'aider.

— *An-toine ! An-toine ! An-toine !* scande-t-elle.

Elle est debout à présent. Elle se tourne vers Ricky, l'attrape par le bras et le secoue en rythme, l'incitant à continuer.

— *An-toine ! An-toine !*

Un sourire séducteur : l'obsédé de service n'en demande pas plus pour sauter en l'air et s'époumoner. Ils doivent faire porter le mantra aussi loin que possible. Naomi se tourne vers ses voisins et, sans s'interrompre, leur fait signe de suivre son exemple. La carotte ou le bâton, un sourire charmeur ou un regard menaçant, elle sait quoi faire pour réveiller la part de folie en chacun.

— *An-toine ! An-toine ! An-toine !*

C'est toute la section qui hurle à présent. Mais ce n'est pas assez. Elle crie à ceux d'en dessous, toujours assis :

— Bougez-vous le cul, debout ! C'est notre champion ! Il a besoin de nous ! *An-toine ! An-toine ! An-toine !*

Ils la regardent, à la fois interloqués et subjugués, puis ils se laissent emporter par le rugissement de la meute.

— *An-toine ! An-toine ! An-toine !*

Les caméras la remarquent. Elle apparaît sur l'écran géant, brandissant le poing en l'air à chaque syllabe. Le chant double, triple de puissance.

C'est l'unique qualité du remplaçant, son cadeau aux joueurs : le don d'enflammer la foule, d'allumer un incendie sur le terrain, de jeter une torche sur le stade. Naomi n'a jamais été une championne, mais, dans ce domaine, elle est imbattable.

— *An-toine ! An-toine ! An-toine !*

20 : 47

Il revient à la vie. Où était-il ? Il n'en sait rien. Et il ne sait pas plus où il est maintenant. Dans un endroit bruyant et flou. Où le son porte.

Ses oreilles tintent. Non, ça vient de l'extérieur. Enfin, si, ça sonne dans ses oreilles, mais aussi en dehors. Un homme au visage amoché et aux yeux injectés de sang le regarde, hébété. Ça y est, il se rappelle où il est. Il se rappelle qui il est.

L'arbitre lui crie de retourner à sa place, et son équipe lui dit la même chose. Elle agite furieusement les mains pour qu'il la rejoigne. Traverser le ring lui semble une épreuve insurmontable. Il fait un pas et il a l'impression qu'il va basculer. Il se concentre, en fait un autre. Lorsqu'il arrive au coin, il demande à Alejandro s'il a été mis K-O.

— Non, *sobrino*. Tu as été fort. Tu as été très fort.

— C'est quel round ?

Les yeux du vieux s'arrondissent.

Pour arrêter le sang, Simón lui glisse une mèche de coton imbibée de chlorhydrate d'adrénaline dans les narines, l'obligeant à respirer par la bouche. Une douleur insoutenable lui cisaille les côtes.

Antoine regarde Alejandro, tandis que le *cutman* panse ses nombreuses blessures.

— Le dixième. Le dernier. Tu dois le mettre K-O. Sinon le jury ne t'accordera pas la victoire.

Antoine sait qu'il doit gagner. Mais il ne se souvient plus pourquoi. Tout ce qui précède ce combat appartient à un passé lointain et inaccessible.

Il secoue la tête.

— Je ne peux pas…

— Écoute, *sobrino*, l'interrompt Alejandro.

Écouter quoi ? Les cris du public pendant un match ? Un simple bruit de fond, sans commune mesure avec ce qui se déroule sur le ring. Ce qui se passe au-delà des cordes ne le concerne pas. Mais Alejandro insiste, alors, il écoute.

Et il n'en croit pas ses oreilles. Il repousse la main de Simón et se lève. Regarde la foule.

— *An-toine. An-toine !*

La salle entière scande son nom, les voix ne formant plus qu'une. Assourdissante. Il pivote, scrute les gradins où son nom résonne jusqu'au sommet. Baisse les yeux vers les sièges les plus proches. Rang après rang, des visages déchaînés hurlent et tapent du pied, le poing en l'air. Comment est-ce possible ?

Il regarde Alejandro et Carlos. Ils haussent les épaules, une expression incrédule sur leur physionomie habituellement impassible.

— *An-toine. An-toine. An-toine !*

Sur sa peau court un picotement qui se change bientôt en brûlure. C'est comme la potion magique des quatrième et cinquième rounds, en mille fois plus puissant. Il est réveillé, à présent, habité d'une énergie qu'il n'aurait même pas imaginée un instant plus tôt.

— *An-toine ! An-toine !*

Il se tourne vers son adversaire et le voit qui contemple la marée humaine autour d'eux. Il est bouche bée, lui aussi. Mais les cris ne le galvanisent pas, les cris ne l'encouragent pas. Il est écrasé.

La sonnerie retentit. Antoine bondit.

20 : 48

Tyron se surprend à boxer dans le vide pour accompagner les rafales de coups d'Antoine. Un petit sourire au coin des lèvres, il attend que Clayface tombe. Mais le favori tient bon, ainsi que les commentateurs ne cessent de le rappeler aux téléspectateurs. Et, s'il survit à ce round, il sera déclaré vainqueur.

Le temps restant s'affiche en bas de chaque écran – 2 minutes 27 –, et le bar plein à craquer retient son souffle tandis que les secondes défilent. Clayface n'est pas le même homme qu'au début du combat. Il se défend au lieu d'attaquer, haletant comme un chien errant poursuivi jusqu'à l'épuisement. Il est terrassé.

Cependant, si Konitsyn a renoncé à mettre K-O son adversaire, il a bien l'intention de gagner le match. Il recule, se protège, enlace Antoine quand celui-ci se rapproche. Les secondes s'égrènent. Plus que deux minutes.

Antoine a le public avec lui. Les gens ont cessé de scander son nom, mais ils rugissent et glapissent chaque fois qu'un de ses coups fait mouche. Les commentateurs, qui ont senti le vent tourner, appellent désormais le favori « Konitsyn » alors qu'ils disaient « Clayface » jusque-là, tandis qu'Antoine est devenu « Dex » au lieu de « Deco ».

Tu le tiens, pense Tyron. Travaille-le au corps. Sers-toi de ce qu'il te donne.

Antoine semble l'avoir entendu. Il envoie un crochet du gauche implacable dans les côtes de Konitsyn, l'accompagnant de tout son poids, si bien que ses pieds décollent presque du sol. Konitsyn tressaille et se penche pour protéger son flanc, baissant les mains. C'est l'instant qu'Antoine attendait. Son *jab* du droit heurte le crâne de l'autre de plein fouet. La sueur gicle. La tête de Clayface part en arrière. Il titube comme un ivrogne.

— Vas-y ! rugit Tyron.

Personne ne lui prête attention. Tout le monde hurle.

20 : 50

Antoine baisse les bras pour leurrer Konitsyn déjà à moitié dans les vapes. Le buffle a juste assez d'énergie pour charger une dernière fois avant la mise à mort.

Ses yeux vitreux injectés de sang semblent atteints d'une cataracte rouge. La bouffissure bleue a presque englouti l'œil gauche. Et la bosse sur la tempe droite continue de gonfler. Il tente un *jab* paresseux. Antoine l'esquive et lui décoche deux coups rapides dans le torse. Il évite la riposte, lui balance un crochet sur le côté du crâne et bondit hors de portée.

Il entend Alejandro lui crier qu'il reste moins d'une minute, mais la panique ne peut plus l'atteindre. Il s'est passé quelque chose quand le public l'a tiré du néant. Ce trou noir qui avait aspiré son esprit était une forme de mort. Et il en est revenu.

Konitsyn vacille. Il fait un pas en arrière, luttant pour garder les poings en l'air. Il a mis au tapis dix-neuf adversaires d'affilée. Il n'a pas eu à combattre de dixième round depuis des années.

Antoine bondit en avant. Feinte un *jab* du gauche et enchaîne sur un crochet du droit. Puis il envoie combinaison sur combinaison, comme s'il tapait dans le sac de frappe, tout en évitant les coups maladroits qui sont les râles d'un homme à l'agonie.

Konitsyn chancelle, l'œil vitreux. Ses genoux flanchent, et il commence à s'affaisser. Il va tomber. Mais Antoine ne peut pas prendre le risque qu'il se relève et soit sauvé par le gong.

Avant que l'arbitre puisse l'arrêter, il se ramasse sur lui-même puis se détend comme un ressort. Son gant percute le crâne de Clayface. Projeté en arrière, celui-ci heurte le ring avec un bruit sourd, effrayant. Ses yeux sont clos. Il est aussi immobile qu'un cadavre.

L'arbitre entame le compte à rebours au-dessus de lui, mais il est plus probable qu'il soit mort qu'il se relève dans les dix secondes.

L'équipe de Konitsyn agonit Antoine d'injures qu'il ignore. Il se tourne vers son tabouret et voit les visages habituellement stoïques de ses hommes rayonnants et fiers.

Il reste là, au bord du ring, les bras le long du corps, les muscles crispés, le triomphe montant progressivement en lui tandis que le décompte s'achève.

Qui l'aurait cru ? songe-t-il. Qui aurait cru que tu pouvais gagner ?

L'arbitre se redresse et fait signe au jury que le combat est terminé. Antoine se penche un peu en avant, poings serrés devant le visage, et laisse échapper un cri de victoire étranglé. La foule explose de joie. Enfin, il se relâche, enjambe les cordes pour accueillir les acclamations. Alejandro, Carlos et Simón l'entourent, et il tombe dans leurs bras.

Personne n'aurait cru ça de toi, Antoine. Tu leur as prouvé qu'ils avaient tort. C'est la pensée la plus heureuse qu'il ait jamais eue. *Tu leur as prouvé à tous qu'ils avaient tort.*

20 : 51

Dans son enthousiasme, Naomi soulève Ricky du sol en riant aux éclats. Ricky, embarrassé, lisse sa chemise lorsqu'elle le repose pour taper dans les mains levées autour d'eux, le coach en elle reprenant le dessus.

Tout en bas, Antoine est assailli par son équipe, les notables, les responsables du casino, les journalistes et les cameramans. Ils se pressent tous sur le ring. Il y a aussi des proches de Konitsyn, des agents de sécurité et des infirmiers. Clayface n'a toujours pas bougé. Les médecins qui s'emploient à le ranimer maintiennent ses paupières ouvertes et braquent leurs petites lampes dans ses yeux.

Naomi rayonne. Antoine va pouvoir combattre pour le titre. Peut-être même devenir champion du monde. Être millionnaire. Ce gamin qu'elle battait à plates coutures. Elle joint les mains et les plaque contre sa poitrine, au bord des larmes.

— Je reviens, dit-elle à Ricky.

Elle se faufile jusqu'au bout du rang, s'excuse au passage et descend les marches des gradins, tapant dans la paume de tous ceux qu'elle croise.

20 : 54

Tandis qu'autour de lui les gens exultent – ou se précipitent aux toilettes à présent que le spectacle est fini –, Tyron secoue la tête, incrédule, un vague sourire aux lèvres. Les commentateurs n'en reviennent pas, eux non plus.

— Lorsque le corps de Konitsyn a fait trembler le tapis, c'est toute la division qui a été secouée. Quelle incroyable performance d'Antoine « Dex » Deco ! Un combat qui restera dans les annales. Et le match Gibbons-Suarez n'a pas encore commencé. La soirée s'annonce prometteuse.

— Je vais te dire une chose, Joe, ces deux-là ne vont plus faire beaucoup de premières parties ! Et une prochaine rencontre ? Après ce qu'on vient de voir, une revanche serait l'événement de l'année !

Sur l'écran, un troisième commentateur se jette sur Antoine et le tourne vers la caméra la plus proche.

— Antoine… Comment avez-vous fait ?

Le boxeur regarde le journaliste, puis la caméra. Son visage est meurtri, ensanglanté, sa respiration saccadée. Il essuie la sueur et le sang qui coulent dans son œil gauche après avoir ôté ses gants. Vu son air suffisant, Tyron s'attend à une provocation du genre de celle à laquelle ils ont eu droit dans l'après-midi. Mais, derrière ses paupières gonflées, le regard d'Antoine s'adoucit.

— Je sais pas, dit-il d'une voix cassée. Je ne sais pas pourquoi le public m'a soutenu comme ça, mais c'est clair que ça m'a aidé.

La foule l'acclame, un écho du tonnerre qu'elle a produit pendant le dernier round.

— Vous vous sentez prêt à vous battre pour le titre de champion du monde ?

Antoine plante son regard dans celui du journaliste.

— Quel que soit le combat, je suis prêt.

Tyron étouffe un rire. C'est bien lui. Antoine toujours partant quand il s'agit d'en découdre. Content que tu n'aies pas trop changé, frangin.

10

21 : 00

Antoine tape dans le poing de Konitsyn qui entre-temps est revenu à lui. Ce dernier lui adresse un hochement de tête pour la seconde fois de la soirée. Cette fois, Antoine répond.

Hors du ring, alors qu'il se dirige vers le couloir, son euphorie se transforme en doute. Et s'il décidait d'être *vraiment* Antoine Deco, boxeur professionnel ? Il n'est pas trop tard. Il peut encore tout annuler. Demain, on lui proposera des contrats à un million de dollars. Il pourra faire ce qu'il voudra. Se marier. Avoir des enfants. Rien de tout ça ne lui paraissait possible jusque-là.

Des spectateurs se penchent par-dessus les barrières de chaque côté de l'allée et tendent les bras pour qu'il leur tape dans la main. Il ne le fait pas. Malgré tout, il doit le reconnaître : il se sent fier. Et reconnaissant. C'est inquiétant, ce changement en lui. La vie l'a préparé à beaucoup de choses, mais le succès n'en faisait pas partie.

Il repère une femme en robe violette, très grande et très belle, qui se penche plus loin que les autres. Elle hurle son nom. D'abord, il n'y croit pas. Il pense qu'il est groggy, que c'est une illusion d'optique. Mais il n'y a pas d'erreur. Naomi.

Antoine se dirige droit sur elle. Il est trempé de sueur, mais elle l'enlace de toutes ses forces. D'autres personnes lui tapent sur l'épaule, dans le dos. Il les ignore et ne sent que le corps de Naomi contre le sien.

— Antoine, tu as été incroyable. J'ai jamais rien vu de pareil, lui dit-elle, haletante. Je suis trop fière de toi.

Il recule pour mieux la regarder.

— Comment tu as fait pour entrer ?

— Ty m'a donné son billet. Je n'en reviens pas que tu aies gagné ! J'étais sûre que tu pouvais le faire et, en même temps, je n'arrive pas à y croire !

Carlos tape sur l'épaule d'Antoine. Un responsable de la salle leur fait signe d'avancer.

Il l'étreint encore une fois.

— Je suis content que tu aies vu le match, souffle-t-il. Et je suis content de t'avoir vue. Merci.

Il la lâche et s'éloigne sans se retourner.

Il retrouve Keenan devant sa loge. Décidément, songe Antoine.

Il adresse un signe de tête à son équipe qui poursuit son chemin sans lui. Ses hommes savent où ils doivent aller et ce qu'ils sont censés faire. Les employés du casino et les agents de sécurité repartent chercher Gibbons et Suarez – la véritable attraction de la soirée –, le laissant seul avec Keenan.

— Bravo, dit celui-ci.

Antoine lui adresse un petit salut et entre dans sa loge. Il prendra une douche plus tard. Il se contente de se sécher avec une serviette et d'enfiler des habits propres : baskets grises, chaussettes de sport en éponge, pantalon de treillis noir ample avec des poches en maille filet, T-shirt en coton noir et fine veste de survêtement grise en nylon. Il laisse son équipement de boxe par terre et met le reste de ses affaires dans un petit sac à dos. Puis il s'assied sur la table de massage et attend.

À présent que l'adrénaline est retombée, une douleur lancinante lui vrille le crâne. Le simple fait de respirer est un calvaire. Il a l'impression d'avoir les bras et les jambes en plomb, et il a une faim de loup. Il avale goulûment du gel et des barres énergétiques, et boit aussi vite que la bouteille le lui permet.

Il consulte sa montre : 21 h 16.

Le match principal a dû débuter. Mais il n'entend rien dans la pièce insonorisée. Ces loges accueillent également des pop stars ; elles doivent avoir besoin de calme avant de monter sur scène.

Il plie les doigts en grimaçant. Ils sont d'une raideur arthritique. Les articulations sont meurtries, contusionnées.

Pourquoi fallait-il que Naomi soit là ? Pourquoi fallait-il que tous ces gens se comportent comme s'ils se souciaient de lui juste parce qu'il a gagné ce match ?

Pourquoi faut-il que les doutes surgissent *maintenant*, alors qu'il attend ?

On frappe à la porte. Le battant s'ouvre avant qu'il ait pu répondre. Un type musclé entre dans la loge. Il fait à peu près la taille d'Antoine, a des cheveux gris très courts et un visage agressif. Il le salue du menton, puis s'efface pour laisser passer une autre personne. Sous son masque impassible, Antoine sent aussitôt son mal de tête se dissiper, son regard s'aiguiser et la raideur de ses muscles disparaître.

Il sait que l'homme a plus de quatre-vingts ans, mais la chirurgie esthétique a donné à ses traits un caractère indéterminé. Il a des yeux marron, vifs, de fins cheveux ondulés teints en blond cendré. Il est petit, plus encore qu'il ne l'était autrefois, et il paraît svelte dans son costume anthracite. Antoine a longtemps étudié des photos de lui, et il l'a aperçu de loin à deux reprises, mais c'est la première fois qu'il le voit de près. Il doit faire un effort pour rester immobile et il résiste au désir d'avaler sa salive, bien qu'il la sente s'accumuler dans sa bouche.

— Antoine, dit le vieux d'une voix nasale, éraillée par l'âge. Norman Bashinsky. Enchanté de faire votre connaissance.

Bashinsky lui tend la main. Les lèvres d'Antoine se crispent en un rictus. Il est pris de tremblements. Il ferme le poing et ne le rouvre que pour serrer la main menue et parcheminée. L'autre lui adresse un sourire paternaliste.

— Ne soyez pas intimidé. Voyez simplement en moi l'un de vos plus grands admirateurs.

Antoine hoche la tête et retire sa main.

— Je vous présente mon directeur de la sécurité, Raymond Monk, poursuit Bashinsky. Il aimerait vous féliciter, lui aussi. Vous nous avez offert un sacré spectacle, ce soir, jeune homme.

La poigne de Monk est trop ferme, comme s'il essayait de prouver quelque chose.

— Ça faisait des années que je n'avais pas vu un match pareil. Vous êtes un grand boxeur.

Antoine opine et esquisse un sourire figé. Il se tait, de peur de ne pas maîtriser sa voix.

Bashinsky regarde les sièges vides autour de lui.

— Votre équipe n'a pas traîné !

— Je...

Antoine s'étouffe. Il déglutit, mais sa voix reste lourde, pâteuse.

— Je fêterai la victoire avec eux plus tard.

Bashinsky glousse.

— Je vous comprends parfaitement. Quand j'ai eu une grosse journée, j'aime...

Il n'a pas le temps de terminer sa phrase. Antoine bondit de la table et envoie un *jab* du droit à la gorge de Monk. Il sent sa pomme d'Adam s'écraser sous ses phalanges. Il enchaîne avec un crochet du gauche à la tempe de Bashinsky. Ses pieds se soulèvent au moment où son poing entre en collision avec le crâne du vieillard, laissant une marque. Antoine l'abandonne pour achever Monk qui gît par terre. Ses mains se referment sur son cou.

Le directeur de la sécurité tente maladroitement de se libérer, mais Antoine maintient ses bras au sol avec les genoux, tandis que ses pouces puissants appuient sur son larynx. Il s'est beaucoup entraîné, même si, en réalité, on n'a pas besoin de tant de force que ça pour étrangler un homme. Ce qui est difficile, c'est de ne pas lâcher prise quand la jugulaire palpite. C'est répugnant. La vibration contre nature d'une corde de harpe grotesque. À chaque battement écœurant, on a envie de retirer ses mains. Il faut de la pratique pour ne pas desserrer lorsque ces gros vaisseaux sanguins tressautent, réclamant de l'oxygène. S'accrochant à la vie. Tous les êtres vivants se débattent quand la mort arrive.

Antoine a commencé par des chats. Il aurait pu leur briser le cou, mais il les étranglait, justement pour sentir cette palpitation. Il voulait voir leurs yeux exorbités – exactement comme ceux de Monk à présent – sans lâcher ni vomir. Ils se cabraient, se tordaient et griffaient ses avant-bras de leurs pattes arrière. La vue de son propre sang l'apaisait, un genre de pénitence pour cet exercice cruel. Le sang lui rappelait qu'il n'était pas un psychopathe. Un psychopathe ne distingue pas le bien du mal. Lui savait parfaitement que ce qu'il faisait était mal. Son corps essayait de lui désobéir. Non, il n'est pas un psychopathe. Il est un homme qui ne s'embarrasse d'aucune limite. Tous les instincts, aussi puissants soient-ils, toutes les épreuves, aussi insurmontables paraissent-elles, cèdent devant son implacable détermination.

Les yeux de Monk sont si gros, le blanc strié de petits capillaires rouges éclatés, qu'Antoine se demande s'ils ne vont pas littéralement jaillir de leur orbite. Ou tout simplement exploser. Au lieu de quoi, les contorsions de l'homme cessent brutalement.

Son dos arqué s'aplatit sur le sol, et sa langue violacée pend au coin de sa bouche.

Antoine est sûr d'avoir tué Bashinsky sur le coup, cependant, par acquit de conscience, il s'assied à califourchon sur lui, place ses doigts épais autour de son cou frêle et enfonce ses pouces. Pas de pouls. C'était autre chose, quand il étranglait des pit-bulls et des bergers allemands. Dans un dernier sursaut, ils pouvaient faire beaucoup plus de mal que les chats. Il devait s'allonger derrière eux sur le sol, veiller à détourner le visage pour éviter leur mâchoire qui claquait, et les immobiliser dans des clés de tête et de jambe. Lorsque les Latin Knights avaient exigé un meurtre en guise de rite initiatique, il avait choisi la strangulation. D'une pierre deux coups : d'une part, c'était son premier être humain, d'autre part, c'était plus difficile que ce qu'on attendait de lui. Les nouveaux préféraient généralement le pistolet et tiraient d'une main tremblante. Antoine s'était ainsi attiré le respect du gang, respect qui s'était encore consolidé en prison, car il se portait volontaire pour tous les contrats que les Knights voulaient exécuter. On l'avait surnommé la Trachée après son premier meurtre, et il était célèbre parce qu'il n'avait pas besoin de couteau. Et parce qu'il pouvait rester plus longtemps à l'isolement que n'importe quel autre détenu.

Antoine se lève et s'immobilise pour contempler les deux cadavres. Ça a été presque trop rapide. Il enfile son sac à dos et arrange les bretelles sur ses épaules. Puis il sort.

21 : 23

Keenan entend la porte s'ouvrir dans son dos. Il se retourne pour voir Antoine sortir et la refermer derrière lui.

— Ils voulaient discuter en privé, dit-il.

— OK, répond Keenan. Tu as été rapide pour te changer.

— On m'attend pour fêter la victoire. À plus.

Antoine s'éloigne d'un pas vif. Keenan trouve sa hâte étrange, surtout pour quelqu'un qui s'est pris des coups pendant dix rounds et vient de remporter le match de sa carrière. À sa place, il aurait envie de souffler, de se relaxer, de profiter de la vie, mais la démarche d'Antoine indique tout le contraire. Ça doit être ça, son secret, se dit-il, cette intensité qui ne connaît aucun relâchement, même quand il bat un champion comme Konitsyn.

Antoine tourne au fond du couloir et disparaît. Keenan aurait-il dû l'escorter ? On lui a dit de garder la loge tant qu'Antoine y serait et qu'on viendrait le chercher. Mais il est parti si vite qu'il n'a pas pensé à l'interroger.

De toute manière, Antoine est parfaitement capable de se débrouiller seul. Et Monk et Bashinsky sont encore à l'intérieur. Il ne veut pas les laisser sans protection. Bizarre qu'ils discutent ici. En même temps, quand une question urgente se présente, il doit bien falloir en parler, peu importe l'endroit.

Il attend donc, songeant que la sécurité est un métier horriblement ennuyeux. La police lui manque. Depuis quelque temps, il s'interdit de penser qu'il aimerait pouvoir revenir en arrière. Ressasser ses regrets ne sert à rien, mais, putain, qu'est-ce qu'il aimerait pouvoir l'effacer, ce moment ! Sa vie est maintenant divisée entre avant et après. Je ne serai plus jamais heureux, se dit-il. Puis il se reprend. Arrête de t'apitoyer sur ton sort. À cause de toi, ce gamin n'a même plus la possibilité d'être malheureux.

Décidément, ils avaient des choses à se dire, ces deux-là. Normalement, Keenan ne se permettrait pas de déranger des gens aussi importants, mais une angoisse inexplicable le ronge. Il frappe. Attend. Pas de réponse. Frappe encore. Toujours rien. Il appuie sur la poignée et entrouvre juste assez pour passer la tête à l'intérieur.

Il lui faut à peine une seconde pour réagir. Il ouvre à toute volée et dégaine son pistolet. Il se déplace rapidement entre les corps et envoie un coup de pied dans la porte de la salle de bains. Personne. Son regard se tourne une nouvelle fois vers les deux hommes à terre. Inutile de vérifier leur pouls. Il a déjà vu des cadavres. Il ressort en courant.

Sa casquette du Reef s'envole alors qu'il sprinte dans le couloir de la salle omnisport. Aucun signe d'Antoine. Keenan ne ralentit pas. Il règne un silence presque surnaturel. Tout le monde est en train d'assister au combat des stars, Gibbons et Suarez.

Monk était un ami de mon père, songe-t-il. Je le connais depuis que je suis gosse. Putain, Antoine, qu'est-ce qui t'a pris ?

Deux employés du Reef, un homme et une femme, arrivent face à lui. Ils se plaquent contre le mur pour ne pas se faire renverser.

— Antoine Deco ! Vous l'avez vu ? Antoine Deco. Le boxeur. Il vient de remporter un match. Est-ce qu'il est passé par là ?

Ils le regardent avec des yeux effarés. Ce n'est que quand il attrape l'homme par le bras que la femme pointe le doigt en direction du bout du couloir.

— Il est entré dans le parking.

Keenan n'a pas couru ainsi depuis des années. Il suit les panneaux.

Putain, mais *pourquoi* ? Monk et Bashinsky *morts* ? Antoine est complètement con ou quoi ? Il vient de gagner le match de sa vie !

Keenan ouvre d'un coup de pied la lourde porte qui donne sur la passerelle reliant la salle omnisport et le parking. Il fait frais. Le vent a chassé les derniers vestiges de chaleur de la journée. Tenant son pistolet à deux mains, il avance, les bras tendus. Il regarde par-dessus le garde-fou, mais ne distingue aucun mouvement. Il pénètre dans le parking.

Toujours personne en vue. Keenan tend l'oreille. Croit entendre du bruit à un niveau inférieur. Il dévale la rampe qui mène au P2 et l'aperçoit, marchant à grands pas : Antoine.

Il accélère. Lorsque Antoine se retourne, il l'a presque rattrapé. Keenan le met en joue.

— Montre-moi tes mains, bien en évidence. Et ne bouge plus.

Le visage enflé d'Antoine ne trahit aucune émotion. Il s'immobilise et lève lentement les paumes à la hauteur de ses épaules.

Son pistolet pointé sur le plexus solaire d'Antoine, Keenan avance jusqu'à ce qu'ils ne soient plus qu'à quelques mètres l'un de l'autre. Maintenant qu'il s'est arrêté, il se rend compte que ses poumons et sa gorge le brûlent.

— Antoine, tu as vraiment tué ces types ? demande-t-il d'une voix enrouée.

Antoine le fixe de son regard impénétrable, le corps parfaitement immobile.

— Putain, explique-toi !

Antoine baisse les bras et cligne des yeux.

— Ils ont assassiné mon père.

Keenan fronce les sourcils.

— Qui ?

— Monk et Bashinsky. Et un troisième type. C'est eux qui ont aussi tué les parents de Tyron.

Keenan commence à ramener son arme vers lui.

— Quoi ?

— Bashinsky avait une équipe de flics ripoux à sa solde. Ils ont travaillé pour lui pendant vingt ans. Ils faisaient le sale boulot. Le nettoyage. Mon père et les Shaw ont été exécutés parce que Bashinsky l'a ordonné.

Keenan a la tête qui tourne et la bouche sèche. Antoine n'a pas bougé d'un pouce.

— Comment est-ce que tu peux savoir tout ça ?

Un demi-sourire apparaît sur le visage d'Antoine.

— C'est ma vie. Depuis qu'on se connaît, c'est toute ma vie. Le reste, c'était une façade.

Il sourit franchement, à présent, mais pour lui-même.

— Ma vraie vie.

Voir une telle satisfaction sur le visage de quelqu'un qui vient de commettre un double homicide retourne l'estomac de Keenan. Il le remet en joue.

— À terre.

Le sourire d'Antoine s'efface.

— Tu ne peux pas m'arrêter à mains nues. Ce qui signifie que tu vas devoir tirer sur un homme désarmé une deuxième fois. Tu es prêt à faire ça ?

Une goutte de sueur coule du sourcil gauche de Keenan et lui tombe dans l'œil. Il le ferme pour chasser la sensation de brûlure. Il est en nage. Ses mains sont moites.

— Couche-toi, je t'ai dit !

Antoine lève le menton, indiquant un point derrière Keenan.

— Je crois que mon ami n'est pas d'accord.

Keenan ne mord pas à l'hameçon et lui fait signe de s'allonger.

Un discret sifflement retentit derrière lui.

— *Gringo.*

Il se retourne et voit un jeune Latino au corps nerveux. Des tatouages noirs dépassent de ses manches et couvrent ses mains. Qui pointent un gros flingue gris à trente centimètres de son crâne.

Keenan laisse échapper un soupir. Il n'a aucune chance contre eux. Mais il a déjà fait trop de conneries pour se permettre d'en commettre encore une.

Il a la nausée. Une pensée lui vient. Mourir de cette manière, ça ne serait pas si mal. Tout le monde serait gagnant.

Il pivote avec son arme à l'instant où le jeune mec le frappe avec la crosse de son pist…

11

22 : 38

À côté de l'une des boîtes de nuit du Reef se trouve un grand aquarium enchâssé dans le mur, où glissent lentement de petits requins. Ils ont quelque chose de mécanique, avec leurs yeux vides et leur mâchoire entrouverte. Naomi aperçoit Tyron devant la vitre, ou plutôt devant le polymère qui ressemble à du verre, plus résistant et mieux adapté à la vision, ainsi qu'elle l'a appris dans le guide du Reef à l'occasion d'une précédente visite. Lorsqu'elle l'appelle, il sursaute d'un air gêné.

— Qu'est-ce que tu vas faire, maintenant ? demande-t-elle, après s'être réjouie avec lui de la victoire d'Antoine.

— Rien de spécial.

Il consulte l'heure sur son téléphone.

— Comment était le match ? Gibbons et Suarez, je veux dire.

— Tu ne l'as pas regardé ?

— Trop de monde, c'était la folie dans le bar. Et honnêtement, après Antoine, je n'avais pas besoin d'en voir plus.

— Je sais ! C'était incroyable, hein ?

Tyron acquiesce.

— C'est le mot. Jamais je n'aurais imaginé ça.

— Moi, si. J'étais sûre qu'il en était capable. Et, en ce qui concerne l'autre match, tu n'as rien perdu. Gibbons a gagné sur décision du jury, mais c'était chiant. Le clou du spectacle, c'était Antoine.

— Qu'est-ce que tu as fait de Ricky ?

Naomi éclate de rire.

— Il est tombé sur des gens qu'il connaissait et il est parti avec eux. Il avait besoin de « réseauter ».

— De réseauter ?

— Va savoir. Je ne voudrais pas m'emballer, mais j'ai l'impression… J'ai l'impression qu'entre la victoire d'Antoine… ton retour, l'acquittement de Keenan… C'est comme si on allait être de nouveau réunis. Tu ne peux pas imaginer à quel point ça me fait plaisir. Vous m'avez trop manqué, les mecs.

Tyron se tait. Elle voit l'inquiétude et le doute dans son regard.

— J'espère, dit-il enfin.

Soudain, peut-être touché par ses paroles, il rougit et ajoute :

— Il y a une femme qui doit me rejoindre ici. Elle va arriver d'une minute à l'autre.

— Une femme ?

— Genre, une fille.

Elle éclate de rire.

— C'est pour ça que tu es aussi bizarre ? Je suis mariée, Ty. Tu as le droit de faire ce que tu veux.

Il hausse les épaules.

— Je croyais que tu divorçais.

— Peut-être, mais ce soir je suis encore mariée. Éclate-toi. C'est tout le mal que je te souhaite.

Naomi sourit, plus pour elle-même que pour lui. Mission accomplie, pense-t-elle. Il ne serait pas gêné si elle n'avait pas titillé quelque chose en lui.

— Alors, qui c'est ?

— Une serveuse du casino.

— Hé ben, tu en as appris, des trucs, dans les marines.

Tyron secoue la tête d'un air embarrassé. Elle rit pour voir encore ce sourire contrit. La modestie de ce garçon qui aurait des tas de raisons de se la jouer l'a toujours émerveillée.

Elle est heureuse, réalise-t-elle. Beaucoup trop, comme d'habitude. Et qu'est-ce qui se passe après, dans ces cas-là ? La chute. La dégringolade. Le plongeon. Chaque fois, c'est pareil. Elle s'efforce de rester détachée, d'une humeur égale, mais c'est plus fort qu'elle ; ça ne lui est pas arrivé depuis qu'elle a arrêté le basket professionnel de planer ainsi. Elle a le sentiment qu'elle ne redescendra jamais. Tout autour d'elle est merveilleux, brillant, amusant et ne demande qu'à être apprécié : les requins qui nagent paresseusement devant eux, la longue file très court vêtue qui attend pour entrer dans la boîte, les joueurs du casino, les fans de boxe et le défilé incessant des touristes.

— Qu'est-ce que vous allez faire ?

— Comment ça ?

— Ta nouvelle copine et toi, qu'est-ce que vous allez faire ?

— Arrête, dit-il, incapable de réprimer un sourire. Je ne sais pas ce qu'on va faire, mais tu devrais… tu peux rester…

— Vraiment ? Tu crois que ta fiancée sera contente si je viens tenir la chandelle ?

— Toujours aussi taquine, je vois.

— J'espère pour toi que ta femme sera plus réservée, ainsi que doit l'être une bonne épouse.

— Salut !

Une voix féminine. Aiguë.

Naomi se retourne et découvre une beauté aux yeux verts et aux cheveux châtains soyeux, avec des reflets blonds. Elle porte une robe courte couleur sapin, si fine et moulante qu'on pourrait la peler comme de la cellophane. Le plaisir qu'elle éprouvait à asticoter Tyron la déserte d'un coup, et elle a l'impression de se recroqueviller, telle une limace sur laquelle on aurait versé du sel.

— Salut, Layla.

Tyron se penche pour serrer la fille dans ses bras, et Layla pose un baiser sur sa joue, effleurant ses lèvres au passage.

— Layla, dit Tyron, je te présente Naomi, l'une de mes amies les plus proches, à l'époque où…

Il lance un regard à Naomi.

— L'une de mes amies les plus proches.

Layla la salue d'un hochement de tête.

— Alors, qu'est-ce qu'on fait ?

— Faites votre truc tous les deux, intervient Naomi. Je ne veux pas m'imposer.

— Mais si, viens avec nous, ma belle, répond Layla en indiquant la boîte à côté d'eux. Je suis chez moi, ici. On va s'éclater.

Tyron hausse les épaules, et Naomi sourit. Elle avait envie de faire la fête, ça semble bien parti. Elle vérifie si elle a des messages. Rien. Keenan doit encore être au travail. Elle hoche la tête, et Layla leur fait signe de la suivre.

— Une fille affectueuse, murmure Naomi, la voyant embrasser les videurs sur la joue.

— Tu comprends pourquoi je l'apprécie.

Ils échangent un sourire.

L'un des videurs, une armoire à glace à côté de qui ils ont l'air de nains, écarte une corde pour les laisser entrer. Sur le seuil, Naomi se retourne et lance un regard un peu honteux à tous ceux qui font la queue.

12

23 : 12

Les lumières hachent l'obscurité au rythme des basses. C'est une révélation pour Tyron, qui après toutes ces années comprend enfin la fascination qu'exercent les boîtes. Celle-ci est immense, il n'a jamais mis les pieds dans un endroit pareil. Alors qu'on le guide le long de couloirs interminables et qu'ils traversent plusieurs salles, il se rend compte qu'il pourrait facilement se perdre, en dépit du sens de l'orientation dont il était si fier à l'armée. Surtout avec l'alcool qui lui monte à la tête.

Il a décidé d'oublier les terroristes pour ce soir. Pour tous les soirs, en fait. Ce n'est plus son job. Fini. Quel intérêt de rentrer au pays si c'est pour continuer à vivre comme là-bas ? Alors que tout le monde se plaignait à cause de la fouille intrusive à l'entrée, il a été impressionné par la minutie des videurs. On ne peut pas se permettre de jouer avec la sécurité dans un lieu aussi bondé.

Il se reprend. Merde, il faut que tu vives un peu. Tu n'es plus un athlète, tu n'es plus un soldat, tu… Il a presque pensé : tu n'es personne, mais il s'est retenu in extremis. Tu as trente-deux ans et il est grand temps de vivre. Qui que tu sois aujourd'hui.

La démesure du club est écrasante. Il y a des boxes, des tables, des comptoirs, une piste de danse, un étage au-dessus et un autre en dessous – et ce n'est que l'intérieur. L'arrière donne sur un vaste espace extérieur, avec des piscines, des fontaines, des cabines pour se changer, encore des bars et une seconde piste reliée à la première par une large scène à cheval sur les deux univers. Un DJ aux cheveux décolorés mixe le son.

— Il y a des gens hyper connus qui passent ce soir à cause du match, hurle Layla par-dessus la musique. Ça va être la folie. Viens, on va commander des shots.

Ils rejoignent un bar derrière les fontaines et les piscines, assez loin pour pouvoir se parler à peu près normalement. Le barman aligne devant eux trois petits verres de tequila avec un quartier de citron vert.

Layla et Naomi prennent leur verre, et Tyron les imite. Puis il s'immobilise. À l'intérieur, une voix lui souffle : ce n'est pas parce que tu as quitté l'armée que tu n'as plus aucune responsabilité. Et tu as rendez-vous avec Marlon à 6 heures du matin.

Quartier de citron vert dans une main, shot dans l'autre, les deux femmes l'attendent.

Si ça ne s'arrête pas maintenant, alors quand ?

— À Antoine, dit Naomi.

Ils trinquent.

Alors que la tequila coule dans sa gorge, la réponse à sa question s'impose à lui.

Jamais. Jamais tu ne te débarrasseras de tes responsabilités. Il y a trop à faire.

Naomi secoue la tête pour chasser la brûlure de l'alcool, et Tyron repense à leur vie à la fac. Elle s'ébrouait déjà comme ça chaque fois qu'elle buvait. Ils se soûlaient rarement, et uniquement à la fin de la saison sportive, mais ces soirées et la manière dont ils faisaient l'amour après lui ont laissé un souvenir indélébile. Ce n'est qu'en la voyant faire ce geste qu'il réalise à quel point il le trouvait séduisant.

L'alcool descend dans sa gorge et sa poitrine. Les responsabilités ont fait de toi un eunuque, pense-t-il. Tu as droit à quelques erreurs.

Layla commande trois autres shots.

— Après, on va danser, dit-elle, les yeux brillants.

Tyron se tourne vers Naomi, et ils échangent un regard un peu trop long. Cette fois, Naomi trinque à la bande des quatre, de nouveau réunie.

— Et à notre nouvelle recrue, ajoute-t-elle en prenant Layla par les épaules.

Layla rit. Ils avalent leur tequila cul sec. Tyron regarde les bâtiments du Reef, qui se dressent tout autour d'eux, et le ciel noir velouté au-dessus de leur tête. Beaucoup trop de lumière pour espérer voir la moindre étoile. À Vegas, les étoiles sont ici-bas, et nous pouvons tous prétendre que nous vivons comme elles.

Lorsqu'il était enfant, le Strip était réservé aux touristes. Personne, dans son entourage, n'avait les moyens d'en profiter. Il ne connaissait de la ville que ses quartiers pauvres et mal desservis. C'était l'environnement dans lequel ses parents l'avaient élevé : une succession sans fin de quêtes de fonds et de collectes alimentaires. Aujourd'hui, il voit ce qui attire les touristes, ce qui les pousse à dépenser tant d'argent pour venir. Sur la piste, les corps souples de Naomi et Layla ondulent au rythme de la musique. La fraîcheur de l'air nocturne contraste agréablement avec la fièvre qui monte. Le rôle du Strip est de les transporter dans un autre monde. Un monde de séduction et de possibilités chatoyantes. Aux antipodes du Vegas de son enfance.

Même s'il sait ce que dissimule cette façade, il se prend au jeu. Il sourit aux filles, et elles lui répondent, frôlant son corps du leur.

Après minuit

1

00 : 24

— Quinn, j'ignore si vous faites des conneries volontairement ou si vous êtes tout simplement incompétent. Sincèrement, je me pose la question. Vous avez une réponse ? Peut-être que vous êtes le type le plus malchanceux de la planète, toujours au mauvais endroit au mauvais moment, mais putain, j'aurais cru que si quelqu'un était capable de presser la détente, c'était vous. Eh bien non. Vous n'êtes même pas cohérent dans votre incompétence.

— Je suis désolé, monsieur.

— Arrêtez de vous excuser, merde, Quinn, ça suffit ! Je vais vous expliquer quelque chose et je vais parler très lentement pour que ça rentre dans le petit pois que vous avez à la place du cerveau. Quand c'est un adolescent noir désarmé qui s'enfuit, vous ne tirez pas. Quand c'est un meurtrier qui vient de commettre un double homicide, vous tirez. Ce n'est pourtant pas bien compliqué, si ?

— Monsieur, je le connaissais. On était amis quand on était gosses. Je le tenais en joue. Je ne savais pas qu'il avait un complice qui…

— Vous ne savez pas, ça, c'est sûr. Tu parles d'un scoop. Thompkins, allez dire aux journalistes que Quinn ignorait quelque chose. Bordel de merde, Quinn. Putain de bordel de merde ! Est-ce que vous comprenez que le type qui est mort était la cinquième fortune du monde ? Du monde entier, Quinn. Il valait quelque chose comme quarante milliards de dollars. Il finançait des politiciens. Il finançait des projets de construction aux quatre coins de la planète. Il organisait des rencontres dans ses hôtels entre le gouvernement et des hommes d'affaires de premier plan. Il influençait même la politique étrangère. Il était très important. Très, très important. Il va y avoir des conséquences énormes. Et vous, qu'est-ce que vous foutiez pendant qu'il se faisait étrangler ? Vous vous tourniez les pouces devant la porte !

— Chef, la police scientifique pense que le coup à la tête a tué Bashinsky avant la strangulation.

— La ferme, Thompkins !

— Oui, chef.

Le shérif adjoint Jake Fischer ouvre la bouche pour terminer sa tirade, mais l'interruption de Thompkins l'a mis au bord de l'apoplexie. Grand, le visage rouge, il ressemble à un personnage de dessin animé, ce qui amuserait Keenan s'il n'était pas l'objet de sa rage.

La bosse à l'arrière de son crâne a grossi et continue de l'élancer. La nausée est toujours là, mais les vertiges ont cessé. Selon les ambulanciers, il est probable qu'il ait eu une commotion cérébrale, et il devra se faire examiner par un médecin dès qu'il sera autorisé à quitter la scène de crime, ce qui risque de ne pas être pour tout de suite.

— Le shérif adjoint a raison, intervient l'inspecteur Clyde Miles, profitant du répit pour donner son avis. La mort de Bashinsky va faire du bruit. Les fédéraux vont rappliquer ici ventre à terre.

— C'est pour ça qu'il faut nettoyer ce bordel avant leur arrivée, rétorque Fischer, un peu calmé.

Miles dévisage Keenan.

— La mort de Monk, ce n'est pas rien non plus. Il était l'un des nôtres, même s'il n'était plus dans la police.

— Rien à foutre de Monk, gronde Fischer. Il n'y avait pas plus pourri.

Les yeux de Miles se posent un instant sur lui puis se détournent, comme s'il n'avait rien dit.

Depuis qu'il a été nommé adjoint, Fischer a fait de la lutte contre la corruption son cheval de bataille, ce qui a provoqué pas mal de ricanements parmi ses collègues, étant donné les rumeurs qui courent sur sa jeunesse. Bien sûr, personne ne se permettrait de le lui dire en face : il est trop dangereux de se fâcher avec un homme de son rang. C'est Fischer qui a été le plus dur après la mort de Reggie Harrison. Il a clamé haut et fort que ce genre de faute professionnelle inqualifiable ne serait plus admise dans la police métropolitaine de Las Vegas. Miles, lui, a défendu Keenan et s'est battu pour qu'il conserve son poste.

Le shérif adjoint lisse ce qu'il lui reste de cheveux.

— Qu'est-ce que vous foutiez, Quinn, pendant que votre ami d'enfance assassinait un ancien flic et le cinquième homme le plus riche du monde ?

— Monsieur, ma mission était de garder la porte contre quiconque essaierait de harceler Deco. Je n'ai pas pensé…

— Vous n'avez pas pensé ? Je suis heureux de vous l'entendre dire. Non, vous n'avez pas pensé. Parce que vous ne pensez jamais. Le digne fils de votre père.

Keenan reste un instant sans répondre et le regarde, abasourdi. Miles aussi. Fischer soutient son regard, content de lui, le mettant au défi de protester.

— Avec tout le respect que je vous dois, monsieur, dit Keenan, la pièce est insonorisée. Comment aurais-je pu imaginer que, juste après sa victoire, Antoine foutrait tout en l'air en tuant deux hommes ? Vous vous seriez attendu à une chose pareille ?

Fischer ouvre la bouche pour le faire taire. Peine perdue, Keenan est lancé.

— En plus, Monk était avec Bashinsky. Armé. Deco ne l'était pas. Je pensais qu'il était capable de se défendre et de protéger son patron face à un individu désarmé mais, clairement, lui non plus n'envisageait pas que Deco puisse s'en prendre à eux.

— Ça s'est passé comment, au juste ? demande Miles. Comment est-ce que vous vous êtes rendu compte de ce qu'il avait fait ?

Keenan regarde autour de lui. Ils sont devant la loge, à l'endroit précis où il se trouvait au moment où Antoine commettait les meurtres. Toute cette partie du complexe a été bouclée. Personne n'est au courant, hormis quelques flics, une poignée d'employés du Reef et la direction.

Des enquêteurs sont au travail dans la pièce mais, dans le couloir, il n'y a que Keenan, Fischer et son sous-fifre Thompkins, le seul d'entre eux impeccablement rasé en dépit de l'heure tardive. Frêle, la trentaine, des lunettes cerclées de fer, il est aussi le plus petit. Les deux autres sont presque aussi grands que Keenan, qui fait un bon mètre quatre-vingt-huit. Avec son visage tanné et ses cheveux bouclés poivre et sel, Clyde Miles a des airs de cow-boy tout juste débarqué du Far West. Les rides aux coins de ses yeux, ses lèvres et au creux de ses joues semblent avoir été taillées au couteau. Il a une petite bouche fine, comme si ses gènes savaient qu'il ne s'en servirait pas souvent. Ceux de Jake Fischer ont dû lire en lui aussi : la sienne est charnue, rouge et souple.

— Je me tenais juste là quand Antoine a ouvert la porte. Le temps que je me retourne, il l'avait refermée. Il m'a dit que Bashinsky et Monk étaient en train de discuter et qu'ils ne voulaient pas être dérangés. Et il est parti. Ça m'a paru un peu bizarre, mais je n'avais aucune raison d'imaginer qu'Antoine ferait un truc pareil. J'ai hésité à l'escorter. Finalement, dans la mesure où c'était la porte qu'on m'avait demandé de garder, pas lui, je suis resté à mon poste. J'ai pensé que si Monk souhaitait que je fasse autre chose il me le dirait en sortant.

— Pourquoi ne pas vous être assuré sur-le-champ que tout allait bien à l'intérieur ?

— Comme vous l'avez si bien dit, c'est le cinquième homme le plus riche du monde. S'il ne voulait pas qu'on le dérange, je n'allais pas me permettre de l'interrompre.

— Alors, pourquoi est-ce que vous êtes entré, finalement ?

— Je n'en sais rien. Je sentais qu'il y avait un truc pas net. Antoine s'était éloigné trop vite. Et, comme les deux autres ne réapparaissaient pas, j'ai décidé de jeter un œil à l'intérieur.

— Antoine était parti depuis combien de temps, à ce moment-là ?

— Trois minutes maximum.

— Et alors ?

— J'ai vu les corps. J'ai sorti mon arme. Vérifié qu'il n'y avait personne dans la salle de bains. Puis je suis sorti en courant pour rattraper Antoine. Je l'ai trouvé dans le parking.

— Et c'est là que vous lui avez parlé ?

— Oui.

Keenan se remémore leur échange. Il est heureux que le coup de crosse sur la tête ne l'ait pas effacé, car Antoine lui a dit des choses importantes. Trop pour qu'il ait le temps de tout digérer. En tout cas, il sait qu'il y a des secrets à déterrer. Des secrets qui font aussi partie de son passé. De celui de Tyron. Et, bien sûr, de celui d'Antoine. Toute leur bande semble liée de près ou de loin à sa vengeance.

Il a envisagé qu'il ait pu lui mentir – quand on vient de tuer de sang-froid, on ne doit pas être à ça près –, mais il a écarté cette possibilité. Antoine n'avait aucune raison de le faire et en plus, ce n'est pas son genre. Le soulagement, la satisfaction dans sa voix et sur son visage semblaient bien réels. Ses mots sonnaient juste. Tandis qu'il parlait, quelque chose soufflait à Keenan : ça confirme ce que tu soupçonnais. Antoine a établi les liens qui te manquaient.

— Qu'est-ce qu'il vous a dit ?

Il regarde les deux hommes, se demandant ce qu'il peut leur révéler. À présent, il se méfie de tout le monde, dans la police.

— Allons, Quinn, s'impatiente Fischer. On vous écoute.

— Il a dit que Bashinsky a eu pendant vingt ans une équipe de flics véreux à sa solde, qui exécutaient pour lui des contrats et d'autres sales boulots, lance Keenan, guettant leur réaction. Il a dit que Bashinsky et ces policiers ont assassiné son père.

Keenan s'apprête à ajouter qu'ils ont aussi tué les parents de Tyron Shaw, puis se ravise. Ça n'aurait aucun sens de les mêler à ça maintenant. Et les paroles qu'il a surprises ce jour-là au club, alors que Craig Quinn mettait en garde Terrence Shaw peu avant sa mort, pourraient valoir des ennuis à son père. Quant au rôle qu'il a pu jouer dans cette histoire, il ne veut même pas y penser.

Le visage des policiers ne trahit rien. Uniquement des regards fixes et des sourcils froncés.

— Où est-ce que Deco est allé chercher ça ? demande Miles.

— C'est la question que je lui ai posée.

Il s'interrompt, se souvenant de l'expression de satisfaction démente d'Antoine quand il a répondu.

— Il a dit : « C'est ma vie. Ma vraie vie. » C'était dérangeant. Et en même temps c'est logique. Il a toujours été bizarre. Quelque chose le dévorait, ça se voyait. Il enquêtait sur la mort de son père. Ça lui arrivait de disparaître pendant plusieurs jours. Et il a eu des ennuis avec…

Le débit de Keenan accélère au fur et à mesure que les souvenirs lui reviennent.

— Une fois, il s'est fait choper dans un poste de police. Je ne le connaissais pas depuis longtemps. C'est Tyron Shaw qui me l'a raconté. Il n'avait rien volé. On n'a retenu que l'effraction contre lui. Apparemment, il avait juste fouillé dans les dossiers.

Keenan étouffe un juron, tandis que Miles et Fischer échangent un regard inquiet.

— Il avait dû planifier ça depuis très longtemps, ajoute-t-il, autant pour lui-même que pour eux.

— Ça ne fait aucun doute, dit Miles, les bras croisés, adossant sa haute carcasse au mur. Il devait savoir que Bashinsky rendait visite aux vainqueurs dans leur loge. Une sacrée motivation pour gagner.

Keenan réalise que Miles a raison. C'est pour ça qu'Antoine n'a jamais lâché la boxe, qu'il est devenu un champion. C'est ce qui lui a donné la force de battre Konitsyn.

— Je pense que ce qu'a suggéré l'inspecteur Miles est très juste, dit Thompkins, qui se tient un peu en retrait derrière Fischer. J'ai lu que la motivation personnelle est un facteur déterminant dans l'obtention d'une performance de haut niveau. Il semble que son désir de se retrouver seul avec Bashinsky lui a donné les ressources intérieures pour se hisser au sommet.

Fischer renverse la tête en arrière en se pinçant le nez.

— Thompkins. Fermez-la.

— Oui, chef.

Thompkins regarde droit devant lui, au garde-à-vous, comme s'il veillait sur la Maison-Blanche, et Keenan a presque envie de sourire. Diplômé de Stanford, Thompkins s'est engagé dans la police pour préparer une carrière politique, si l'on en croit les bruits de couloir. Mais, sous ses airs de lèche-bottes, il est passé par le SWAT. Ce qui n'est pas rien.

— Le pourquoi et le comment, je m'en contrefiche ! s'emporte Fischer. Il faut trouver ce psychopathe et le trouver très vite.

Sa bouche se tord, et il fait un pas vers Keenan, plantant son index dans sa poitrine.

— Est-ce que vous vous rendez compte de l'effet que ça va avoir ? Le meurtre de la décennie se déroule sous votre nez, et vous ne levez pas le petit doigt, vous entre tous ? La moitié des Noirs de la ville seront devant ce bâtiment demain pour manifester contre vous, pauvre connard. Qu'est-ce que vous fabriquiez ici ? Vous n'aviez pas fait assez de mauvaise publicité à votre service ? Vous vous êtes dit : voyons si je peux foutre en l'air la police tout entière à moi seul ?

— Du calme, intervient Miles, une main sur l'épaule de Fischer.

— Nous devons identifier le troisième homme dont parlait Deco. Au moins, on a une piste.

— S'il existe. Deco a peut-être dit ça pour qu'on le cherche ici. Plutôt qu'à la frontière mexicaine.

— Je ne pense pas qu'il ait menti, pour ce que ça vaut, intervient Keenan.

Fischer le toise.

— Oui, j'imagine que vous êtes bien placé pour le savoir ? Vous savez que votre père était le coéquipier de Monk, à l'époque.

Keenan a soudain le vertige. Il veut protester. Mais il ne peut pas. Car Fischer a raison. Son père faisait équipe avec Monk. Il a besoin de s'asseoir.

— Vous avez aussi été le coéquipier de Monk, je me trompe ? demande soudain Miles à Fischer.

Fischer le foudroie du regard.

— Qu'est-ce que vous insinuez ?

Miles lève les paumes, secouant la tête.

— Rien.

Fischer le dévisage jusqu'à ce qu'il baisse les yeux puis s'adresse de nouveau à Keenan.

— Deco ne vous a rien dit d'autre ?

— Non.

— Bien. Maintenant, pas un mot sur votre rôle dans ce merdier. Compris ? Si ça se sait, ça va être un bordel sans nom. Vous brûlez votre putain de barbe, et le mystérieux vigile qui a couru après Deco restera anonyme. On est bien d'accord ?

— Oui, monsieur.

— Thompkins, prenez sa déposition. Miles, allez voir ce que les enquêteurs ont trouvé.

Fischer s'éloigne déjà, le nez sur son portable.

Keenan l'interpelle.

— Monsieur, j'aimerais parler à mon père d'abord, si vous le voulez bien.

Fischer se retourne. À travers la gravité qui assombrit son regard perce une lueur de compassion. Il hoche la tête et repart à grandes enjambées, le téléphone collé à l'oreille.

Keenan a raté deux appels et plusieurs SMS de Naomi. Elle ne parle que de la victoire d'Antoine et veut fêter ça dès qu'il aura terminé. Dans son dernier texto, elle lui dit qu'elle est avec Tyron dans un club du casino où il peut les rejoindre.

Avant de lui répondre, il appelle ses parents. Il tombe sur la boîte vocale sur leurs deux portables et sur la ligne fixe. Il laisse des messages partout, insistant pour qu'ils le contactent de toute urgence. Puis il écrit à Naomi.

Il s'est passé quelque chose de grave. Je te raconterai à la maison. Je dois voir mes parents d'abord.

Il range son téléphone et se tourne vers Thompkins.

— Réglons ça vite fait.

2

01 : 12

Une goutte de sueur coule sur la nuque de Naomi. Elle danse. Il danse. L'autre fille danse. Elle a l'impression qu'ils dansent depuis une éternité – et qu'ils danseront jusqu'à la fin des temps. Dans leur monde à eux. Une nuit sans fin transpercée d'éclairs, avec des DJ directement branchés sur le pouls de la foule. Boire, danser encore, leurs corps jeunes et fermes pressés les uns contre les autres, le monde qui tourne et Tyron si proche, dans ses bras qu'il n'aurait pas dû quitter, de retour dans ses bras après toutes ces années.

Mais elle ne l'embrassera pas. Ivre ou non, elle ne le fera pas. Elle remarque que lui n'embrasse pas Layla non plus, ce qui est sympa de sa part. Elle voit qu'il se retient. Quel hétéro n'en aurait pas envie, une fille pareille ? Layla frotte ses mains, ses hanches et ses fesses contre lui ; elle lui embrasse le cou, l'oreille, les joues, mais quand elle cherche sa bouche Tyron jette un coup d'œil à Naomi et se détourne.

Elle est partagée entre le souhait qu'il aille avec cette fille pour mettre un terme à la tentation, et le fait qu'elle le désire. À une époque, elle pensait qu'il serait le père de ses enfants. Comment peut-on retrouver quelqu'un qui a autant compté sans éprouver quelque chose ? Si elle reste sur la piste, ça risque de déraper.

— Il faut que je fasse une pause, crie-t-elle.

Raté. Ils la suivent tous les deux.

De l'autre côté des fontaines et des piscines, près du bar où ils ont bu leurs shots, il y a de la place, et c'est suffisamment calme pour qu'elle se ressaisisse. Naomi sort son téléphone, plus pour prendre ses distances que pour autre chose, mais, lorsque sa main se referme dessus, elle se souvient de Keenan. Comme tout ce qui ne fait pas partie de ce club, de cette bulle enchantée, elle l'avait oublié. Et elle regrette de ne pas l'avoir oublié pour de bon quand elle lit son message. Quelque chose de grave est arrivé, il lui expliquera plus tard. Évidemment. Et il va chez ses parents maintenant ? C'est Keenan tout craché. L'inclure à demi avec des demi-vérités qui ne révèlent qu'une demi-histoire.

Elle regarde Tyron en train de discuter avec Layla et se dit qu'elle devrait coucher avec lui. Elle en a envie, il en a envie. Qu'est-ce qu'on en a à foutre des états d'âme de Keenan ? Ce serait bien fait pour lui, après tout ce qu'elle a enduré par sa faute.

Cela dit, ce n'est pas son genre de rendre visite à ses parents comme ça. Et en pleine nuit ? Il leur est peut-être arrivé quelque chose. Elle prend une grande inspiration et relit le message. L'inquiétude chasse la colère.

Je suis dispo si tu as besoin de moi, écrit-elle. Sinon, on se voit à la maison.

— Je dois rentrer, annonce-t-elle aux deux autres. Keenan a un problème.

— Il a besoin d'aide ? demande Tyron.

Elle secoue la tête, songeant qu'on peut toujours compter sur lui.

— Ravie d'avoir fait ta connaissance, Layla.

— Il faudra qu'on remette ça.

— Carrément.

Naomi prend Tyron dans ses bras et l'embrasse sur la bouche. À travers leur baiser, elle sent passer l'amour qu'ils ont éprouvé l'un pour l'autre, venant du plus profond d'eux-mêmes. Elle voudrait lui dire : « Je t'aime et je t'aimerai toujours. » Au lieu de quoi, elle détache ses lèvres des siennes et lui murmure à l'oreille :

— Ne t'inquiète pas pour moi. Va avec Layla si tu en as envie.

Il plonge son regard dans le sien. Elle est incapable de deviner ce qu'il pense.

Elle le lâche, recule.

— Je suis heureuse de te retrouver, Ty.

01 : 29

Tyron et Layla suivent des yeux la haute silhouette de Naomi qui s'éloigne à travers la foule, le pas long et athlétique malgré ses talons. Elle disparaît, mais Tyron continue de fixer le même point, comme un homme sur l'océan contemplant l'horizon.

— Tu es amoureux d'elle ?

Il lui faut un moment pour répondre.

— Je l'ai été, dit-il, le regard toujours lointain.

— Et tu l'es encore ?

— Sans doute.

— Je comprends. Elle a de la présence.

Il se tourne vers Layla qui l'examine d'un air curieux, puis il lève la tête vers le ciel nocturne illuminé. Jamais je n'aurais imaginé tout ça cet après-midi, songe-t-il.

— Qu'est-ce que tu veux faire, maintenant ? demande Layla, faisant un pas vers lui et glissant sa main dans la sienne.

— Je dois retrouver un copain ici.

— Celui qui était à la table de black jack ?

— Oui. Ricky.

— Et après ? poursuit-elle, se rapprochant encore.

Il sent ses yeux verts de chat sur lui, son corps tout contre le sien.

— Pas ce soir, Layla.

— Pas de problème. Je vais rentrer. Je travaille demain.

— OK.

Elle passe les bras autour de son cou et pose ses lèvres sur les siennes.

— Tu es sûr que je ne peux pas te faire changer d'avis ? murmure-t-elle, sa bouche effleurant son oreille.

Il se sent incapable de lui expliquer pourquoi il ne rentrera pas avec elle ce soir, car pour cela il lui faudrait mettre des mots sur la multitude d'émotions qui le balaient comme un vent du désert.

— Une autre fois, bredouille-t-il, se demandant s'il a tout gâché.

Mais Layla reste imperturbable. Elle l'embrasse doucement au coin de la bouche, lui dit « Écris-moi », puis disparaît. Tyron se retrouve seul et hors d'haleine, bien qu'il n'ait pas bougé d'un millimètre.

Ricky le rejoint dix minutes plus tard et s'assied à côté de lui sur le muret autour de l'une des fontaines.

— C'est la lose, je me suis pris des râteaux toute la soirée. Et toi ?

— Rien non plus.

Ricky secoue la tête.

— Ah, les femmes…

— Le match était bien ? Le principal.

— Pourri. Pas d'attaque. Ils ont passé leur temps à se protéger. Tout le monde ne parlait que d'Antoine. Il a réussi ! Ça veut dire que, maintenant, on est potes avec une star !

— Pas si sûr. Avec Antoine, on ne sait jamais.

— Arrête. Les teufs. Le traitement VIP. Quelqu'un dans sa position, il voudra une suite, des gens autour de lui. Et c'est là qu'on entre en jeu.

— Je crois qu'il a déjà ce qu'il faut.

— On n'en a jamais assez. Tu devrais le savoir. Je suis sûr qu'il aura besoin d'un garde du corps qui a fait l'armée.

— Admettons, mais toi ?

— Le garde du corps aura besoin d'un poteau, oui ou merde ?

Ils éclatent de rire, lorgnant un groupe de copines qui commandent des verres au bar. Un enterrement de vie de jeunes filles.

— J'ai rendez-vous avec Marlon à 6 heures demain matin. Ou plutôt ce matin, dit Tyron en jetant un coup d'œil à sa montre. Dans quatre heures. Faut que je dorme un peu. Avec le décalage horaire, je n'ai pas encore récupéré.

— Le mieux, dans ce cas-là, c'est une nuit blanche. Reste debout. Vu l'heure, ça vaut pas la peine de se coucher.

— Bien sûr, pourquoi je n'y ai pas pensé avant ? Tu sais quoi ? Tu devrais être coach santé.

Ricky éclate de rire.

— J'ai failli te croire. Tu m'as eu, mec… Attends. Pourquoi est-ce que Marlon veut te voir à 6 heures ?

— Aucune idée. Mais je lui ai dit que j'y serais. On y va ?

Ricky lève les mains, scandalisé.

— Hé, Ty. Regarde où on est ! Regarde ! Les meufs sont de sortie. Des gens du monde entier dépensent des fortunes pour venir ici, et toi, tu veux partir ? T'es pas sérieux ! Écoute, t'es plutôt beau gosse, et moi je suis… mieux que la moyenne. On va faire des ravages. Allez, me laisse pas tomber.

— OK, soupire Tyron, frottant ses yeux brûlants.

Il se lève.

— Allons-y. Mais dans une demi-heure je me tire.

Ricky se lève d'un bond.

— Toi, t'es un vrai copain. J'espère que tu le sais.

Tyron s'apprête à ignorer le compliment, comme à son habitude. Puis il regarde Ricky et se rend compte qu'il se sent soudain moins coupable d'avoir embrassé la femme de Keenan.

— Merci. Toi aussi, t'es un vrai pote.

01 : 31

Keenan pile devant chez ses parents, un pavillon assez grand, sans être immense. Il saute de la voiture, remonte l'allée pavée au pas de course. Ouvre la porte avec sa clé. À l'intérieur, il fait noir comme dans un four. Il verrouille derrière lui. Il hésite à allumer le vestibule et décide de…

Un puissant faisceau lumineux l'éblouit. Il lève les mains, détournant la tête.

— Keenan ! Qu'est-ce que tu fabriques ici ?

Des étincelles fusent derrière ses paupières closes.

— Tu peux baisser ta lampe, papa ?

— J'ai failli te tirer dessus ! Bordel de merde, qu'est-ce qui t'a pris d'entrer en pleine nuit comme un voleur ?

— Papa, éteins ça.

Keenan cherche l'interrupteur et allume le vestibule. Son père se résout enfin à baisser sa lampe électrique. Mais Keenan voit toujours des étoiles exploser devant ses pupilles. Lumière vive et commotion cérébrale ne font pas bon ménage.

— Bon Dieu, tu vas me répondre, Keenan ?

— J'ai essayé d'appeler avant de venir, dit-il, se frottant les yeux avec le pouce et l'index.

— On coupe la sonnerie la nuit, tu le sais bien.

Il ne se souvient pas si ses parents l'ont déjà mentionné devant lui. Le fait est qu'il n'a jamais eu besoin de les contacter à une heure pareille.

— C'est Keenan ? lance sa mère du fond de la maison.

— Oui. Ton cher fils essayait de nous provoquer une crise cardiaque. C'était si compliqué de sonner à la porte ?

Keenan retrouve peu à peu la vue, et des taches floues émergent entre les étoiles.

— Je ne voulais pas réveiller maman. Je dois te parler.

— Ah ! tu ne voulais pas réveiller ta mère. Eh bien, c'est réussi. Elle a seulement failli avoir une syncope. Elle croyait qu'on venait nous assassiner dans notre lit.

Si Antoine en a après ses parents, au moins, ils ne se laisseront pas prendre au dépourvu, songe Keenan. Les formes retrouvent enfin des contours nets, et il voit que son père a toujours une arme braquée sur lui.

— Papa, ton flingue !

— Oh ! pardon. J'étais encore sous le choc.

Rosie Quinn émerge du couloir. C'est une femme mince, brune, avec des sourcils très noirs et un sourire chaleureux. Elle se glisse à côté de son mari, immense, qui a l'air d'un vieux fou dans son pyjama délavé, le visage hérissé d'une barbe de deux jours grisonnante, les cheveux en bataille, une lampe et un pistolet au bout de ses longs bras ballants. Rosie étreint son fils et l'embrasse sur les deux joues.

— Comment vas-tu ?

— Ça va.

— Tu es sûr ?

— Quelle différence ça fait, maman ? Papa, ajoute-t-il, avant qu'elle ait le temps de protester. Il faut que je te parle. C'est important.

Craig lève les yeux au ciel. Qu'est-ce que *toi*, tu pourrais bien avoir à me dire d'important ? semble-t-il signifier, une expression que Keenan connaît par cœur. Mais, pour une fois, il ne se laisse pas démonter. Il soutient le regard de son père.

— Bon, viens, dit celui-ci, l'invitant à le suivre avec son pistolet.

Il allume le salon, et ils s'y installent tous les trois. Craig pose l'arme et la lampe sur la table basse en verre, puis sourit à Keenan comme un gamin qui vient d'obtenir ce qu'il voulait.

— J'ai gagné vingt mille sur ton ami. Je te l'avais dit. Enfin, j'ai quand même eu quelques sueurs froides pendant le match. Bon Dieu, quand je repense à ce combat ! Ce petit Chicano a la niaque, c'est clair. Vingt mille dollars ! Ta mère et moi, nous allons partir en croisière.

— Il n'a parlé que de ça toute la soirée. J'ai cru qu'il ne s'endormirait jamais, intervient Rosie. Il était fou de joie quand l'autre est resté au tapis. Euphorique.

— Tu veux venir avec nous en croisière ? Après tout, tu ne travailles pas vraiment, en ce moment. Vingt mille, il y a de quoi. Emmène Naomi. Quelle femme ! On se demande ce qui lui a pris d'épouser un bon à rien comme toi.

— Craig !

— Il sait que je plaisante. Mais c'est vrai, quand on pense à tous les gars bûcheurs et intelligents avec qui elle aurait pu se marier. Il faut te reconnaître ça, mon garçon. Tu as toujours eu la cote avec les jolies filles.

— Papa, c'est à propos d'Antoine.

— Eh bien, quoi ?

— Prépare-toi.

— Me préparer à quoi ? On va se battre en duel ? Qu'est-ce que tu racontes ?

Keenan sent son estomac se nouer à la pensée de ce qu'il doit annoncer.

— Ça craint, papa. Ça craint vraiment.

Craig lui lance un regard méfiant, puis se tourne vers sa femme.

— Rosie, si tu allais à la cuisine ? Va chercher à manger pour ton fils.

— Je veux savoir ce qui se passe, proteste-t-elle.

— Tu as faim, mon garçon ?

Keenan fixe un point derrière eux. Maintenant qu'il y pense, il est affamé. Mais il n'a pas envie de servir de prétexte à son père pour se débarrasser de sa mère.

— Tu as faim ? insiste Craig, plus fort.

— Oui. Oui, j'ai faim.

— Va à la cuisine, Rosie. Va lui chercher à manger.

— Qu'est-ce qui se passe, Key ? demande sa mère.

— À la cuisine !

— C'est bon !

Rosie sort, furieuse. La scène est si familière – une dispute entre ses parents, sa mère qui quitte la pièce fâchée – que Keenan y prête à peine attention.

— Alors, accouche ! lance son père.

— Après le match, Antoine est revenu dans sa loge et…

— Et ?

— Il a assassiné Raymond Monk et Norman Bashinsky.

Craig éclate de rire comme s'il n'avait jamais rien entendu d'aussi drôle. Malgré tout, une part de lui doit avoir assimilé l'information, car son rire a des accents hystériques.

— Je suis sérieux, papa.

— Allons, c'est la meilleure de l'année.

— Je suis sérieux. Il les a étranglés.

Son père se lève brusquement et l'attrape par le col.

— Dis-moi que tu mens !

— Je ne mens pas.

Craig blêmit, et son visage se tord en une grimace.

— Dis-moi que tu mens ! répète-t-il en secouant Keenan.

— C'est la vérité !

Keenan repousse son père sans ménagement. Craig vacille. Il dévisage son fils, incrédule. Celui-ci ne baisse pas les yeux. Pas cette fois. Le regard de Craig brûle de rage. De haine. Il charge.

Rosie se précipite dans la pièce.

— Arrêtez !

Craig a ceinturé Keenan et tente de le soulever, mais Keenan résiste. Déséquilibré, Craig le pousse violemment contre le mur. Les épaules de Keenan heurtent un cadre de plein fouet. Le verre se brise. Une douleur fulgurante lui parcourt le dos, remontant jusqu'à la nuque.

— Assez ! Tous les deux, assez !

Pas cette fois, vieux salaud. Keenan resserre sa prise. Il soulève son père, puis, prenant appui de tout son poids sur le sol, il pivote et le projette à terre. Craig atterrit sur la table basse.

Un bruit de verre cassé. Sa mère hurle.

— Keenan !

Son père se tord sur la moquette. Rosie se précipite à son secours, mais il est déjà à genoux, les paumes à plat dans les bris de glace.

— Je vais bien ! aboie-t-il.

— Mon Dieu, Craig, tu as le dos en sang !

— Merde ! Je te dis que ça va !

Craig ramasse le pistolet tombé par terre et se lève en vacillant.

Keenan ne bat pas en retraite. Vas-y, pense-t-il.

— Je ne vais pas te tirer dessus, petit con ! éructe son père, méprisant.

Il passe en boitillant devant lui et quitte la pièce sans un autre regard pour sa femme et son fils.

— Comment est-ce que tu as pu faire une chose pareille ? demande Rosie, blanche comme un linge. À ton propre père !

Elle suit Craig, s'arrête et se retourne.

— Tu devrais avoir honte !

Une porte claque au fond de la maison. Sa mère se précipite dans cette direction.

Keenan est écarlate. Il halète, oppressé par la rage et l'humiliation. Il regarde les éclats de verre éparpillés dans le salon. Le cadre brisé au mur, avec une photo de famille prise quand il était encore au lycée, tous endimanchés et souriant à l'unisson. Le rêve américain.

Il fait rouler son épaule. Tâte la bosse à l'arrière de son crâne. Puis il ouvre la porte d'entrée et scrute la rue mal éclairée, se demandant si Antoine ou un de ses complices est déjà là, tapi dans l'ombre. Il examine les voitures garées et les passages entre les maisons. Quelqu'un pourrait se cacher n'importe où, ici. Les réverbères sont très espacés et la plupart des habitations éteintes.

Keenan ne parvient ni à s'en aller ni à rester. Il voudrait partir le plus loin possible de chez ses parents et, en même temps, il ne se voit pas les laisser sans protection. Mais si son père n'est pas l'homme que cherche Antoine ? Si ça se trouve, il n'a pas de raison de s'inquiéter. Pour prendre une décision, il faudrait qu'il sache si Craig est impliqué dans le meurtre de Raul Deco. Et, si ce n'est pas lui, qui est-ce ?

Il se tourne vers le couloir plongé dans l'obscurité. Les éclats de voix étouffés de ses parents lui parviennent. Il comptait les emmener à l'hôtel ou à l'aéroport, quelque part où ils seraient en sécurité. Mais il ne se sent pas la force de les affronter. Il préférerait encore avoir affaire à Antoine. Alors qu'il contemple sa voiture garée devant la maison, il se rend compte qu'il peut sortir et monter la garde depuis la rue.

Il n'a pas fait trois pas dans l'allée qu'une pensée lui vient soudain : pourquoi Antoine lui aurait-il parlé du troisième homme s'il visait son père ? Après avoir gardé son plan secret pendant toutes ces années, pourquoi lui donnerait-il cet indice, au risque de tout faire rater ?

Keenan s'installe dans sa voiture, recule et coupe le moteur quelques maisons plus loin. Rien ne bouge. C'est à peine s'il y a un souffle d'air.

Il a mal au crâne et n'a toujours pas mangé.

Son esprit vagabonde. Il se surprend à penser à la manifestation prévue pour le lendemain matin, dans quelques heures à peine. Il l'avait oubliée.

Je suis une vraie plaie pour cette ville, songe-t-il.

Il se laisse aller contre le dossier. Ses paupières se ferment.

Brusquement, il abat le poing sur sa cuisse et ouvre les yeux.

Je n'y arriverai pas seul.

Il appelle Fischer. Laisse sonner.

— Thompkins. Qui est à l'appareil ?

— Thompkins ? C'est Quinn. Où est Fischer ? C'est lui qui m'a donné ce numéro.

— C'est bien son numéro. Mais tous les appels qui lui sont adressés doivent passer par moi. Si j'estime que c'est nécessaire, je les transfère.

— Fischer doit avoir un téléphone perso, Thompkins. Donnez-le-moi, ce sera plus simple.

— Désolé, je ne peux pas. S'il voulait que vous ayez son numéro personnel, il vous l'aurait communiqué. Alors, qu'est-ce que je peux faire pour vous ?

Abruti, pense Keenan.

— J'aimerais qu'on envoie une voiture chez mon père. Banalisée ou non, peu importe. Il a besoin d'une protection.

— À cause de Deco ?

— Oui. Vous voulez le choper ? C'est l'appât rêvé. Si mon père est le prochain sur sa liste, c'est chez lui que Deco ira. Vous n'aurez qu'à le cueillir. Placez des hommes devant chez lui, vous rendrez service à tout le monde.

— J'en prends bonne note, Quinn. Je transmets vos inquiétudes au shérif adjoint. Je peux faire autre chose pour vous ?

Keenan laisse échapper un grognement exaspéré. Ce type parle comme un chargé de clientèle.

— Je veux seulement que vous envoyiez quelqu'un. Je peux compter sur vous ?

— On est débordés, Quinn. Je ne vous promets rien. Mais je transmets au shérif adjoint et je demande à une voiture de patrouille de faire une ronde dans le quartier.

Keenan serre les dents.

— OK, faites tout ce que vous pouvez. S'il vous plaît.

— Compris. Je vous tiens au courant.

La ligne est coupée.

Quel connard. Je ne peux faire confiance à personne.

J'ai besoin d'un ami, pense-t-il, et il se rend soudain compte qu'il n'a pas encore dit à Tyron ce qu'Antoine lui a révélé sur la mort de ses parents.

3

02 : 49

Le capitaine Tyron Shaw se réveille en sursaut au milieu de la nuit, respirant l'air sec du désert. Une déflagration comme un coup de tonnerre. Les murs du poste de combat avancé Mic Check frémissent. De la poussière tombe sur sa poitrine, et de la lumière filtre à travers les nouvelles fissures.

— Ils sont encore plus nombreux, cette fois, mon capitaine, dit le sergent essoufflé qui est apparu dans la pénombre.

Tyron entend tout maintenant : les armes de poing, les tirs de mortier, les roquettes. Il est déjà équipé : gilet pare-balles, tenue de camouflage, bouchons d'oreilles et gants, coudières et genouillères. Il se lève de son lit de camp, enfile son casque en Kevlar, abaisse ses lunettes de vision nocturne et s'empare de son fusil d'assaut M4.

Il se déplace rapidement à travers l'ancienne usine de conditionnement située dans la banlieue de Bagdad. Il passe devant des marines accroupis pour éviter les éclats des projectiles qui parviennent à traverser les murs et le plafond.

Tyron observe ses hommes, songeant une fois de plus qu'il n'a pas peur. Le pire, c'est pendant les creux, lorsqu'on sent le danger et la mort tout proches. Mais le moment venu, quand l'enfer semble s'ouvrir sous ses pieds et qu'il se tient juste au bord du précipice, il n'a pas peur. Il n'y a que la bataille. Que le combat. Pas de vie avant, pas de vie après, rien à perdre jusqu'à ce que la tempête retombe.

Il pénètre dans un local occupant un angle du bâtiment qui abritait autrefois les bureaux de l'usine. Ils l'ont converti en poste de surveillance, après avoir fini d'abattre les murs endommagés par des roquettes pour les remplacer par de fragiles cloisons de contreplaqué.

— Qu'est-ce qu'on a ? demande-t-il à son équipe.

On lui montre des images teintées de vert sur différents écrans, obscurcies par la fumée et les tourbillons de poussière.

— On dirait qu'ils ont décidé de mettre le paquet, déclare le sergent-chef Higgins. Les murs antidéflagrations absorbent une bonne partie des tirs, mais il y en a pas mal qui passent quand même.

Comme pour lui donner raison, un obus de mortier explose à l'extérieur, faisant trembler le bâtiment.

Lunettes sur le front, Tyron examine les images. Au nord, des insurgés sont embusqués sur des toits avec des lance-roquettes et des armes de poing. À l'est, sur un terrain vague, des hommes cachés dans un fossé installent ce qui ressemble à des mines antichars. Les snipers en ont déjà abattu deux, et ceux qui restent se tiennent à carreau, maintenant. À l'ouest, on ne voit que des pneus en feu, de la fumée noire et des explosions.

— Demandez un soutien aérien.

Higgins obéit.

Ils se font tirer dessus de tous les côtés, sauf du sud. C'est une attaque agressive. De loin la plus agressive depuis qu'ils ont remplacé l'unité précédente, il y a six semaines.

— Pas de soutien aérien, mon capitaine. Trop de poussière dans l'air. Et c'est un vrai merdier dans toute la zone d'opération. Le bataillon est assailli de partout.

Tyron regarde sans ciller le sergent-chef. Si on ne peut pas leur envoyer d'aide, il ne restera que des décombres de l'usine d'ici le matin.

— Est-ce que les renseignements avaient une idée de l'ampleur de l'attaque qui se préparait ?

— Pas que je sache, mon capitaine. En tout cas, ça ne rigole pas. Si vous voulez mon avis, ils ont décidé de nous priver de Noël.

— On dirait, oui.

Tyron examine les écrans, puis ses hommes.

— J'aime bien Noël. Et vous ?

— Putain, ouais, mon capitaine ! entend-on fuser d'une seule voix.

— Alors, dégommons ces enculés.

Tyron se réveille en sursaut au milieu de la nuit, respirant l'air sec du désert. Il a la tête qui tourne. Où est-il ? Sur un canapé. Dans le salon de quelqu'un, pas le sien. Il a la bouche pâteuse et la vessie pleine. Il se lève, chancelant, et ça lui revient : il est chez Tara.

Il porte la main à son front. Il a encore rêvé de cette fichue nuit à Bagdad. Celle qui lui a valu ses médailles. C'était tellement réel, tellement viscéral qu'il avait vraiment l'impression de la revivre.

Il pensait – et espérait – que les cauchemars cesseraient quand il serait rentré chez lui.

Il se dirige d'un pas lourd vers la salle de bains, guidé par les lumières des appareils électroménagers de la cuisine. Une fois soulagé, il s'asperge d'eau et se regarde dans le miroir. Il est surpris que son visage ait si peu changé ces dernières années. De fines cicatrices ici et là, souvenir d'engins explosifs improvisés qui l'ont manqué de peu. Seuls ses yeux le trahissent : plus durs, les cernes plus sombres. Une part de lui regrette que ses traits ne soient pas différents, pour que les gens sachent qu'il est quelqu'un d'autre à l'intérieur.

Il éteint la lumière et regagne le canapé. L'horloge du four lui dit qu'il est 3 heures du matin. Il n'a presque pas dormi. Et après ? Pas d'opérations à préparer. Pas de responsabilités. S'il doit se recoucher après avoir vu Marlon, il se recouchera.

Il se rallonge, se demandant s'il va retourner à Bagdad à peine les yeux fermés. Cette pensée l'empêche de trouver le sommeil. Il sent monter une colère qu'il a du mal à expliquer. S'il examine sa vie objectivement, sa situation ne pourrait pas être meilleure. Il a survécu à deux guerres ; il a mis de l'argent de côté pendant qu'il était dans l'armée ; il n'a personne à charge, il a un diplôme et un dossier militaire exemplaire ; il peut vivre où il veut, faire ce qu'il veut ; son retour a été fêté, et il a reçu mille marques d'affection ; il a passé une super soirée avec un vieux copain et embrassé deux femmes. Il devrait être satisfait, et même heureux. Pourtant, il est en colère.

Sa rage est profondément enfouie en lui, comme une inflammation sourde. Quelle forme de thérapie pourrait l'atteindre, guérir l'irritation ensevelie sous tous ses muscles ? La plupart du temps, il oublie son existence. C'est dans les moments de calme qu'elle se rappelle à lui, quand il n'y a rien pour la masquer, rien pour apaiser cette brûlure souterraine.

Tyron ferme les yeux. Essaie de dormir.

4

03 : 26

Keenan se gare devant chez lui, un nouveau lotissement au nord de la ville. Son crâne et ses omoplates l'élancent, et ses yeux brûlants d'épuisement papillotent. Il a attendu devant chez ses parents, hésitant, pour se réveiller au moins une heure plus tard, se demandant quand exactement il s'était assoupi. Puisqu'il était incapable de protéger son père et n'était même pas sûr qu'il en avait besoin, il avait finalement décidé de rentrer dormir un peu. Après, il réfléchirait à ce qu'il convenait de faire.

À l'intérieur, il gravit lourdement les marches. Naomi est étendue de tout son long sur le lit, vêtue seulement de sa nuisette blanche, à demi couverte par le drap. Il la regarde avec nostalgie, songeant que, il n'y a pas si longtemps, il se serait jeté sur elle sans réfléchir.

Il n'est pas parvenu à joindre Tyron. Il n'a pas voulu laisser de message ni envoyer de SMS. S'il doit lui révéler que la mort de ses parents est un assassinat commandité, mieux vaut éviter qu'il y ait des traces.

Naomi s'agite pendant qu'il se déshabille dans le noir.

— Tu es là, murmure-t-elle d'une voix ensommeillée.

Il allume.

— Oui.

Elle ouvre brusquement les yeux et se redresse.

— Qu'est-ce qui t'est arrivé ?

— Pourquoi ?

— Tu es blanc à faire peur.

— Tu ne le croiras jamais.

Il s'agenouille sur le lit en T-shirt et en caleçon.

— Après le match, Antoine a tué deux personnes. Ça fera la une partout dans quelques heures.

Naomi ouvre de grands yeux effarés. Il entreprend de lui raconter sa soirée. Le temps qu'il arrive au bout de son récit, il est 4 heures.

5

04 : 09

Une fois que Keenan a terminé, Naomi le prend dans ses bras. Il s'accroche à elle comme un naufragé. Avec tous les shots qu'elle a avalés au club, elle a l'impression d'être un banc de sable plus qu'un roc, mais elle fait de son mieux pour lui apporter le soutien dont il a besoin. En fait, l'alcool l'aide peut-être à absorber le choc. Elle a encore du mal à y croire.

— Est-ce que tu vas prévenir Ty, pour ses parents ?

— Je l'ai appelé. Il n'a pas décroché.

Elle détourne les yeux, se demandant si c'est à cause d'elle. Elle ne parlera pas à Keenan de leur baiser, parce que c'est sans conséquence. Deux anciens amoureux qui s'embrassent pour se dire au revoir. Malgré tout, elle se sent un peu coupable. Keenan et elle sont toujours mariés, pour l'instant en tout cas. Mais elle ne va pas lui annoncer sa décision au moment où le monde est en train de s'écrouler autour de lui.

— Qu'est-ce que tu vas faire ?

Il s'allonge sur le lit.

— Je n'en sais rien. Je me dis que je devrais essayer de découvrir la vérité.

Il se frotte les yeux.

— Qu'est-ce que tu en penses ?

Keenan veut son avis ? Il n'est vraiment pas dans son état normal.

— Je pense que si c'était Craig, dit-elle lentement, Antoine le saurait. Peut-être que ton père n'a rien à voir avec tout ça. Peut-être que tu ferais mieux de ne pas t'en mêler.

— Sauf que mon père était en relation avec Bashinsky. Ils étaient liés d'une manière ou d'une autre. Même s'il ne faisait pas partie de ses mercenaires, je sais qu'il trempait dans d'autres trucs pas nets. Il y a trop d'indices, j'ai entendu trop de conversations quand j'étais gosse.

Il donne un coup sur le matelas.

— S'il était moins con, je pourrais lui poser la question. Mais il n'acceptera jamais de me parler. Surtout maintenant. Il ne voudra sans doute plus jamais m'adresser la parole, ajoute-t-il avec un rire sans joie.

Naomi le regarde, si près d'elle sur le lit, la tête baissée, passant en revue tous les scénarios possibles. Il est beau, même livide et désemparé. Des cheveux roux et épais, un visage ovale aux sourcils sombres, comme sa mère, des taches de rousseur sur le nez et les pommettes, une bouche charnue. De larges épaules et un corps athlétique, sans un gramme de graisse.

Et pourtant, il ne lui a jamais fait autant d'effet que Tyron. L'avantage d'être avec un homme comme Keenan, c'était le statut que cela lui donnait. Toutes les femmes le désiraient, et il l'avait choisie, elle. Ça devait signifier qu'elle était à part. Ça devait signifier qu'elle avait quelque chose de plus que toutes ces jolies filles qui correspondaient aux canons de beauté classiques.

Puis il était devenu un paria, et elle ne s'était plus sentie ni séduisante ni spéciale à son bras. Et lui n'était plus le charmeur sûr de lui qui l'avait consolée après le départ de Tyron, et dont l'entêtement avait fini par la toucher. Il était devenu maussade, amer, rongé par la culpabilité. Elle le trouvait assis devant son ordinateur en pleine nuit, contemplant des photos de Reggie Harrison.

Elle aurait aimé pouvoir lui dire que tout allait s'arranger. Qu'il avait commis un acte terrible, mais qu'ils surmonteraient cette épreuve. Elle aurait voulu pouvoir lui dire qu'elle lui pardonnait.

Elle n'avait rien dit parce qu'elle était incapable de mentir.

Elle était restée à ses côtés jusqu'à l'acquittement, parce qu'il avait besoin d'elle et qu'elle s'était engagée pour le meilleur et pour le pire. En revanche, le « jusqu'à ce que la mort nous sépare », c'était au-dessus de ses forces. Naomi était une athlète : elle savait qu'on commettait des erreurs et qu'on progressait en les corrigeant. Il avait été disculpé. Il n'irait pas en prison. Elle avait accompli son devoir.

Et voilà que surgissait un nouveau drame. Mais, cette fois, ce serait différent. Si elle le soutenait – et elle le soutiendrait, elle ne le laisserait pas tomber –, ce ne serait pas en tant qu'épouse. Plus jamais.

— Je dois savoir ce qui s'est passé, déclare soudain Keenan. Pour moi, pour mon père. Pour Tyron. Et pour la police. S'il y a de la corruption, je dois la dénoncer. Ce qui est fait est fait, on n'y peut rien, mais au moins…

Il s'interrompt, la voix étranglée.

— Au moins j'aurai essayé.

Elle tend la main pour caresser son visage. Elle le plaint de tout son cœur, mais sa décision est prise. Il peut fermer les yeux et presser la joue contre sa paume, rien ne la fera changer d'avis.

— Les seuls à te soutenir encore sont tes anciens collègues, dit-elle avec tristesse. Si tu commences à te mêler des affaires de corruption…

— Alors, tout le monde sans exception me lâchera.

Il s'écarte et lui embrasse le revers de la main.

— L'avantage, quand tu es le vilain petit canard, c'est que tu te fous de ce qu'on pense de toi.

— Tes anciens collègues, ils accepteraient de t'aider ?

— Quelques-uns… peut-être. Fitz. Il se renseignera pour moi, je suppose.

— Il te doit quelque chose ?

— C'est plutôt moi qui lui dois quelque chose, mais j'insisterai.

— Tu es sûr que c'est une bonne idée ? Si on allait chercher tes parents ? On pourrait s'absenter quelques jours, aller à Los Angeles. Je peux parler à ton père. Il m'écoute.

— Il a carrément un faible pour toi, tu veux dire. Cette nuit encore, il a fallu qu'il me rappelle que tu étais trop bien pour moi. Ça devient gênant, à force.

— Au moins, ça peut nous être utile, pour une fois. Peut-être que j'arriverai à lui faire dire la vérité.

— Ça m'étonnerait. Et, de toute manière, je ne veux pas que tu t'approches de lui. Je suis déjà assez inquiet pour ma mère.

— Pourquoi ? Tu crois qu'Antoine pourrait me faire du mal ?

— Il en serait capable. Si tu es en travers de sa route… oui, il en serait capable.

— Jamais Antoine ne toucherait à un de mes cheveux. En fait, je suis sans doute la mieux placée pour protéger ton père.

— Antoine n'est plus celui qu'on a connu. Il a vraiment pété un plomb. Tout est possible. On ne peut pas prendre ce risque.

— Je l'ai vu. Après le match, je l'ai vu.

Elle lui explique qu'elle s'est retrouvée dans le public et qu'elle est descendue le féliciter à la fin.

— Il a dit qu'il était content que j'aie assisté au combat et qu'il était heureux de me voir. Je comprends mieux pourquoi il avait l'air aussi sérieux, maintenant. En tout cas, je compte toujours pour lui.

— Ça, je n'en doute pas, mais je ne suis pas sûr que ça l'arrête. Ce mec est un fou furieux.

— Il ne t'a pas tué, Keenan. Tu ne t'es pas demandé pourquoi ?

Il ne sait pas quoi répondre. Naomi poursuit :

— Je pense que tu as raison, il ne t'aurait pas dit qu'il y a un troisième type impliqué dans la mort de son père si c'était Craig. Mais laisse-moi m'occuper de tes parents. Je vais les emmener à l'hôtel. Peut-être à l'aéroport. J'essaierai de faire parler ton père. Et, pendant ce temps, tu pourras enquêter de ton côté.

— Je ne peux pas te demander une chose pareille.

— Tu ne me demandes rien. C'est moi qui y tiens. Je veux t'aider. Et c'est comme ça que je serai le plus utile. Antoine n'osera pas s'en prendre à ton père si je suis là, j'en suis sûre et certaine.

— S'il t'arrivait quoi que ce soit… Antoine pourrait aussi envoyer quelqu'un à sa place. Il y a ces mecs dangereux qui bossent pour lui… Et eux n'auront aucun état d'âme.

— Key, on est une équipe. Tes parents font partie de ma famille. On est tous concernés par cette histoire. Je peux me débrouiller.

— Tu es sûre que c'est ce que tu veux ?

Elle hoche la tête.

— Et toi, tu es sûr que tu veux dénoncer ce flic ?

— Non, je ne suis plus sûr de rien. Mais je n'ai plus peur de ce qui peut m'arriver. Je m'inquiète pour toi et mes parents, pas pour moi. C'est bizarre, mais le fait de me sentir aussi seul m'a libéré. J'ai compris ça cette nuit.

Il semble sur le point de lui confier quelque chose de très personnel, mais il se contente de la regarder avec tristesse et gratitude.

— Donc, on fait comme ça. OK ?

— Oui.

— Merci.

Il se penche pour l'embrasser.

— Merci, chérie.

Il redresse le dos, et ses épaules se détendent, comme soulagées d'un fardeau.

— Mon autre arme. Je veux que tu la prennes, au cas où.

— OK.

Naomi sait tirer, elle l'a accompagné plusieurs fois au stand pour apprendre.

— Tu vas aller chez mes parents, les emmener et soutirer ce que tu peux à mon père. Pendant ce temps, je parlerai à Fitz et je verrai s'il peut m'aider.

— Tu crois que tu peux lui faire confiance ?

— Aucune idée. Honnêtement, à part toi, il n'y a personne à qui je puisse totalement me fier. Mais ça vaut la peine d'essayer. Il y a encore une chose…

— Oui ?

Keenan se lève et fait les cent pas. S'arrête et la transperce du regard.

— Tu me quittes ?

— Pardon ?

— Est-ce que tu vas me quitter ?

— Tu veux vraiment qu'on en parle maintenant ?

— C'est encourageant. Oui. Je veux qu'on en parle maintenant.

— Keenan, il se passe trop de choses. Tu ne veux pas attendre que ce soit fini ? On a le temps de…

— Non, je ne…

— Le temps d'y réfléchir, d'en parler, d'arriver à un…

— Non. Non, je ne veux pas…

— Ce n'est pas le moment de prendre une décision importante comme…

— C'est justement le moment, merde, Naomi ! J'en ai marre d'attendre. Ça fait un an que j'ai cette épée au-dessus de la tête. Quoi que nous réservent les prochains jours, je veux au moins être sûr de ça. Je n'en peux plus de cette incertitude. Et, si quelque chose devait m'arriver, je veux que ce soit réglé avant que… Je veux juste savoir. J'ai besoin de savoir.

Naomi se lève et le rejoint. Elle prend ses mains dans les siennes.

— Je t'aimerai toujours, Key, mais…

Il a un petit rire narquois et incline la tête sur le côté.

— Ça commence bien.

— … mais, en ce qui concerne notre vie de couple, je n'éprouve plus les mêmes sentiments pour toi. Je suis désolée. J'ai essayé. J'ai essayé de les retrouver. Je n'y arrive pas.

— Qu'est-ce qui a changé ?

Il ne lui laisse pas le temps de répondre.

— Attends. Je sais, dit-il, lâchant sa main. Si je pouvais effacer cette journée, je le ferais.

Elle sent ses yeux s'embuer.

— Moi aussi.

Il s'assied sur le lit, la laissant seule au milieu de la pièce. Naomi essuie une larme.

— Je ne t'ai jamais demandé, Key. Depuis tout ce temps, je ne te l'ai jamais demandé parce que je savais que tout le monde te posait cette question et je ne voulais pas t'obliger à te justifier devant moi. Mais comment est-ce que tu as pu faire ça ? Qu'est-ce qui s'est passé dans ta tête ?

Keenan contemple le sol un moment sans rien dire. Autour d'eux, tout est silencieux. On n'entend que leur respiration régulière, lourde d'émotion et de fatigue.

— On nous dit que le Strip est l'artère vitale de cette ville, dit-il enfin. Que ce sont les touristes et les hommes d'affaires qui font vivre Vegas. L'objectif numéro 1 est donc de faire en sorte que le sang circule. Certains individus doivent être tenus à l'écart pour que l'argent continue de couler à flots. On nous demande implicitement, et parfois explicitement, de nous débrouiller pour qu'ils restent à leur place.

— Qui ça, ils ?

— Je dois vraiment le dire ? Tu sais qui.

— Dis-le. Qui ça, ils ?

— Eux. Les Noirs, les basanés, les pauvres. Nous sommes là pour qu'ils n'oublient jamais qui commande. Qui décide. Pour qu'ils aient peur de remettre en question l'ordre établi. Et surtout pour qu'ils sachent où ils ne sont pas les bienvenus. Comme ça, quels que soient les problèmes dans les autres quartiers, les touristes du monde entier peuvent venir s'amuser sur le Strip sans jamais se sentir en danger. On ne rend pas Vegas plus sûre. On la cloisonne.

— Et ceux qui n'obéissent pas à cette règle, vous leur tirez dessus ?

— Ce n'est pas si simple. Personne ne nous dit : « Abattez-les. » On t'apprend que si quelqu'un te menace, toi ou quelqu'un d'autre, alors, il faut tirer. Et on doit intimider. Ça devient normal, au bout d'un moment. Il y a toujours des yeux sur toi. Chez les flics, je veux dire. Il faut avoir l'air dur. Ne rien laisser passer. Tu additionnes tout ça : quelqu'un ne t'écoute pas, refuse d'obéir, ça t'énerve. Il représente déjà une menace pour la bonne santé de la ville et maintenant il est peut-être une menace pour ta vie ou celle de ton coéquipier. Et voilà. Tu te retrouves à prendre la vie de quelqu'un.

Il se lève et s'approche de la fenêtre. Là, il écarte le rideau pour laisser pénétrer les premières lueurs du jour.

— Je ne peux pas te reprocher de vouloir partir, reprend-il. Moi non plus, je n'éprouve plus les mêmes sentiments pour moi.

Naomi ferme les yeux, et les larmes coulent sous ses paupières. Elle pleure à cause de lui, à cause d'elle, de leur mariage brisé, d'Antoine et de ce qu'il est devenu, et à cause de son rêve idiot.

Comment a-t-elle pu croire qu'ils se retrouveraient tous les quatre comme avant ? Elle rouvre les yeux. Keenan est à côté d'elle. Il la prend dans ses bras, l'embrasse, essuie ses larmes. Elle se laisse aller contre lui, savourant la familiarité de ses caresses et de son odeur, consciente que c'est peut-être la dernière fois qu'elle y goûte.

6

05 : 06

Le capitaine Shaw emmène la 1re section de l'autre côté du barbelé qui délimite le périmètre sud, tandis que la 2e et la 3e tiennent la position et opèrent un tir de couverture sur l'ennemi. Tyron et ses hommes courent en zigzag à travers la poussière et la fumée.

Il aime cette odeur. Il n'a jamais touché à une cigarette de sa vie, jamais tiré sur un joint, pas une fois. Mais la fumée, le feu… peut-être était-il fait pour ça, l'Irak, une nation incendiée, un pays qui brûle. Les flammes lèchent ses ordures. Les bombes embrasent ses marchés. La plupart des soldats américains ont en horreur cette odeur âcre qui les étouffe, qui les fait rêver de permission ne serait-ce que pour respirer un bol d'air frais, mais c'est devenu le plaisir coupable du capitaine Shaw. Il l'inhale. Laisse la suie pénétrer dans ses poumons. Parce qu'il trouve que ça sent bon. Et parce que c'est un condensé de mort et de destruction. C'est ce que l'Irak est devenu. Ce qu'il est devenu.

Tandis qu'ils se rapprochent discrètement du site où l'ennemi installe des mines antichars, il examine ses soldats. Le chef de section, le lieutenant Lake, lève la tête chaque fois qu'une explosion retentit au-dessus d'eux. La bataille va peut-être durer jusqu'au matin. Et se poursuivre pendant toute la journée du lendemain. Tyron grogne. Pour les Irakiens, elle risque de durer encore une génération, si ce n'est pas plus. Mais, ce soir, il n'a qu'une préoccupation : ses hommes. La bataille sera longue, et il ne veut pas que la peur les épuise.

Il ne doute pas de leur courage et il sait qu'ils n'hésiteront pas le moment venu, cependant il voit bien qu'ils sont tendus. Pris au dépourvu par l'ampleur de l'attaque. Cette fois, il ne s'agit pas d'une simple embuscade ; l'ennemi est là pour les tuer jusqu'au dernier.

— Tenez la position, dit-il.

Son ordre est transmis d'homme en homme.

Accroupi au bord du champ, s'abritant derrière les décombres d'un bâtiment bombardé, Tyron dessine son plan d'action dans le sable.

— Je veux de la fumée partout, dit-il à Lake. Une escouade ici, avec des tirs de couverture. Une autre ici, qui fera de la fumée. Et une avec moi, qui se rapprochera de l'ennemi.

— Vous êtes sûr, mon capitaine ?

Il espère que Lake peut voir son large sourire.

— Oui, lieutenant.

Alors qu'il rampe dans un fossé sombre et nauséabond, au milieu des bouillons de fumée, Tyron entend le fracas des kalachnikovs au-dessus de lui, auquel répond le tir de précision de ses marines. Il sent la décharge d'adrénaline au moment où il saisit une grenade. Il s'approche encore. Une bourrasque balaie la fumée, et les combattants alignés le long de la tranchée devant lui apparaissent. Eux aussi le voient. Ils retournent aussitôt leurs armes contre lui. Tyron se plaque au sol, entend les balles claquer et siffler au-dessus de son crâne. Reçoit des jets de terre chaque fois qu'elles s'écrasent à quelques mètres de lui. Le vent tombe, et la fumée s'épaissit à nouveau. Il dégoupille la grenade, attend une fraction de seconde, se met à genoux et balance l'explosif pas plus gros qu'un œuf. Se couche de nouveau. Des cris d'alerte et des tirs. Puis la déflagration.

Le ciel se déchire. L'onde de choc se propage dans le fossé, précédée par une gerbe d'immondices et d'éclats de métal. La vague s'abat sur lui. Un quart de seconde plus tard, une violente détonation retentit à l'ouest.

Tyron bondit, s'essuie le visage et regarde autour de lui. Sa grenade a déclenché les mines antichars, qui ont toutes explosé d'un coup. Les disques de métal qu'elles ont projetés se sont fracassés contre le haut du mur du poste de combat, ne laissant que des trous béants et des décombres. Aucun de ses hommes n'a dû être touché, Lake leur a ordonné d'évacuer l'aile par radio. Les insurgés, en revanche, ont été réduits en bouillie, et on distingue à peine leurs restes du magma immonde qui remplit le fossé.

Il a les oreilles qui tintent, le cerveau engourdi et la gorge serrée par les haut-le-cœur. Il se tourne vers la 1re section : « La voie est libre », lance-t-il.

Le téléphone de Tyron sonne. Ses paupières s'ouvrent, et il se redresse sur le matelas. Les yeux mi-clos, il regarde l'appareil puis se remémore qu'il a programmé l'alarme en se couchant, un souvenir brumeux à présent. Il s'assied au bord du canapé et l'éteint. Il se sent encore ivre. Pour l'instant, l'alcool lui donne une sorte d'énergie fébrile, mais il sait que le contrecoup ne va pas tarder.

Il a reçu deux appels en absence de Keenan. Pourquoi lui téléphonerait-il en pleine nuit ? Il ne se souvient même plus s'il les a ignorés ou s'il ne les a pas entendus.

Encore électrisé par son rêve, il se dirige vers la salle de bains et se déshabille. Il ouvre l'eau froide. Le jet glacé de la douche crépite sur son visage. La soirée de la veille semble appartenir à un lointain passé. En revanche, la bataille lui paraît toute proche. Il baisse la tête. Laisse l'eau ruisseler sur sa nuque. Il était plus maître de lui au combat que maintenant.

Je dois me tirer d'ici, se dit-il une fois de plus. Aller dans un endroit humide, froid et vert. Où personne ne me connaît. Où je pourrai recommencer à zéro.

Les appels de Keenan ne l'aident pas à se calmer. Naomi a dû lui parler de ce qui s'est passé entre eux.

Une erreur. Une honte. Une trahison. Indigne de l'homme qu'il veut être. Et pourtant. Malgré le sentiment de culpabilité, il ne peut pas s'empêcher de penser à leur baiser. La présence de Naomi le rend heureux. Voilà tout.

Qu'est-ce qui avait bien pu lui passer par la tête quand il l'avait quittée pour s'engager ? Il repense à cette période : le deuil, l'incertitude et l'isolement après la mort de ses parents. Cinq ans après, il se sentait encore paumé, et la perspective de devoir quitter la fac et l'équipe d'athlétisme, de perdre cette structure et ce soutien le terrifiait. Il ne pouvait pas demander à Naomi de répondre à tous ses besoins. En même temps, ces besoins étaient bien réels et ils étaient énormes. Alors, il avait tout lâché pour un monde qui n'était que structure, soutien et solidarité, un monde où les buts et les objectifs se renouvelaient sans cesse, afin d'occuper son esprit.

Il avait besoin de l'armée. Et l'armée avait besoin d'hommes comme lui. Elle en a toujours besoin, dans la mesure où les guerres des États-Unis ne cessent de se multiplier. Mais, au fond de lui, il avait toujours cru qu'il pourrait reconquérir Naomi. S'il avait su qu'il la perdrait, peut-être sa décision aurait-elle été différente.

Ce n'était pas comme si Keenan avait piqué la copine de son meilleur ami – il était sorti avec elle le premier, après tout –, mais Tyron s'était dit que, comme il savait à quel point elle comptait pour lui, il ne se passerait rien entre eux.

Il ferme le robinet. S'habille rapidement, se fait un sandwich qu'il avale tout aussi vite. Il se brosse les dents et quitte l'appartement, espérant ne pas avoir réveillé Tara. Il descend les marches quatre à quatre et pousse la porte de l'immeuble, accueilli par la lumière de l'aube.

Il ne peut pas en vouloir à Keenan. Il aurait été idiot de ne pas tenter sa chance. On ne laisse pas filer une fille pareille. Et, quand Naomi et lui étaient ensemble, il n'avait jamais eu la moindre attitude déplacée. Toi, si, songe Tyron. Tu l'as embrassée alors qu'ils sont toujours mariés. Tu t'es déshonoré.

Il redoute son prochain appel.

Tyron passe devant un terrain vague, d'où il voit le soleil grimper sur le flanc d'un pic à l'est. La frange de la montagne blonde est noire, auréolée d'or patiné. Il songe aux patrouilles matinales dans l'armée. Si le désert a un avantage, que ce soit ici ou au Moyen-Orient, c'est la beauté époustouflante de ses levers de soleil.

Il continue de marcher. La vue est peu à peu masquée par de petits immeubles et des maisonnettes de plain-pied, séparées de la rue par des grillages. La ville est silencieuse. Il est le seul dehors à cette heure matinale.

Il traverse une large avenue vide de voitures et aperçoit un coyote au loin. L'animal qui trottine sur l'asphalte lui lance un bref regard. Il a l'impression qu'il lui adresse un signe de tête, un salut entre chasseurs de l'aube. Puis il disparaît derrière l'église, et Tyron se demande s'il l'a rêvé.

Il jette un coup d'œil à son téléphone et, constatant qu'il est en avance, il ralentit.

Dix minutes plus tard, à 6 heures tapantes, il est devant chez Marlon.

7

06 : 00

— Entre.

Marlon regarde rapidement à droite et à gauche dans la rue, puis referme la porte.

— Tu n'as rien remarqué de bizarre en venant ?

— Non. Il n'y avait pas un chat, répond Tyron, surpris.

L'intérieur est plongé dans la pénombre. Les lumières éteintes, les rideaux tirés. Tyron suit Marlon le long d'un couloir jusqu'au fond de la maison, où un escalier de bois descend au sous-sol. Les marches craquent sous leurs pas. Marlon appuie sur deux interrupteurs qui bourdonnent, éclairant le sol de ciment, les murs tapissés d'étagères et de placards, et des outils bien alignés, suspendus à des crochets. Le centre de la pièce est occupé par des établis, mais dans un coin on a installé un vieux téléviseur trapu, un canapé gris fané et deux chaises pliantes.

Avant de l'inviter à s'asseoir, Marlon se dirige vers le mur et branche une scie électrique dont le hurlement strident sature tout à coup l'espace. Tyron, qui trouve son attitude de plus en plus inquiétante, espère que ce n'est pas trop visible sur son visage.

— Désolé pour tout ça, dit Marlon, indiquant la scie d'un geste vague.

Il parle juste assez fort pour qu'il l'entende. Si Tyron s'éloignait de quelques centimètres, ses paroles seraient noyées par le rugissement de l'engin.

— Je vais t'expliquer. Mais d'abord, est-ce que tu es au courant de ce qu'a fait ton ami Antoine Deco hier soir ?

— Oui, bien sûr. J'ai suivi le match.

Les yeux de Marlon se plissent, et il l'observe quelques instants sans rien dire.

— Tu n'es pas au courant, dit-il enfin. Après le match, Deco a tué deux personnes. En tout cas, c'est ce que prétend la police.

Tyron laisse échapper un bref éclat de rire.

— C'est une blague ?

— Je sais, ça paraît incroyable. Ça va faire la une des journaux pendant un moment. Des infos sportives aussi.

Tyron le dévisage. Il lui fait confiance, bien sûr. En même temps, cela lui semble totalement surréaliste. Marlon allume la télé pour le convaincre. Il n'entend pas le commentaire à cause de la scie, mais les images parlent d'elles-mêmes : le visage d'Antoine apparaît à l'écran avec les mots NORMAN BASHINSKY ET RAYMOND MONK ASSASSINÉS en dessous. On passe d'un extrait de son combat contre Konitsyn à une vieille photo d'identité judiciaire. Marlon éteint la télé.

— Quand ? demande Tyron d'une voix rauque.

— Dans sa loge, après le match. Bashinsky et son chef de la sécurité sont venus le féliciter, et il les a tués à mains nues.

Tyron réfléchit. À présent qu'il a assimilé la nouvelle, il doit bien admettre que, dans le fond, il peut imaginer Antoine faire une chose pareille.

— Pourquoi ?

— Tout le monde raconte que Deco a pété les plombs. La police, la presse. « Culture de la violence », c'est ce qu'ils répètent en boucle. Et aussi : « Culture de la pauvreté. » Ils disent que son père était un délinquant, comme lui avant que sa carrière de boxeur commence. Les coups qu'il a reçus pendant le match l'auraient fait disjoncter. Une crise psychotique l'aurait poussé à tuer les deux premiers types avec qui il s'est retrouvé seul. Du foutage de gueule, si tu veux mon avis.

Tyron songe aux étranges paroles qu'Antoine a prononcées devant lui. Qu'ils étaient frères et qu'il comptait sur lui si ça tournait mal. Il savait. C'était prémédité.

— À quoi tu penses ?

— Je l'ai vu hier. Il était bizarre. Il a dit des trucs assez énigmatiques.

— Rien ne t'oblige à m'en parler, dit Marlon, sentant sa réticence. Ce ne sont pas mes affaires.

Tyron s'apprête à tout lui raconter, puis se souvient qu'Antoine a aussi mentionné ses parents.

— Peut-être une autre fois.

Marlon hoche brièvement la tête.

— Excuse-moi de t'avoir fait venir à cette heure-ci, mais je dois être au départ de la manifestation bien avant que ça commence et je voulais d'abord te parler.

— Pas de problème.

— La nuit a été rude, semble-t-il.

— Oui.

Marlon se rembrunit.

— Je ne bois jamais, Marlon. C'était exceptionnel.

— C'est bien. C'est bien.

— Dis-moi, pourquoi la scie ? Tu crois que tu es sur écoute ?

Les yeux de Marlon font le tour du sous-sol.

— Ce n'est pas impossible. Je pense que je suis suivi.

Tyron a la tête qui tourne. Naomi va peut-être se retrouver célibataire, Keenan veut sans doute lui casser la gueule, Antoine est un assassin, et maintenant Marlon serait suivi ? Ça fait beaucoup de choses à digérer, surtout avec la gueule de bois et le hurlement de la scie dans les oreilles.

— Je ne sais pas qui c'est, poursuit Marlon, devançant sa question. Pour être honnête, je n'ai aucune preuve, mais il se passe quelque chose. J'ai remarqué des voitures qui attendent dans la rue. Des camionnettes garées en face de chez moi. Quand je marche, je sens des yeux dans mon dos. Le temps de me retourner, il n'y a plus personne. Je sens que la maison est surveillée. Dès que je sors, j'ai peur qu'ils en profitent pour entrer chez moi. Peut-être même que c'est déjà arrivé.

Il indique la scie du menton.

— D'où mes précautions.

Tyron soutient son regard, s'efforçant de masquer son scepticisme.

— Tu as un flingue ? demande Marlon.

— Un flingue ?

— Oui. Je me suis débarrassé du mien. Tu sais que si on leur en laisse l'occasion ils n'hésiteront pas à fabriquer des preuves contre nous. Nous devons être irréprochables, car ils sont prêts à tout pour décrédibiliser notre cause. Mais ils préparent quelque chose, mon frère, et je veux être prêt.

Cette fois, Tyron est presque certain qu'il est paranoïaque.

— Je n'ai pas d'arme. Les miennes venaient de l'armée, et je les ai rendues quand je suis parti.

Le visage de Marlon se ferme.

— C'est bon. Je me débrouillerai.

— Si je peux t'aider d'une autre manière…

— Je sais.

Marlon flanque un coup de poing affectueux à Tyron.

— Une dernière chose. La manifestation. Je comprends que tu ne veuilles pas trahir ton ami. Mais ce n'est pas Keenan Quinn notre cible. Il ne s'agit pas de justice pour une ou deux personnes. Il ne s'agit pas d'accuser ou de punir quelqu'un en particulier pour l'oppression structurelle à laquelle on fait face. Tu me suis ? Le but, c'est de combattre le racisme institutionnalisé. Et ça commence par révéler et faire cesser le terrorisme policier dans les quartiers noirs. Mais on peut faire bien plus. Le logement, l'éducation, l'emploi : Black Lives Matter pourrait donner un nouvel élan à tout ce pour quoi nous nous battons depuis des années. Ça fait très longtemps qu'on n'a pas vu un tel niveau de participation et une telle énergie. En s'attaquant aux violences policières, le mouvement nous a permis de nous rassembler, mais à partir de là on pourrait s'attaquer à d'autres problèmes, et même remettre en question les inégalités fondamentales au cœur du système capitaliste : pour tous, et pas seulement pour les nôtres. Si on s'engage vraiment, il y a moyen de faire bouger les choses. Pas uniquement en façade, pas pour la mascarade d'une société sans préjugés raciaux. Je te parle d'un changement profond. D'un changement radical. Orienté vers plus de justice sociale et de solidarité. C'est maintenant, mon frère. Et on a besoin de tout le monde.

Les paroles de Marlon rappellent à Tyron les conversations entre ses parents quand il était enfant. Même s'ils n'étaient pas aussi catégoriques que Marlon aujourd'hui, c'était plus ou moins le thème des débats à la maison. Quand ils surprenaient Tyron en train d'écouter, ils l'invitaient à participer et lui demandaient son avis. Et ils en avaient fait autant avec Antoine lorsqu'il était venu vivre chez eux. Au début, les garçons n'osaient pas, intimidés par le niveau de la discussion. Mais les Shaw les encourageaient, alors, ils finissaient par donner des réponses simples, inspirées de ce qu'ils avaient entendu dire autour d'eux – de meilleures écoles, moins de drogues, moins d'armes –, et les adultes les félicitaient. Puis Viola Shaw leur demandait comment créer le changement, et les garçons échangeaient un regard paniqué. Viola éclatait de rire : « Ne vous inquiétez pas, disait-elle. Votre père et moi n'avons pas la solution miracle non plus. C'est notre objectif, mais la question du comment n'a toujours pas été résolue. Pas encore, du moins. Qui sait, peut-être qu'un jour vous ferez tous les deux partie de la réponse. »

Tyron chasse ces souvenirs pour revenir au moment présent.

— Tu as raison, Marlon. Je viendrai.

8

07 : 19

Keenan sonne chez le sergent Brian Fitzgerald, un ami de l'école de police sur lequel il a toujours pu compter. Plus que l'inverse, réalise-t-il avec une pointe de remords. Personne ne bouge. Il réessaie. Il fait déjà chaud dehors. Et pas un nuage. La chaleur promet d'être accablante.

Les lamelles des stores s'écartent, et deux yeux apparaissent à la fenêtre. Ils se plissent à la vue de Keenan. Puis la porte s'ouvre. Fitz, pieds nus, en T-shirt et en jogging, sort sur le perron et referme derrière lui.

— Keenan, qu'est-ce que tu fabriques ici ? C'est un peu tôt pour une visite, mon vieux.

— Excuse-moi, j'ai essayé de t'appeler, mais tu ne décrochais pas.

— Parce que c'est dimanche, figure-toi. Ma femme est furax.

— Fitz, j'ai besoin de toi.

— Maintenant ?

— Désolé, ça ne peut pas attendre.

Fitz, qui a toujours été trapu, a encore pris du ventre depuis la dernière fois. Il a une barbe bien taillée et un visage franc, affable, qui peut se durcir si on pousse le bouchon. Comme en ce moment. Il toise Keenan. Puis, prenant probablement conscience de son aspect pitoyable, il se résout à ouvrir la porte.

Après la chaleur du dehors, la maison semble réfrigérée, la climatisation réglée au maximum. La femme de Fitz, Jessica, est plantée au milieu de l'escalier, les bras croisés. Longs cheveux noirs brillants, lèvres boudeuses, elle a pris du poids elle aussi depuis la naissance du bébé, il y a quinze mois, mais elle porte bien ces quelques kilos supplémentaires, qui accentuent les courbes de sa silhouette voluptueuse. Il y a eu quelques moments embarrassants entre Jess et Keenan, lorsqu'ils étaient tous au bar ensemble. Et d'autres qui l'étaient beaucoup moins dans cette maison, pendant que Fitz était en service. Celui-ci n'en a jamais rien su.

— Keenan, dit Jessica, les bras toujours croisés. Tu as une idée de l'heure qu'il est ?

— Je suis vraiment confus, mais j'ai un gros problème.

— Pour changer, répond-elle en haussant les sourcils avec un sourire ironique, avant de descendre l'escalier. Café ?

— Merci, oui. Noir, s'il te plaît.

— Et toi ? demande Jess à son mari.

Fitz examine Keenan, comme pour évaluer le niveau d'emmerdements qu'il risque de lui causer.

— Pareil, chérie.

Manifestement, il l'estime assez élevé.

Jess se dirige vers la cuisine. Fitz le jauge de nouveau.

— Tu as vraiment une sale tête, mon vieux. Tu as dormi ?

— Une heure à tout casser.

Fitz lui fait signe de le suivre dans le salon où ils pourront discuter tranquillement.

— J'ai besoin du dossier d'un meurtre qui remonte à une vingtaine d'années, dit Keenan. La victime s'appelait Raul Deco.

— Je peux pas te donner ça. Tu ne fais plus partie de la maison.

— Dans ce cas, tu le lis et tu me racontes ce qu'il y a dedans.

— Qu'est-ce que c'est que cette embrouille ?

— Je ne peux pas te l'expliquer maintenant. Je te demande juste de me croire quand je te dis que j'ai besoin de savoir qui a tué ce Raul Deco.

Fitz fixe Keenan, qui soutient son regard. Puis il jette un coup d'œil autour de lui, l'air gêné de parler boulot dans son salon. Il ouvre la porte-fenêtre coulissante et l'emmène dans le jardin à l'arrière. À l'instant où il pose les pieds sur la terrasse carrelée de rouge, le policier en Fitz reprend le dessus sur le père de famille.

— Keenan, si je dois me mouiller pour toi, je mérite un minimum d'explications.

— Est-ce que tu sais qui est Antoine Deco ?

L'autre secoue la tête.

— Je devrais ?

— Tu ne t'intéresses pas à la boxe ?

— Non.

Keenan décide que l'efficacité prime sur le secret. Il faut bien qu'il se fie à quelqu'un s'il veut trouver des réponses, et Brian est le seul qui lui paraisse digne de confiance. Il lui résume rapidement les points essentiels de l'histoire, omettant l'assassinat des Shaw.

— Où est ton père, maintenant ? demande Fitz.

— Avec ma mère et Naomi. Ils cherchent un hôtel.

— A priori, donc, il est en sécurité pour les deux ou trois jours qui viennent, même si Antoine est sur sa piste.

— Je pense. Je n'en sais rien.

Une douleur aiguë cisaille Keenan derrière les yeux. Il ferme les paupières avec une grimace pour la chasser. Fitz le regarde avec inquiétude.

— Tout ça te touche de trop près. Va retrouver ta femme et tes parents à l'hôtel. Dors un peu. Je m'occupe de ton dossier.

Ses paroles et son accent de sincérité ébranlent Keenan, qui manque de s'effondrer de gratitude et d'épuisement. Il pose une main sur l'épaule de Fitz, en partie pour le remercier, en partie pour rester debout. C'est un tel soulagement d'avoir trouvé un allié qu'il se décide à tout lui raconter, se disant que les demi-mesures ne servent à rien. De toute manière, il en a déjà trop révélé si Fitz travaille pour Bashinsky. Autant lui fournir toutes les munitions possibles.

— Il y a un autre meurtre sur lequel il faudrait se renseigner. Un double meurtre, en fait, qui remonte à seize ans.

Il lui explique qui étaient les Shaw, leur engagement dans la communauté noire, les conclusions qui ont été tirées après leur mort, et lui répète l'étrange conversation qu'il a surprise entre son père et Terrence Shaw au club de boxe. Jess les interrompt avec le café.

— Viens dire bonjour à Anna quand vous aurez terminé, Keenan. Tu ne l'as pas encore vue.

Il attend que Jess s'éloigne avant de terminer son récit.

— Ce sont de graves accusations, dit enfin Fitz. Des assassinats politiques exécutés par des policiers en service.

Il se frotte la barbe de la main gauche, son café dans la droite.

— Tu en as parlé à quelqu'un d'autre ? Fischer ? Miles ?

Keenan secoue la tête.

— Toi, c'est tout.

— Tant mieux. Ne dis rien à personne.

Il s'interrompt pour boire une gorgée brûlante.

— Ça risque de prendre du temps.

— Le problème, c'est qu'on n'en a pas. Antoine est sur la piste d'un flic ou d'un ancien flic. Si ce n'est pas mon père, c'est quelqu'un d'autre. Et il va le tuer à moins qu'on l'en empêche.

— C'est nous qui allons nous faire tuer si on ne fait pas attention où on met les pieds. Je sais que tu veux faire vite, parce que tu penses que la situation est grave, mais ça pourrait devenir bien pire. Pas seulement pour ton paternel. Pour toi, pour moi et pour nos familles. Si je t'aide, c'est à mes conditions. On est d'accord ?

Keenan avale sa salive.

— Oui, bien sûr, Fitz.

— Tant mieux. Parce que ça m'intéresse. Je n'aime pas les ripoux.

— C'est pour ça que je suis venu te trouver.

— Vraiment ? Pas parce que tu n'as personne d'autre ?

Keenan lui rend son sourire.

— Quelle que soit la raison, merci, Fitz. Tu ne peux pas savoir à quel point je te suis reconnaissant.

— Pas de quoi. Tu as toujours été un ami fidèle pour Jess et pour moi.

Une image se forme dans l'esprit de Keenan : Jess, nue au lit, sous lui. Mal à l'aise, il se dandine d'un pied sur l'autre et marmonne son assentiment.

— Je vais aller au poste, mais d'abord il faut que je vérifie deux ou trois choses. Essaie de te détendre cinq minutes en attendant. Et monte dire bonjour à ma fille. D'accord ?

— D'accord.

Au premier, dans la chambre du bébé, Anna se hisse sur les genoux de Keenan assis par terre en tailleur. Jess les observe, l'épaule appuyée contre le mur bleu ciel, les bras toujours croisés.

— Elle t'aime bien.

— Elle est vraiment mignonne.

Il ne dit pas ça seulement pour être poli. C'est une jolie petite fille potelée, avec des yeux pétillants et expressifs, de la couleur des plaines fauves du Nevada. Elle porte sa menotte grassouillette à la bouche de Keenan et tire sur sa lèvre inférieure comme un grimpeur qui aurait trouvé une prise. Il la prend sous les aisselles et la soulève pour la tenir contre son épaule. Sa chaleur et sa douceur le requinquent plus que le café, et sa peau contre sa joue mal rasée lui permet d'oublier un instant Antoine, son père et Naomi.

Il lève la tête vers Jess, apaisé, même si c'est provisoire. Elle semble satisfaite de les voir ainsi.

— Tu l'aimes bien ?

— Je l'adore.

— Tant mieux. C'est ta fille.

Keenan a l'impression que les yeux vont lui sortir de la tête. Il la regarde, attendant qu'elle lui dise qu'elle plaisante, mais elle reste imperturbable. Il décolle Anna de son épaule et la tient à bout de bras, l'inspectant comme une tumeur cancéreuse. Il ne trouve pas la moindre ressemblance. Il se tourne de nouveau vers Jess.

Ses lèvres pulpeuses frémissent, et elle se plie brusquement en deux, hilare.

— Très drôle, gronde-t-il.

— Oh ! tu aurais dû voir ta tête.

— Ce n'est pas ma fille ?

— Bien sûr que non. On a toujours utilisé des capotes, idiot.

— Ah oui.

Il se lève et lui rend le bébé, qui n'est plus un réconfort mais une nouvelle source de stress dans une journée qui a déjà très mal commencé.

— Ce n'est pas le meilleur moment pour me faire ce genre de blague.

Jess hausse les épaules, et la petite dans ses bras semble imiter sa mère, ce qui, Keenan doit l'admettre, est adorable.

— J'avais l'impression que tu avais besoin de te dérider un peu.

— Ouais, parce que là je suis mort de rire !

Jess sourit et repose la fillette, qui tente de faire un pas en direction de son berceau, s'accrochant aux jambes de Jessica, avant de traverser le reste de la pièce pour se laisser tomber au milieu de ses jouets.

— Quand est-ce que Naomi et toi allez nous faire un bébé d'amour à votre tour ?

— Jamais. Elle me quitte.

— Sérieusement ?

— Oui. C'est fini.

— Elle t'a pris la main dans le sac ?

— Non, j'ai arrêté tout ça.

Jess lui adresse une mimique incrédule.

— Je te promets.

— Donc, si je me débrouillais pour me débarrasser de Fitz une heure ou deux, tu ne me rejoindrais pas dans la chambre ?

— C'est purement hypothétique ou c'est une proposition ?

Elle lui tape le bras.

— J'en étais sûre !

— Je blaguais.

— Ben voyons.

— J'ai vraiment arrêté les conneries.

Il s'interrompt, songeur.

— Bien sûr, ce ne serait pas vraiment la tromper. Naomi a été très claire, c'est fini entre nous.

Jess fronce les sourcils, et il se dit qu'il a dû rater un truc.

— Ce serait toujours tromper Fitz, dit-elle. Je ne sais pas si tu te souviens de lui. Le brave gars chez qui tu débarques à l'aube pour le supplier de te sortir du pétrin ?

— Je ne voulais pas dire…

Il renonce et s'adosse au mur à côté d'elle. Son corps lui semble beaucoup trop lourd pour tenir debout sans aide.

— Si ce n'est pas parce que tu vas voir ailleurs, alors, pourquoi elle part ?

— Pour la même raison que moi j'ai dû quitter mon travail.

— À cause du gamin ?

Il acquiesce.

— C'est un peu extrême. Elle est métisse, non ?

— Oui.

Jess prend un air entendu mais ne fait pas de commentaire.

— Ça va, toi ? dit-elle au bout d'un moment.

— Pas vraiment. J'aimais bien ma femme. J'aimais être marié, même si ça ne se voyait pas nécessairement.

— Tu sais, si tu avais quitté Naomi quand je te l'ai demandé, j'aurais divorcé de Fitz.

— Je pensais regretter toutes les décisions que j'avais prises, mais celle-là, je l'avais oubliée. Merci, Jess. Merci de me le rappeler. Je peux l'ajouter à la liste.

Elle éclate de rire.

— Approche.

Elle lui tend les bras, et il s'avance. Ils restent enlacés ainsi un instant, son corps moelleux tiède contre celui de Keenan. Il ferme les yeux et respire ses cheveux et le parfum capiteux de son cou, mêlé aux odeurs rassurantes du bébé.

— Merci, lui murmure-t-il à l'oreille, avant de descendre rejoindre Fitz au rez-de-chaussée.

9

08 : 23

— C'est pas si mal, déclare Naomi sur le seuil de leur chambre d'hôtel.

Elle pose sur la moquette les petits sacs que ses beaux-parents ont remplis à la hâte.

— Je n'ai jamais rien vu d'aussi affreux, décrète Rosie Quinn.

Naomi hoche la tête en souriant.

— Quand on a faim, on ne fait pas la fine bouche, malheureusement.

— Donc, non seulement je suis un lâche, mais maintenant je suis un crève-la-faim, grommelle Craig.

— Qui fréquente ce genre de bouge ? poursuit Rosie, les yeux fixés sur les rideaux bordeaux parsemés de roses blanches et noircis par la fumée.

La chambre sent le tabac froid.

— Les accros au jeu et les couples adultères, je présume, dit Naomi, se débarrassant de son propre bagage qui contient des affaires pour une ou deux nuits.

Elle ouvre le tiroir de la petite commode à côté du premier des deux grands lits. Mieux vaut qu'elle prenne le plus proche de la porte, estime-t-elle. Au cas où Craig essaierait de leur fausser compagnie pendant qu'elle dort.

— Et les lopettes qui n'ont pas de couilles, complète celui-ci.

— Craig !

— Quoi ? Je suis sûr qu'elle en a entendu d'autres. À ton avis, comment on parle à la WNBA ?

Il lance un clin d'œil égrillard à Naomi qui préfère l'ignorer.

Peu importe l'état de la chambre, elle est déjà heureuse d'en avoir trouvé une. À croire que tous les hôtels de la ville étaient complets samedi soir. Et, à une heure aussi matinale, pas moyen d'avoir une chambre pour dimanche. En dépit des protestations de Craig, ils ont donc payé deux nuits afin de se mettre en sécurité au plus vite.

Rosie pousse un cri horrifié.

— La salle de bains est une abomination !

— Regardez mes pieds, renchérit Craig.

Il s'assied sur le lit et montre le dessous noirâtre de ses chaussettes blanches.

— J'ai seulement traversé la pièce deux fois. Cette chambre est répugnante.

— Dans ce cas, on n'a qu'à garder nos chaussures, réplique Naomi.

— Je ne suis pas sûre de pouvoir rester ici, dit Rosie, se retournant vers eux. Craig, s'il te plaît, enlève la couverture du lit. Les gens font des cochonneries là-dessus, et il paraît que ces hôtels ne nettoient que les draps.

Craig a un mouvement de recul, le visage plissé de dégoût, puis, remarquant le regard de Naomi, il prend un air nonchalant et fait mine de se moquer des inquiétudes de sa femme.

— Sincèrement, Naomi, je ne peux pas dormir dans un endroit pareil. Il doit bien y avoir moyen de trouver un autre hôtel, non ?

— Si, vous le pouvez. Et non, il n'y a pas moyen. Vous pouvez dormir ici, Rosie. Nous le pouvons tous les trois. Ce n'est pas la fin du monde.

Naomi passe la main dans ses cheveux, s'efforçant de garder son sang-froid.

— Et si on grignotait quelque chose ? J'ai apporté des tonnes de provisions. On n'a qu'à manger un bout et regarder la télé. Et, quand on sera un peu plus détendus, on fera une sieste pour rattraper un peu de sommeil perdu.

— Je n'arrive pas à dormir le matin, bougonne Craig.

Consternée, Rosie continue d'inspecter chaque centimètre carré de la chambre.

— Je n'ai pas très faim.

— Je suis peut-être à la retraite, mais je ne suis pas un fainéant.

— C'est bon, Craig, j'ai compris. Vous ne voulez pas faire la sieste. Si on faisait la conversation ? Racontez-moi des anecdotes de l'époque où vous étiez dans la police.

— Keenan t'a demandé de me faire parler, hein ? Subtil. Je ne sais pas comment un type aussi cousu de fil blanc a pu te convaincre de l'épouser. Ou comment il a pu imaginer qu'il avait l'étoffe d'un flic.

Face à Craig, aigri et geignard, Naomi éprouve soudain une véritable compassion pour Keenan, ce qui ne lui est pas arrivé depuis longtemps.

— Pourquoi est-ce que vous ne m'expliquez pas simplement ce qui s'est passé, alors ?

— Parce que ça ne te regarde pas !

— En fait, si, ça me regarde, Craig. Et ça regarde aussi Keenan. Et Tyron. Ce qui est arrivé à Viola et Terrence nous a tous affectés. Et Antoine a clairement été le plus touché d'entre nous. C'était mon ami. Peut-être que si quelqu'un nous avait dit la vérité quand on était gosses, on aurait pu l'aider. On aurait pu l'empêcher de devenir…

— Un meurtrier, complète Rosie, qui rôde toujours autour de la porte de la salle de bains.

Naomi la regarde d'un air morose avant de revenir à son beau-père.

— La vérité doit sortir. Et nous devons tous l'affronter.

Craig la défie sans ciller.

— Ce ne sont pas tes affaires.

— S'il vous plaît. Pour moi.

Un tic fait tressaillir la pommette de Craig. Il déglutit bruyamment et détourne les yeux, indécis.

— Qu'est-ce qu'il y a à la télé ?

Il se lève brusquement et s'empare de la télécommande. Tandis qu'il zappe, il rougit, honteux, sous le regard de Naomi, qui éprouve le besoin de prendre l'air.

Elle sort passer quelques coups de fil depuis le balcon, qui donne sur le parking. D'abord, elle appelle Keenan pour lui communiquer l'adresse de l'hôtel. Il est en voiture, en train de suivre Fitz au poste.

— Il a pris ton histoire au sérieux ?

— Très. J'ai bien fait d'aller le voir.

— Tant mieux. Tiens-moi au courant.

Un silence.

— Comme tu veux.

— Tu as parlé à Tyron ?

— Non, je n'arrive pas à le joindre.

— Je peux essayer de mon côté.

— OK. Et avec mes parents, ça va ?

— Disons que j'éprouve soudain une grande admiration pour toi. Mais ça va. Je travaille ton père au corps. Je pense qu'il finira par craquer.

— C'est toi qui aurais dû être flic.
— Keenan ?
— Oui ?
— Fais attention à toi.
— Il faut que je te laisse.
— D'accord. On se rappelle.
Elle bafouille un « Je t'aime » maladroit, mais il a déjà raccroché.
Naomi baisse son téléphone, se demandant ce qui lui a pris. Ce n'était pas prévu. Elle est triste qu'il ne l'ait pas entendue.
La journée va être longue, se dit-elle. Il faut juste attendre que ça passe.
Maintenant : Tyron.
Il a l'air essoufflé lorsqu'il répond.
— Salut, dit-il.
— Salut. Ça va ?
— Non. Qu'est-ce qu'il y a ?
Elle entend un brouhaha derrière lui.
— Keenan a essayé de te joindre.
— Je sais. Tu lui as dit qu'on s'était embrassés ?
— Non !
Elle imagine très bien ce qui s'est passé dans sa tête.
— Non, bien sûr que non. Tu es au courant, pour Antoine ?
— Les meurtres ? Oui, c'est complètement délirant.
— Keenan était là. Devant la loge. Il a vu Antoine juste après.
Naomi entend un cri étouffé derrière lui, suivi d'acclamations.
— C'est dingue, dit Tyron, parlant par-dessus la clameur environnante. Je veux tout savoir, mais là, c'est pas le moment.
— Ty, attends. Ça te concerne aussi. Antoine a dit à Keenan que tes parents ont été assassinés sur ordre des types qu'il a tués. Les flics qui selon lui ont tué son père… ils auraient aussi abattu Terrence et Viola.
— Il a dit *quoi* ?

— C'est pour ça que Keenan essayait de te joindre. Il veut savoir si…

— Naomi, je ne peux vraiment pas discuter de ça maintenant. On se rappelle.

Il raccroche, et Naomi se demande si la série noire continue.

08 : 28

Il y a des groupes armés partout. Des fusillades dans les rues. Ils abattent plusieurs tireurs dans les rangs ennemis, avant que les survivants se retranchent dans les bâtiments qu'ils tiennent. Par miracle, aucun des hommes de Tyron n'a été touché. Au contraire, ils semblent galvanisés, totalement immergés dans la bataille, couverts de poussière, de terre et de sang.

Lorsqu'ils concentrent leur feu sur le premier des immeubles, plusieurs chefs d'escouade se portent volontaires pour entrer et sécuriser les lieux. Cette fois, le lieutenant Lake se propose pour prendre leur tête.

Tyron lui sourit.

— Allez-y, lieutenant.

Ils explorent les bâtiments les uns après les autres. Il ordonne à la 2e section de franchir les barbelés. Le matin approche. Trois de ses hommes ont été touchés : des blessures superficielles. Quatre ont été victimes de bombes artisanales : deux morts, deux dans un état critique. L'horizon se teinte d'une lueur orange sanguine. Tyron ne se souvient même pas du début de la nuit.

Ils contournent le poste de combat avancé pour rejoindre les bâtiments qui se trouvent sur son flanc ouest, où se sont réfugiés les derniers insurgés. Ça canarde de tous les côtés. Sur le toit d'une construction basse, Tyron contemple le jour nouveau. Il a troqué ses lunettes de vision nocturne contre des lunettes pare-balles : il y voit aussi clair que possible, compte tenu de la fumée et de la poussière. Et il découvre un matin aux couleurs de l'enfer. S'il existe, c'est à ça qu'il doit ressembler. Le ciel et la terre : rouge, jaune et noir. Le soleil point à l'est, tandis que, de l'autre côté, la nuit refuse de se rendre sans combat. Les insurgés aussi. Bombardés sur deux fronts, ils continuent de riposter des fenêtres et des toits.

Tyron se donne une claque. Fort. Pour chasser la fatigue.

Il n'est pas le seul à lutter contre l'épuisement. Tous ses hommes, qui se sont battus avec courage et sang-froid, sont harassés. Encore une percée. Encore une avancée, et on les tient.

Il se redresse juste au-dessus du parapet qui entoure le toit et étudie rapidement la disposition du champ de bataille, puis s'accroupit aussitôt, avant d'être repéré par un sniper. Entre sa position et l'immeuble plongé dans l'obscurité, d'où proviennent la plupart des tirs ennemis, s'étend une place de marché jonchée d'ordures, d'éclats d'obus, de cadavres et de véhicules carbonisés. Ses hommes ont fait sauter la porte d'entrée. Ils n'ont qu'à traverser le no man's land pour pénétrer dans le bastion de ces salopards et les descendre à bout portant.

Sauf qu'il faudrait un coureur olympique. Ou un coureur presque olympique. Il sourit tout seul. Moi qui pensais que mes années d'athlétisme étaient derrière moi.

Le lieutenant Lake, toujours à côté de lui, essaie de le dissuader.

— Il n'y a que moi qui puisse y arriver, répond Tyron, sous une pluie d'éclats de ciment délogés par les balles. De toute manière, mieux vaut que ce soit moi qu'un de mes hommes.

— Si je peux me permettre, mon capitaine, vous vous gourez complètement. Nous avons besoin de vous.

— Vous vous en sortirez très bien, lieutenant. Couvrez-moi. Et balancez autant de fumée que possible entre eux et moi. Si j'arrive de l'autre côté et que je commence à tout mettre à feu et à sang, envoyez la cavalerie.

Il descend de son promontoire et se débarrasse de tout ce qui ne lui sera pas utile au cours des dix prochaines minutes. Son sac à dos. L'eau et la nourriture. Même la plaque en céramique à l'arrière de son gilet pare-balles. Son cœur bat à tout rompre.

Ses hommes lancent des fumigènes sur la place, ajoutant encore à l'obscurité du champ de bataille jonché de carcasses métalliques en feu. Il y en a une en particulier, un Humvee transformé en fournaise, qui se trouve plus ou moins à mi-chemin entre lui et l'objectif. C'est là qu'il ira : le brasier le couvrira avant son sprint final. Le Humvee est dissimulé par la fumée, mais le vent ne tardera pas à la disperser.

Alors qu'il se prépare à côté de l'embrasure de la porte arrachée, il est heureux d'éprouver de nouveau de la peur. Il pourrait battre un record mondial, avec un taux d'adrénaline pareil.

Ça vaudrait mieux pour toi, lui souffle une voix à l'intérieur.

Les marines déclenchent un tir de couverture. Pour lui, c'est le top départ. Il s'élance comme une fusée, rasant le sol. Il y voit à peine à travers la fumée et il garde les yeux baissés pour ne pas trébucher.

Des coups de feu venant de toutes parts lui retentissent dans les oreilles. Il a l'impression d'avoir plongé dans un tonneau de pétards. Les balles sifflent tout près de son visage. Il fonce, brandissant son M4. Il ne sait plus si c'est la fumée ou l'épuisement qui lui pique la gorge et les poumons. Il évite de justesse le squelette carbonisé d'une camionnette qui a soudain surgi entre les trombes de fumée. Où est-il ? Où se trouve le Humvee en flammes qu'il visait ?

C'est un tel chaos autour de lui, il a une telle quantité de gaz toxiques qui lui brûlent les narines et la bouche qu'il est incapable de penser. Il accélère.

La fumée commence à se dissiper. Le Humvee est beaucoup plus à droite et déjà derrière lui. Sans cesser de courir, il lui jette un coup d'œil par-dessus son épaule, tandis que l'immeuble se matérialise devant lui, ses orifices hérissés de kalachnikovs. Parmi les fenêtres et les trous qui criblent les murs, il repère un tireur qui l'a en plein dans sa ligne de mire. Celui-là ne le ratera pas. C'est une certitude. Le temps, qui a déjà ralenti à une fraction de sa vitesse normale, se fige, et pendant un instant qui dure une éternité, son ultime moment, il pense : c'était une idée idiote.

Soudain, la tête du sniper part en arrière, puis il bascule par-dessus le rebord de la fenêtre. La kalachnikov lui échappe des mains et tombe lentement. Tous les marines sont des tireurs d'élite, songe Tyron, se réjouissant de la précision de ses hommes.

Les balles font jaillir des gerbes de terre autour de lui. La fumée l'encercle, il tousse à s'arracher les poumons sans marquer de pause. J'y suis presque, bande de fumiers. Il surgit du nuage juste devant la porte éventrée de l'immeuble. Franchit le seuil et atteint un escalier. Aucune ligne d'arrivée ne lui a jamais procuré un tel sentiment de triomphe.

Bondissant par-dessus les premières marches cassées, il tire avec le lance-grenades M203 attaché sous son M4. Les explosions font trembler les entrailles du bâtiment, et les insurgés se dispersent. Il remarque soudain qu'il saigne à trois endroits : à la jambe, juste au-dessus de ses godillots, à l'épaule gauche, qui, il le réalise maintenant, lui fait aussi mal que si on avait planté un couteau dedans, et au flanc droit, sous les côtes, où le sang est le plus fluide. La sueur qui coule sur ses lèvres est visqueuse, avec un goût de cuivre : il a également été touché au visage. Les blessures occupent son esprit pendant une demi-seconde au maximum.

Il avance dans le couloir, tirant et lançant des grenades, un loup lâché dans une bergerie.

— Tyron ! Attention ! On va avoir un accident ! Arrête de t'agiter ! Qu'est-ce qui te prend ?

Il se trouve dans un véhicule. Pas un Humvee, juste une petite citadine. Ses bras font des moulinets tout seuls. Il se reprend. Regarde autour de lui. Il est sur le siège avant, côté passager. Tara est au volant et lui lance des coups d'œil inquiets, comme si elle avait affaire à un chien enragé.

— Je crois que j'ai dû m'assoupir.

— T'assoupir ? Tu appelles ça s'assoupir ? On a failli avoir un accident !

— Qu'est-ce qui s'est passé ?

— Tu te balançais et tu secouais la voiture dans tous les sens !

— Pardon, je ne me rendais pas compte.

Tara prend une grande inspiration.

— C'est rien. Tu m'as juste fichu la trouille. Plus de sieste en bagnole, OK ?

Elle lui adresse un clin d'œil. Il se force à sourire, mais il se demande ce qui déconne chez lui.

Quelques minutes plus tard, ils se garent sur le parking du Convention Center Bronze, le point de ralliement de la manifestation. Tyron est surpris du nombre de personnes déjà présentes, et la foule grossit de minute en minute.

Ils retrouvent tante Trudy près du centre névralgique du rassemblement, où les organisateurs accueillent les gens, distribuent des pancartes et donnent des instructions.

— Est-ce que tu as vu Marlon ? lui demande-t-elle aussitôt.

Il ne sait pas comment interpréter sa question. Est-ce qu'il l'a vu aujourd'hui ? Ici, à l'instant ? Est-ce qu'elle est inquiète à l'idée que Tyron ne lui ait pas parlé ou parce qu'il n'est pas encore arrivé ? En tout cas, une chose est sûre, elle se fait du souci.

— J'étais chez lui il y a deux heures.

— À quelle heure est-ce que tu es parti ?

— Vers sept heures moins vingt.

— Et tu ne l'as pas revu depuis ?

— Non, pourquoi ?

— Il n'est pas là. Et personne n'arrive à le joindre.

Un frisson glacé lui parcourt l'échine.

Tara enchaîne les questions : à quelle heure était-il censé être là ? Est-ce qu'on a essayé son portable ? Est-ce que quelqu'un d'autre lui a parlé ? Est-ce qu'on est passé chez lui ? Qui est la dernière personne à lui avoir parlé ? Sur ce point, Tyron pense avoir la réponse : ça doit être lui.

Même avec la gueule de bois, il retrouve aussitôt les réflexes qu'il a développés en zone de combat. Là-bas, c'était ce genre de rassemblement – une foule compacte à l'extérieur – qu'il redoutait le plus. Un groupe vulnérable, facile à infiltrer. À la vue de tous ces gens autour de lui, il ne peut pas s'empêcher de se dire qu'ils forment une cible en puissance et que lui se trouve en plein milieu.

Et Marlon. Il n'aurait raté la manifestation pour rien au monde. C'est évident. Et s'il n'était pas paranoïaque ? S'il était réellement suivi ? Si son absence n'était pas une coïncidence ?

— Je vais faire un tour, voir si je le trouve, déclare-t-il d'une voix neutre, dissimulant son inquiétude.

— OK, tiens-nous au courant, lui lance Tara, qui n'a pas l'air trop soucieuse.

Tyron se faufile à travers la foule, étudiant les visages. Si nombreux. Une cible facile et Marlon introuvable : il n'arrive pas à faire taire les craintes qui se bousculent dans sa tête. Il accélère le pas. Ne reconnaît personne. Il a l'impression d'être devenu un étranger chez lui. Puis il repère une silhouette familière.

— Hé ! s'écrie Ricky, qui lui tape dans la main et l'étreint. Quelle nuit, mon pote ! Non mais quelle putain de nuit !

— Rick, Marlon a disparu. Personne n'arrive à le joindre.

Il lui raconte tout. Si Ricky compatit, il estime qu'il n'y a pas de quoi s'affoler.

— Ty, y a mille raisons pour lesquelles Marlon pourrait ne pas décrocher.

— Et ne pas ouvrir quand on sonne chez lui ?

— Et ne pas ouvrir quand on sonne chez lui. Il est sorti, il peut pas répondre, il est pas encore arrivé. C'est trop tôt pour paniquer.

— J'ai un sale pressentiment, Rick. Depuis hier, ça ne fait que s'aggraver. Sur le terrain, je sentais ces choses-là. Et je me trompais rarement. Plus ça montait, plus le danger était proche. Le danger de mort.

Ricky pose une main rassurante sur son épaule.

— Tu es à la maison, Ty. C'est fini.

Tyron secoue la tête, exaspéré.

— Ça n'a rien à voir avec le stress post-traumatique ou je ne sais quelle connerie dont on parle aux infos. Quelque chose de grave se prépare. Et je suis impuissant. Incapable de l'empêcher. Je n'ai pas d'hommes. Pas d'armes. Pas de renseignements, pas d'autorité, pas de contacts. Je ne sais pas ce qui se passe. Rien de rien. Je ne suis personne ici. Je suis sûr que ça va péter et je ne peux rien faire, putain de merde !

— Ho, ho. Tranquille, mec. Tranquille. On va retrouver Marlon. Et tu n'es pas personne, ici. C'est la dernière chose que je dirais à ton sujet. J'ai jamais rencontré quelqu'un d'aussi apprécié que toi. Je crèverais de haine et de jalousie si je t'aimais pas autant.

Tyron sourit malgré lui.

— Et d'accord, je vaux peut-être pas une compagnie de marines, mais n'oublie pas que tu m'as, moi, mon frère.

— Oui, je sais que je peux compter sur toi, Rick. Je peux dire merci à ma bonne étoile.

— Hé, pas besoin d'être sarcastique.

— Je ne l'étais pas.

Ils se donnent l'accolade, et l'anxiété de Tyron retombe un peu.

— Quand même, je suis sûr que Marlon est en danger.

— Très bien, qu'est-ce que tu veux faire ? Je t'accompagne. Mais je saurais pas par où commencer. En plus, il risque de se pointer ici pendant qu'on le cherchera ailleurs.

Tyron prend le temps de réfléchir.

— Voyons déjà si on ne le trouve pas ici. Tu as raison. Il peut encore arriver.

Ensemble, ils ratissent le vaste parking bondé de manifestants. Ils tentent de l'appeler et lui envoient des SMS. Ils demandent à tous les gens qu'ils connaissent s'ils l'ont croisé ou s'ils lui ont parlé. Sans succès. Tout au bout, Tyron regarde les bureaux du Metropolitan Police Department de Las Vegas. C'est dans ce bâtiment qu'Antoine est entré par effraction, il y a de cela des années, alors qu'il venait d'arriver chez les Shaw.

Ils rejoignent Tara et tante Trudy, quand soudain le téléphone de Tyron sonne. Son cœur fait un bond dans sa poitrine. Fausse alerte, c'est Naomi. Si elle l'avait appelé il y a seulement une heure, il aurait été fou de joie. À présent, il est déçu et frustré que ce ne soit pas Marlon.

— Salut.

— Salut. Ça va ? demande-t-elle.

— Non. Qu'est-ce qui se passe ?

Tandis que Naomi se lance dans des explications sur Keenan, Antoine et les meurtres de la veille, Ricky et lui se faufilent vers le premier rang. Des filles munies de haut-parleurs indiquent aux gens autour d'elles que le cortège ne va pas tarder à s'ébranler. Naomi parle toujours.

L'une des militantes salue les participants et les remercie d'être là. Puis elle leur demande s'ils sont prêts à combattre l'injustice. La réponse est unanime.

Tyron n'est pas sûr d'avoir bien entendu Naomi au milieu des acclamations, pourtant, il croit… il croit qu'elle vient de dire que ses parents ont été assassinés à cause des types qu'Antoine a tués la nuit dernière.

La femme au mégaphone scande des slogans et pose des questions. La foule répète les slogans et répond aux questions d'une seule voix retentissante. Il presse l'oreille contre l'appareil, mais ne comprend pas ce que dit Naomi, juste qu'il s'agit de Keenan.

— Naomi, je ne peux vraiment pas discuter de ça maintenant. On se rappelle.

Il raccroche et fourre le téléphone dans sa poche. Ses parents assassinés par les types qu'Antoine a tués ? C'est délirant. Comment faire la part entre la vérité, la désinformation et les malentendus ?

Il jette un coup d'œil à Ricky, Tara et tante Trudy qui brandissent le poing et hurlent leur soutien à la cause. Sa cousine surprend son regard et lui sourit.

Je suis ici, pense-t-il. Aujourd'hui au moins, je suis ici.

Il écoute les meneurs de la manifestation et s'efforce d'oublier le reste. Black Lives Matter. Les vies noires comptent : pour l'instant, c'est tout ce qui importe.

10

09 : 07

Keenan marche jusqu'au bout du parking situé sur le toit du poste de police pour avoir une meilleure vue du rassemblement de l'autre côté de la rue. Toute sa vie, il a été le centre de l'attention, chez lui comme à l'école. À ce point, cependant, c'est une première. Il se demande ce que feraient tous ces gens s'ils savaient qu'il est là, quasiment au-dessus d'eux. Il porte une casquette noire et des lunettes de soleil pour dissimuler son visage, mais il préfère quand même se cacher derrière le muret qui entoure le toit. Il contemple la rue en contrebas. S'il sautait, dans quel état est-ce qu'on le retrouverait ? Le bâtiment n'est pas très haut. Il s'en tirerait sans doute avec quelques os cassés. À moins de plonger la tête la première. Quelle serait la réaction des manifestants ? Et de Naomi ? Peut-être se sentirait-elle responsable. Imaginer sa souffrance lui procure une joie morbide. Une ultime vengeance pour la punir de ne plus l'aimer.

Il ravale ses larmes, se méprisant d'avoir de telles pensées, et regarde à nouveau par-dessus le parapet. Allez, vas-y, espèce de mauviette.

Il y a des policiers en uniforme aux abords de la foule. Les protestataires ne doivent pas être très heureux de les voir. Et inversement. Cela dit, les flics à l'intérieur ne doivent pas non plus être fous de joie : une manifestation contre les violences policières juste sous leurs fenêtres. Quelques minutes plus tard, ils bloquent la circulation sur Sierra Vista Drive. La foule piétine puis s'ébranle. Keenan observe la scène pendant encore un instant avant de s'éloigner, redoutant d'être repéré.

Fitz est parti chercher des renseignements sur la mort des Shaw. Keenan n'a même pas pris la peine de demander s'il pouvait l'accompagner dans les locaux.

Il retourne à la voiture et s'assied sur le capot. Le soleil est à présent haut dans le ciel, et sa chemise trempée de sueur colle à sa colonne vertébrale. Une dizaine de minutes plus tard, Fitz réapparaît, marchant à grands pas, l'air satisfait, agitant son calepin sous le nez de Keenan comme un ticket gagnant à la loterie.

— J'ai du lourd.

— Je t'écoute.

— Je te raconterai en route. On prend ma bagnole.

— Et on va où ?

— Au Reef.

— Au Reef ?

— Oui, ma poule.

Fitz fait le tour du véhicule, sortant ses clés.

— Tu as ouvert la boîte de Pandore, Keenan. Mais je ne me plains pas. J'aime les défis.

La voiture se déverrouille avec un bip. Fitz démarre en trombe et sort du parking, prenant vers l'est pour éviter la manifestation.

— Devine qui est arrivé en premier sur les lieux quand on a découvert le corps de Raul Deco ?

Keenan hausse les épaules.

— Mon père ?

— Non. Un certain Jacob Fischer.

— Fischer ? Tu penses que ça signifie quelque chose ?

— J'en sais rien. Peut-être bien que oui, peut-être bien que non. Et devine qui a dirigé l'enquête sur la mort des Shaw ?

— Je t'écoute.

— Encore Fischer. Et, dans un cas comme dans l'autre, il n'a rien trouvé. Si ce n'est que les meurtres étaient liés à des histoires de gangs, alors qu'aucun indice sérieux n'allait dans ce sens.

— Fischer…

Keenan a envie de croire que c'est lui. Lui et pas son père. Toutefois, il ne veut pas tirer de conclusion hâtive uniquement pour se rassurer.

— Ça pourrait être un hasard. Et quel rapport avec le Reef ?

— C'est tout à fait possible que ce soit une coïncidence, mais on ne perd rien à regarder ça de plus près. Il y a autre chose. Quand Fischer et Monk faisaient équipe, ils étaient sans cesse appelés au Reef. Toutes les arrestations qui avaient lieu là-bas, c'étaient eux. Même chose quand c'est ton père qui bossait avec Monk.

— Ça confirme seulement que Monk travaillait pour Bashinsky, ce qu'on savait déjà. Peut-être que Fischer et mon père l'accompagnaient, c'est tout.

— C'est vrai, mais beaucoup de choses se recoupent. On va pas monter un dossier d'accusation, pour l'instant, simplement essayer d'obtenir des réponses. Après, on avisera.

— Et on trouvera peut-être ces réponses au Reef, dit Keenan, voyant où Fitz veut en venir.

Ils tournent sur Las Vegas Boulevard.

— Quelqu'un doit savoir quelque chose. Et ce quelqu'un doit être sous le choc. Ça fait à peine douze heures que Bashinsky s'est fait tuer. On peut sonder les gens là-bas, essayer d'en tirer quelque chose.

— Je comprends pourquoi tu as gravi les échelons plus vite que moi.

— Voyons d'abord si j'ai raison, parce que je risque de les dégringoler encore plus vite si je me plante. Qu'est-ce que c'est que ça ?

Des policiers sont massés sur le trottoir et la chaussée. Équipés d'armes automatiques et de gilets pare-balles noirs, ils ressemblent à des militaires qui mettent en place un barrage. Fitz et Keenan se rendent compte en même temps que ces hommes sont là pour la manifestation, pour bloquer toutes les rues qui partent du boulevard en direction du nord, prêts à intervenir au cas où on voudrait s'en prendre au cortège. Ou si celui-ci devenait incontrôlable.

— Je n'arrive pas à croire que la ville a accepté de couper la circulation sur le Strip, dit Keenan.

— La municipalité a dû se dire qu'il valait mieux ça qu'une émeute. Et, même s'il y a des gens qui quittent leur hôtel le dimanche matin à 9 heures, c'est pas non plus la cohue.

Fitz lui jette un coup d'œil.

— Si j'étais toi, je me ferais petit. Aussi discret que possible. Personne n'a oublié qui était le catalyseur de tout ce bordel.

Keenan n'en peut plus d'entendre ça. Tu n'y échapperas jamais, pense-t-il. Et tu le mérites. Il n'y a qu'une solution. Qu'une seule porte de sortie. D'abord, tu découvres la vérité. Tu le dois. Et après, ce sera fini. Tout sera fini.

Cette idée est si précise dans son esprit, si apaisante, que tous les détails environnants lui apparaissent soudain nettement. L'insigne rutilant du policier au portail du casino, les pores sur la joue de Fitz au-dessus de la ligne de sa barbe, les vitres brillantes du bâtiment dont ils s'approchent. Les choses n'ont jamais été aussi claires. Tous ses sens sont aiguisés : l'air climatisé de la voiture dans ses narines, le ronronnement du moteur dans ses oreilles, le contact de la ceinture de sécurité contre sa chemise tachée de sueur. Il se sent plus vivant qu'il y a une minute.

Bientôt, se dit-il. Bientôt, ce sera fini.

09 : 18

Craig a mis les informations locales, et ils regardent la manifestation, assis sur le lit. On alterne entre des vues aériennes et des images filmées parmi la foule qui crie : « Mains en l'air ! Ne tirez pas ! Mains en l'air ! Ne tirez pas ! » avant de scander : « Pas de justice, pas de paix ! Pas de police ra-ciste ! Pas de justice, pas de paix ! Pas de police ra-ciste ! » Sur les plans aériens, le défilé déborde du cadre.

— Est-ce que je n'ai pas toujours dit que notre fils était destiné à de grandes choses ? lance Craig, pince-sans-rire.

— Arrête, s'il te plaît, dit Rosie.

Naomi est silencieuse. L'excitation et la fébrilité qui l'ont tenue éveillée toute la nuit sont enfin retombées. Elle ne peut pas dormir, mais elle est allongée sur le lit, le visage et le corps détendus, les yeux vitreux, fascinée par l'écran. En dépit de ses efforts, Craig n'a pas cédé d'un pouce. Au moins, elle aura essayé. Essayé et échoué. Triste cadeau d'adieu à Keenan : l'abandonner dans un moment de crise.

Allez, bouge-toi. Tu ne peux pas laisser tomber aussi facilement.

— Craig, lance-t-elle de sa place.

Assis au bout du lit, il pivote la tête.

— Est-ce que vous travailliez pour Norman Bashinsky ?

— Bon sang ! J'en ai par-dessus la tête de ces conneries.

Il se dirige vers la porte. Naomi bondit pour l'empêcher de sortir. Presque aussitôt, elle comprend qu'elle doit changer de tactique. Alors que Craig marche droit sur elle comme s'il avait envie de la frapper, elle s'avance, les bras ouverts, et l'enlace.

— Je suis désolée, lui murmure-t-elle à l'oreille. Mais dites-le-moi. Juste à moi. Personne d'autre n'en saura rien. Ce sera notre secret.

Il se raidit. Elle attend, retenant son souffle, décidée à ne pas le lâcher avant d'avoir obtenu une réponse. Arrache-lui la vérité, pense-t-elle. Pour Keenan.

Les bras de Craig se referment autour de sa taille, et elle exhale, se laissant aller, espérant que ce petit faible qu'il a toujours prétendu avoir pour elle est bien réel. Elle l'entend qui pousse un long soupir.

— Dites-moi. Vous avez travaillé pour lui ?

— Oui, lâche-t-il, furieux. Oui.

Il recule et foudroie les deux femmes du regard.

09 : 32

Parmi cette foule qui se meut à l'unisson, Tyron a l'impression de faire partie d'un grand tout. En un sens, cela lui rappelle l'armée. La sensation de contribuer à un effort commun qui le dépasse est moins nette, moins tangible, mais elle est aussi plus libératrice, plus ouverte, et d'une certaine manière plus stimulante. Marcher au milieu des membres de sa communauté lui procure un sentiment d'appartenance qu'il ne s'attendait pas à éprouver à Vegas. Il croit en cette cause. Dans l'armée, il ne pouvait pas en dire autant, surtout à la fin.

Il regarde les casinos monolithiques qui se dressent de chaque côté du boulevard, une vallée entre des montagnes faites par l'homme. Des copies clinquantes de grands monuments : une pyramide, la tour Eiffel, le Brooklyn Bridge et d'autres, moins vulgaires, qui miroitent tels des mirages dans le désert.

Il repense à ce qui s'est passé la veille, dans la loge, quand Antoine lui a demandé s'il ne s'était jamais interrogé sur ce qui était vraiment arrivé à ses parents. Ça fait longtemps que je ne me prends plus la tête avec ce genre de question, avait-il répondu, et Antoine était sur le point de répliquer.

Il me l'a presque dit. Il m'a presque dit que mes parents se sont fait assassiner et qu'il savait quelque chose. Qu'est-ce que ça signifie ? Pourquoi ? Il doit parler à Antoine. Le problème, c'est qu'il doit être loin de Vegas, à l'heure qu'il est.

Tyron regarde autour de lui et constate que tout le monde se sert de son portable pour prendre des photos et filmer, mais aussi pour envoyer des SMS et passer des appels. Il retrouve le numéro de Carlos, qui leur a donné les billets pour le match, sans trop compter dessus. Il est prêt à parier que la ligne a été désactivée. Pourtant, il tombe sur une boîte vocale. Il ne laisse pas de message. Il lui reste encore un coup de téléphone à passer.

Il hésite avant d'appuyer sur le numéro de Keenan et fixe son nom, le pouce immobile au-dessus de l'écran. Enfin, il se décide à lancer l'appel. Keenan décroche à la troisième sonnerie.

— Salut.

— Salut, dit Tyron.

À côté de lui, quelqu'un crie : « Mains en l'air ! » Et, tout autour, on répond : « Ne tirez pas ! »

— Tu es à la manif ?

— Oui. Mais pour soutenir le mouvement, pas contre t…

— Te fatigue pas, ça va. Sérieusement. J'ai d'autres chats à fouetter. Vous allez passer tout près de moi, en fait. Je suis au Reef.

Tyron distingue au loin le gigantesque bâtiment.

— Naomi t'a appelé ? poursuit Keenan.

— Oui, elle a commencé à me raconter. Tu as vu Antoine après les meurtres ?

— Oui. Il est dingue, Ty. Un vrai psychopathe.

— Et ce qu'il dit au sujet de mes parents, tu crois que c'est des conneries ?

— Non. Pour le coup, je pense qu'il dit la vérité.

— Donc, mes parents… ils ont été…

— Oui. Est-ce que tu peux t'éclipser de la manif ? Rejoins-moi au Reef quand vous passerez devant. J'ai beaucoup de choses à te raconter, mais je ne peux pas le faire au téléphone.

Tyron regarde les gens autour de lui. Il regarde tante Trudy, Tara, Ricky, et réalise que Marlon n'a toujours pas donné signe de vie. Jamais il n'aurait raté ça. Il a dû lui arriver quelque chose. Keenan était encore flic il n'y a pas si longtemps. Il pourra peut-être l'aider.

— D'accord. À tout de suite.

— Super. Appelle-moi quand tu es sur place.

09 : 38

Ça avance. Ses parents sont à l'abri avec Naomi. Fitz est en train d'interroger quelqu'un à la réception, et Tyron arrive. Keenan ne retrouvera pas sa vie d'avant juste parce que deux ou trois éléments se mettent en place. Mais il progresse. Bien sûr, plus vite il obtiendra des réponses, plus vite il aboutira à une conclusion. Une fin. Qui sait. Les choses peuvent encore s'arranger.

Il range son téléphone et rejoint Fitz qui est en pleine discussion avec le responsable, après avoir bataillé un moment avec des employés qui faisaient barrage.

— Tiens donc, lance une voix derrière eux. Qu'est-ce qui vous amène ici ?

Ils se retournent.

— Inspecteur Miles, dit Fitz en hochant la tête.

— Inspecteur Miles, répète Keenan.

Longiligne, Miles semble avoir tout juste échappé à une tempête de sable. Des joues creuses et mal rasées, une peau tannée par le vent, des yeux vert clair qui paraissent délavés par le soleil, aussi arides et insondables que le désert.

— J'ai dit : qu'est-ce qui vous amène ici ?

— Juste de la paperasse, je voulais vérifier que j'avais les bonnes dates, répond Fitz d'un ton jovial.

Miles le dévisage, tandis que le responsable attend derrière le comptoir. L'inspecteur lui fait signe de les laisser, et l'homme s'empresse de disparaître.

— Et vous avez besoin que Quinn vous tienne la main ?

— Non, mais quitte à venir ici un jour de congé, autant en profiter. On a prévu d'aller faire sauter la banque du casino après ça.

Miles attend qu'il poursuive, puis, constatant que Fitz n'ajoute rien, il paraît étonné qu'il n'ait pas trouvé de mensonge plus crédible.

Il se tourne alors vers Keenan. Celui-ci se fait la réflexion que, si Miles était un chien, il serait en train de le renifler. Une intuition d'autant plus pertinente que l'inspecteur a manifestement suivi à la trace ses moindres faits et gestes.

— Je ne dirai pas à Fischer que vous avez fouiné, Quinn, mais je ne veux pas vous voir sur ma putain de scène de crime. Il n'y aura pas de second avertissement. Quant à vous, Fitz, je vous tiens à l'œil, maintenant.

Fitz et Keenan baissent la tête comme deux gamins pris en faute.

— À présent, filez. Je ne veux pas de vous dans mes pattes.

Ils ouvrent la bouche mais ne trouvent rien à dire. Piteux, ils se contentent d'acquiescer et battent en retraite. Keenan sent les yeux de Miles dans son dos et il doit se retenir pour ne pas se retourner et affronter ce regard brûlant.

— C'est un dur à cuire, l'enfoiré, marmonne Fitz, au bout de l'immense hall d'entrée, alors qu'ils se dirigent vers le parking. Devant lui, j'ai l'impression d'être un gosse.

Keenan craque et tourne la tête pour voir si l'autre les fixe toujours. Il est déjà parti.

Son téléphone sonne. Naomi.

— Oui ?

— Keenan, je suis désolée. Vraiment désolée.

— Qu'est-ce qu'il y a ?

— Ton père a disparu.

— Quoi ?

— Je ne sais pas quoi dire.

— Comment ça, disparu ?

— Il est parti. Je n'ai pas pu le retenir, il était…

— Il est allé où ?

— Aucune idée. Il a éteint son téléphone.

— Merde !

— Excuse-moi.

— Comment est-ce que t'as pu le laisser filer ?

— Il était déterminé. Il n'y avait rien à faire. Et ce n'était même pas la peine d'essayer de le suivre. J'aurais été obligée d'user de la force pour l'arrêter.

— C'est ce que tu aurais dû faire, alors. Tu aurais pu le maîtriser sans problème.

— Il y a des limites à ce que je peux faire dans ce genre de situation, Keenan. Ton père est un adulte. Je ne peux pas le retenir contre son gré. Et encore moins dans l'état où il était. Je ne l'avais jamais vu aussi hors de lui.

Keenan serre les dents et se plie en deux.

— Putain de bordel de merde !

Il se redresse et ignore le regard perplexe de Fitz.

— Tu m'avais juré que tu veillerais sur lui. Je ne serais pas en train de faire le con au casino sinon.

— Je suis sincèrement désolée. J'ai fait de mon mieux, Keenan. Je ne sais pas ce que j'aurais…

— Eh bien, ce n'était pas assez. Merde. Merde, merde et merde !

— Tu es conscient qu'il est armé et que moi aussi, non ? Il était dans une telle furie, c'était trop risqué de se mettre en travers de sa route. Pour lui autant que pour moi. Je te promets que j'ai fait tout ce que j'ai pu.

Le choc et la surprise l'ont transpercé comme une balle qui serait ressortie par son dos, le laissant exsangue et sans force. Il respire lentement, essaie de réfléchir. Il doit prévenir Tyron que ce n'est plus la peine de le rejoindre au casino.

— Tu veux que j'aille le chercher ? demande Naomi. Dis-moi où il peut être, et j'irai. Il se sera calmé le temps que j'arrive. Key ? Tu m'entends ?

— C'est bon. Reste avec ma mère. Je m'occupe de lui.

— Je m'en veux…

— Je sais. Ce n'est pas ta faute, je me suis énervé pour rien. Je n'aurais pas dû m'en prendre à toi.

— Key, je dois te dire autre chose.

— Quoi encore ? Est-ce que je dois sortir le défibrillateur ?

— Craig a travaillé pour Bashinsky. Il nous l'a avoué, à Rosie et à moi.

— C'est lui qui a commis les meurtres ?

— Je n'en sais rien. Il a pété les plombs après avoir admis qu'il avait bossé pour lui. C'est pour ça qu'il est parti. Je lui ai trop mis la pression. Excuse-moi. Tout allait bien jusqu'à ce que j'essaie de lui tirer les vers du nez. C'est à cause de moi qu'il s'est enfui.

Il entend le sentiment de culpabilité et la tristesse dans sa voix, et il sait qu'il devrait la rassurer. Mais il ne s'en sent pas capable. Pour la première fois, il a envie d'en finir avec leur mariage.

— Il faut que je te laisse. Je te tiens au courant.

Fitz lui demande si ça va. Il ne prend pas la peine de répondre.

— Je dois retrouver mon père. Il s'est tiré, dit-il simplement.

— Je vais t'aider.

Keenan le dévisage. Penser qu'il ait pu trahir un ami aussi droit et loyal le rend malade. Il n'arrive pas à comprendre comment il a pu se mettre si souvent dans ce genre de situation, comment il a pu commettre autant d'erreurs et blesser autant de gens.

— Merci, je me débrouillerai. Tu m'as déjà bien assez aidé.

— Tu es sûr ? Ça ne me dérange pas.

— Oui. C'est à moi de le retrouver.

Il a l'impression d'avoir un étau autour de la gorge, chaque heure qui passe resserrant les vis. Bientôt, il ne pourra plus respirer. L'urgence est telle que, paradoxalement, il n'arrive pas à prendre de décision. Il s'efforce de réfléchir, mais il sait d'instinct que tous les chemins mènent à un précipice. Il n'a aucune chance. Et son père non plus.

Keenan est submergé par l'émotion. Il ravale ses larmes et serre les dents pour ne pas s'effondrer. Ses yeux glissent sur Fitz, sur les murs couleur océan, les faux coraux, les inconnus qu'ils croisent, tous ces gens qui flânent comme si ce n'était pas la fin du monde, comme si leur vie n'était pas foutue. On s'est vraiment bien plantés, songe-t-il. Mon père, moi, Naomi, on a tous fait le mauvais choix à un moment décisif. Rien ne s'arrangera jamais. Je suis maudit depuis que j'ai appuyé sur la détente.

Les visages, les murs et les coraux tournent autour de lui. Il se demande s'il va s'évanouir ou vomir. Sa langue lui semble énorme dans sa bouche. Fitz le tient par le bras, l'aidant à garder l'équilibre, mais son visage est flou, entraîné dans le tourbillon. Keenan pense qu'il va tomber quand une forme se détache du magma de couleurs.

Il plisse les yeux. S'efforce de se stabiliser.

Un homme grand, châtain, le cheveu rare, traverse le hall de l'hôtel à pas décidés. Il porte un costume marron et il a le nez sur son téléphone. Le shérif adjoint Fischer. La seule autre personne susceptible de lui fournir des réponses.

Keenan se reprend.

— Je reviens, dit-il à Fitz.

Celui-ci suit son regard.

— Je suis pas sûr que ce soit une bonne idée.

Keenan s'éloigne déjà. Il slalome d'un pas vif entre les gens, puis se met à courir. Fischer. Si quelqu'un peut m'aider, c'est lui. Il pourrait aussi me foutre encore plus dans la merde, mais honnêtement, qu'est-ce que j'ai à perdre ? Naomi me quitte. Personne ne veut de moi. Et mon père ne sera peut-être plus là ce soir.

Fischer, toujours les yeux sur son portable, bifurque vers les ascenseurs que Keenan a utilisés hier pour se rendre dans le bureau de Monk. Dans une autre vie. Les portes de métal poli coulissent, et un petit groupe s'entasse à l'intérieur, Fischer au centre. Keenan accélère et bondit entre les panneaux qui se referment, manquant de renverser un couple de quinquagénaires. Fischer lève les yeux et pousse un soupir exaspéré. Il joue des coudes pour appuyer sur un bouton. L'ascenseur se rouvre.

— Vous allez me f…

Regardant autour de lui, il se reprend.

— Hors de ma vue, Quinn.

— Monsieur, deux minutes.

— Deux minutes ? Deux secondes, c'est déjà trop long. Vous m'avez assez fait perdre mon temps comme ça.

— J'ai de nouvelles informations.

Fischer garde le doigt sur le bouton, le visage marbré de rouge, les yeux lançant des éclairs. Hier, Keenan se serait dégonflé, mais aujourd'hui il ne cède pas.

— S'il vous plaît.

Les gens les regardent, mi-irrités par l'interruption, mi-inquiets. Lorsqu'il s'en aperçoit, Fischer craque.

— Ça suffit, tout le monde descend, dit-il en exhibant sa plaque. Cet ascenseur est réquisitionné par la police. Trouvez-en un autre.

Le couple que Keenan a manqué de renverser ne bouge pas.

— Tout le monde dehors ! éructe Fischer. Police !

Ils se décident à obtempérer, et Fischer relâche sa pression sur le bouton. Les portes se referment.

— Pas moyen de se débarrasser de vous. Vous êtes pire qu'un cafard, Quinn.

— Mon père a travaillé pour Bashinsky. Il l'a avoué à ma femme. Cette histoire est vraie. Deco n'a rien inventé.

Fischer pose un regard maussade sur Keenan.

— Et après ? Ah, avant de vous lancer dans un grand discours : vous avez jusqu'au dix-septième étage, alors abrégez.

— Vous devez savoir quelque chose. Vous avez été le coéquipier de Monk, comme mon père. Vous étiez toujours appelés au Reef.

— D'où est-ce que vous sortez ça ?

— Antoine a tué et tuera encore à cause de ce qui s'est passé ici. Vous savez quelque chose.

— Primo, je n'ai pas de comptes à vous rendre. Deuzio, je ne vois pas de quoi vous parlez.

— Je sais pour les Shaw. Je sais qu'ils ont été assassinés. Mon père savait qu'ils allaient être abattus. Vous aussi ?

— De qui est-ce que vous parlez ?

— De Terrence et Viola Shaw. Des militants noirs tués il y a seize ans.

Fischer plisse les yeux, puis émet un grognement.

— Les Shaw ? Une histoire de gang.

— Une tentative pour étouffer l'affaire. L'ordre venait de Bashinsky. Monk et une autre personne ont appuyé sur la détente.

— Foutaises.

— Antoine va s'en prendre à mon père. Ou à quelqu'un d'autre. Ça ne fait aucun doute. Qu'est-ce que je peux faire, à part essayer de découvrir la vérité ? C'est le seul moyen de l'en empêcher. S'il vous plaît. Est-ce que vous savez quelque chose ?

Le shérif adjoint soutient son regard. L'ascenseur s'immobilise, et la porte s'ouvre.

— Dix-septième étage, dit-il en sortant, les yeux déjà sur son téléphone.

Keenan l'agrippe par l'épaule. L'autre se retourne, le poing fermé.

— Je devrais vous casser la gueule, Quinn. Ou vous jeter en prison pour entrave à la justice.

— Quelle différence ça ferait ? Il ne me reste rien.

Pour la première fois, le regard de Fischer s'adoucit.

— Bon Dieu, Quinn, ne me sortez pas les violons.

— Excusez-moi, monsieur.

Fischer se gratte la joue.

— Soyez sûr que je prends cette affaire très au sérieux.

— Je ne sais pas vers qui me tourner. J'ai besoin d'aide. J'aimerais que ce ne soit pas le cas, mais j'ai besoin d'aide.

Fischer semble peser le pour et le contre.

— J'ai peut-être des informations, admet-il enfin d'une voix hésitante.

Il lui tend une carte de visite.

— Ma ligne directe. Appelez-moi un peu plus tard dans la journée.

Keenan n'ose pas lui montrer à quel point il lui est reconnaissant, de peur de briser leur entente précaire. Il se contente donc de hocher la tête et de glisser le carton dans sa poche, tandis que Fischer s'éloigne d'un pas lourd.

Encore sous le choc de l'échange, il reste un instant planté là, les bras ballants. Fischer s'arrête un peu plus loin dans le couloir et frappe à une porte. Il semble trop pressé pour se soucier de la présence de Keenan.

Pris dans ses pensées, ce dernier se demande vaguement avec qui il a rendez-vous. La porte s'ouvre, et Fischer entre. Keenan se secoue.

Il doit retrouver son père le plus rapidement possible mais, si Fischer l'aide, peut-être… peut-être qu'avec la vérité il pourra sauver… quelqu'un. N'importe qui. Faire un truc bien au moins une fois.

Il appelle l'ascenseur. Attend. Baisse la tête et ferme les yeux. Il sent son omoplate meurtrie. La bosse à l'arrière de son crâne. Si seulement il pouvait s'allonger là, sur la moquette.

Ses yeux se rouvrent. Il découvre son visage dans la porte métallique. En une nuit, il a pris cinq ans, peut-être dix. Et ce n'est pas fini.

Les battants s'écartent, son reflet disparaît. Il fait un pas, et son cœur s'arrête.

Un coup de feu. Étouffé mais reconnaissable. Un coup de feu venant du bout du couloir.

09 : 47

Tyron se souvient des marches forcées dans l'armée, des godillots qui frappaient le sol à l'unisson. Un rythme solide, confiant, qui reflète la puissance et la force physique des êtres humains quand ils se rassemblent. Ici, sur le Strip, le piétinement est chaotique, noyé sous les conversations et les slogans. Mais le sentiment reste le même. Pour la première fois depuis qu'il a quitté l'armée, il se sent fort.

En réalité, ce n'est pas tout à fait juste. Ce n'est pas lui en tant qu'individu, mais le groupe. Il a l'impression de faire partie de quelque chose de plus grand que lui.

Les gens marchent fièrement. Certains ont amené leurs enfants, eux aussi ont la tête haute. Certains se tiennent la main. D'autres ont le poing en l'air. Des pancartes clament JUSTICE POUR REGGIE HARRISON, NON AU TERRORISME POLICIER, #BLACKLIVESMATTER. Marlon avait raison. Quelque chose est en train de naître, qui enfle et se dilate autour d'eux. Chacun ici en est conscient. Quelle que soit l'importance de cette manifestation, ça va au-delà de ce qui se passe aujourd'hui.

Le cortège s'approche du Reef, qui se dresse devant eux, immense. Soudain, il a honte à l'idée de déserter pour rejoindre l'homme qui a déclenché ce sursaut d'indignation. Trahit-il les siens en s'associant à lui ? Même si c'est pour retrouver Marlon ? Ou est-ce encore pire de demander au flic assassin de l'aider à sauver son ami ?

Peut-être qu'il devrait abandonner Keenan, le laisser seul face à ses actes. Ce ne serait que justice. Mais cette perspective ne le réconforte pas, au contraire. Ce n'est pas comme si lui-même n'avait jamais tué. Bien plus que Keenan, en réalité. Et cette pensée ravive une honte plus cuisante encore : ces hommes dont il a pris la vie, ces terroristes, ces insurgés, ou quel que soit le nom que leur donne l'Occident, ils étaient chez eux.

Il pourrait objecter qu'ils essayaient de les tuer, lui et ses hommes, qu'ils essayaient de faire exploser des bombes qui tueraient le plus de monde possible, qu'en général il était en patrouille lorsqu'il tombait sur eux, qu'il ne les pourchassait pas spécifiquement. Néanmoins, le fait est qu'il était venu chez eux d'un autre continent, à un océan de là, pour les détruire. Dans des endroits qui ne signifiaient rien pour lui. Des endroits qu'il ne comprenait pas. Peuplés par des gens dont il ne parlait pas la langue, dont il ne pratiquait pas la religion, dont il connaissait mal, voire pas du tout, l'histoire et les traditions. Il avait quitté son pays, parcouru des milliers de kilomètres, s'était entraîné avec une application, une ténacité et une discipline totales pour se transformer en tueur capable de diriger d'autres tueurs, tout ça dans le but de venir les exterminer chez eux. Peut-être leur combat était-il juste. Peut-être. Mais alors, pourquoi ces pensées le tourmentent-elles ainsi ? J'ai beau essayer de faire ce qui est juste, songe-t-il, ce n'est jamais ce qu'il faut.

Les vitres bleues du Reef miroitent au soleil, comme l'océan par un jour sans nuages. C'est maintenant ou jamais : il quitte la manifestation ou continue à marcher. D'une manière ou d'une autre, il trahira quelqu'un.

Tante Trudy, Tara, Ricky. A-t-il le droit de se considérer comme l'un des leurs ? Tous si déterminés, pleins d'espoir, bienveillants. Il est parti trop longtemps. S'ils savaient, voudraient-ils encore de lui aujourd'hui ?

Peut-être sa place est-elle auprès de Keenan, un homme rongé par la culpabilité. Un homme qui a le sang d'un innocent sur les mains. Tyron n'a tué sciemment que des combattants ennemis, mais il a d'autres morts sur la conscience. Peu importent les félicitations et les décorations, quand on passe autant de temps dans le désert, on commet nécessairement des erreurs. Impossible de toujours choisir la route la plus sûre, impossible d'être partout, de toujours protéger ses soldats et les civils. Souvent, la nuit, il ne trouvait pas le sommeil, songeant à ceux qui auraient pu être sauvés, à ce qu'il aurait pu faire différemment. À force, ne pas être capable d'empêcher la mort lui est apparu aussi grave que de la donner.

Comment être à la hauteur de la confiance que Marlon a placée en lui ? Comment pourrait-il apporter sa contribution à cette cause ou à une autre ?

Marlon est toujours introuvable, se dit-il alors. Tu peux faire quelque chose : retrouve-le. Tu t'inquiéteras du reste plus tard. Accomplis ton devoir. Sois fidèle à tes frères et tes sœurs d'armes. Tes frères et tes sœurs de lutte. C'est comme ça qu'il rationalisait son rôle au Moyen-Orient. Et c'est comme ça qu'il le rationalisera ici. Honneur, courage, loyauté. Il reste un soldat. Un marine. À la différence près que sa famille ne sera plus l'armée, mais sa communauté.

Il y a toujours des causes à servir. Tu deviendras fou si tu ne vis que pour toi-même. Là où on aura besoin de moi, là où je pourrai aider, je serai là.

La priorité, c'est Marlon. Et Keenan. Quelle que soit la gravité de son acte, je ne l'abandonnerai pas. Je n'abandonnerai personne.

Tyron se tourne vers Trudy, Tara et Ricky.

— Je vous retrouve plus tard, dit-il. J'ai un truc à faire.

09 : 48

Figé devant l'ascenseur, Keenan sait d'instinct d'où vient le coup de feu. Mais il est terrorisé. Paralysé. Il se sent incapable d'affronter une nouvelle menace. Jusqu'à ce que l'ascenseur se referme sous son nez, l'obligeant à agir.

Soudain, il se rend compte qu'il court dans le couloir, son arme sortie. Il ne sait pas comment il est arrivé là. Il n'a qu'une pensée : Non ! Pas Fischer, pas mort lui aussi ?

Ne t'arrête pas. Si tu t'arrêtes, le doute, la peur et le bon sens vont te rattraper.

Il doit pourtant s'arrêter devant la porte. L'angoisse reprend le dessus. Si seulement ses mains n'étaient pas aussi moites. Si seulement elles cessaient de trembler et son cœur de cogner dans sa poitrine pendant une putain de seconde pour qu'il puisse se concentrer.

Un autre coup de feu. Beaucoup plus fort. Il vient clairement de cette pièce.

Pendant une fraction de seconde, il hésite, redoutant ce qu'il va trouver derrière. Il ne surmonte pas la peur, mais laisse son entraînement de flic prendre le pas. Il donne un grand coup de pied dans la porte. Le bois se fend avec un craquement. La serrure saute, et le battant s'ouvre brutalement.

Il avance, braquant son pistolet devant lui. Il aperçoit une silhouette familière au fond de la pièce. Debout, au-dessus d'un corps immobile, Thompkins pivote, une arme à la main. Le lèche-bottes de Fischer ! Qu'est-ce qu'il fout là ?

Thompkins le met en joue. Il va m'abattre, songe Keenan. Qu'est-ce que c'est que ce merdier ?

Avant même que son cerveau ait eu le temps d'analyser la situation, son index presse la détente. Il vise, tire, expire. Les explosions retentissent dans l'espace confiné. Encore. Et encore.

Une balle fuse de l'arme de Thompkins au moment où celui-ci tombe en arrière. Le sang jaillit de son cou et de sa poitrine. Keenan continue de tirer en avançant, jusqu'à ce que l'autre se retrouve les bras en croix sur le sol, le pistolet toujours entre ses doigts inertes, le sang imbibant la moquette autour de lui.

Une part de Keenan prend vaguement conscience du fait qu'il vient une nouvelle fois de tuer quelqu'un, tandis qu'il balaie le reste de la pièce, obéissant à ses réflexes. La cervelle de Fischer mouchette la baie vitrée, souillant la vue sur les gratte-ciel de Vegas. Le shérif adjoint gît par terre, immobile, saignant du crâne et du ventre. Blotti dans un coin, un grand type costaud, chauve, attaché et bâillonné, le regarde avec des yeux écarquillés. Keenan enregistre la scène et, en même temps, son esprit est accaparé par les battements furieux de son cœur. Il ne savait pas qu'il pouvait cogner si fort.

Le temps de s'assurer que la salle de bains est vide, Keenan recommence à s'entendre penser. Lorsqu'il revient dans la chambre, la fatigue s'abat sur lui d'un coup. Il s'apprête à détacher l'homme dans le coin, mais il tombe un genou à terre. Il s'efforce de calmer sa respiration. Prend son pistolet dans la main gauche et frotte la droite sur son pantalon. Puis il essuie la transpiration qui s'est accumulée sans qu'il s'en rende compte sur son front et au-dessus de sa lèvre supérieure.

Putain, mais qu'est-ce qui se passe ?

L'homme attaché le dévisage toujours. Le crâne brillant, des yeux enfoncés dans leurs orbites, qui semblent le reconnaître. Il doit savoir qui je suis, songe Keenan. Et me détester.

Il se redresse péniblement et range son arme dans son étui. Ses poumons brûlants réclament de l'air. Il pourra se reposer quand tout sera fini. Se reposer pour de bon.

Il ôte le bâillon de l'homme. Celui-ci grimace et bascule en avant, ses poignets et ses chevilles attachés derrière lui à l'aide de menottes en plastique Serflex. Keenan l'aide à se lever.

— Le salopard, gronde l'homme. Le salopard ! Il avait glissé une lettre de suicide dans ma poche. Heureusement que vous l'avez eu. Vous avez bien fait. Je sais qui vous êtes. Je sais...

Hors de lui, il s'efforce de reprendre son souffle.

— Qu'est-ce qui s'est passé ? demande Keenan.

— Cet enfoiré nous a tendu un piège à tous les deux. Un meurtre suivi d'un suicide, c'est ce que c'était censé...

— Police ! Tout le monde à terre !

Keenan se jette au sol, mains au-dessus de la tête. Il entend une grenade incapacitante rebondir dans la pièce. L'explosion fait tinter ses oreilles, comme si on venait de le gifler, et lui brûle les yeux, malgré ses paupières fermées. La fumée remplit sa bouche, ses narines, puis ses poumons, déchirés par une quinte de toux violente. Il a la tête qui tourne. Il fait taire l'instinct animal qui lui crie de s'enfuir. Le piétinement des chaussures qui s'engouffrent dans la pièce est amorti par le sifflement dans ses oreilles. Soudain, il sent un genou contre sa colonne, et des mains puissantes qui tordent ses poignets dans son dos pour le menotter. De tous les côtés, on lui hurle de ne pas bouger.

Enfin, il ouvre les yeux. Les agents de la brigade d'intervention sont partout. Ils remplissent la chambre d'hôtel, massifs dans leurs gilets pare-balles tactiques noirs. Casques, armes automatiques, protections balistiques. Allongé sur le ventre, Keenan se demande s'ils vont l'abattre.

L'un d'eux prend son pistolet, un autre le relève. Ils font la même chose avec l'homme dans le coin, qu'ils détachent uniquement pour lui passer leurs propres menottes.

Il a la chair de poule. Ses mains tremblent. Elles trembleraient encore plus fort si elles n'étaient pas attachées dans son dos. Ses yeux papillotent. Jamais il ne s'est retrouvé ainsi à la merci de la police. Il revoit l'adolescent étendu sur le sol après qu'il a tiré. Il cligne toujours des paupières, mais c'est pour retenir ses larmes.

L'un des policiers s'écarte pour laisser entrer un nouvel arrivant. Celui-là porte un costume gris. L'inspecteur Miles. Ses yeux embrassent la scène de crime, puis se posent sur lui. Ses fines lèvres sèches dessinent une grimace. Pas tant de colère ou d'horreur que d'exaspération. Une exaspération telle qu'elle se transforme en dégoût. En dégoût pour Keenan Quinn.

— Qu'est-ce que vous avez encore fait comme connerie ? demande-t-il d'une voix cinglante.

Keenan baisse la tête, incapable de réagir.

11

10 : 09

Tyron fait les cent pas dans le hall du Reef. Aucune trace de Keenan. Et il ne répond ni aux appels ni aux SMS. Pour couronner le tout, ça grouille de flics. Il n'y a pourtant pas eu d'alerte, et les clients de l'hôtel vaquent à leurs affaires, mais tous lancent des regards curieux à ce déploiement policier – en uniforme, en civil et en tenue d'intervention – qui franchit les portes, entre et sort des ascenseurs, débouche des escaliers de service.

Tyron va attendre contre un mur à l'écart, adossé à un dauphin plongeant dans les flots. Il se demande si toute cette agitation a un lien avec les meurtres de Monk et Bashinsky. Mais non, l'atmosphère fébrile et incertaine laisse imaginer un drame plus récent. Inquiet, il étudie les allées et venues sans parvenir à en conclure quoi que ce soit, jusqu'à ce qu'une unité du SWAT traverse le hall au pas, entourant des policiers en civil et deux prisonniers menottés. Tyron reste bouche bée. Keenan et Marlon.

Ils ne paraissent pas blessés, mais ils ont tous les deux l'air étourdis et exténués. Marlon est digne, les épaules basses mais le front haut. Il obéit avec stoïcisme. Keenan, en revanche, est complètement perdu. Il a la tête qui tombe, les yeux rivés au sol.

Tout espoir et toute combativité semblent l'avoir déserté. Sans réfléchir, Tyron se précipite vers eux.

— Marlon ! lance-t-il.

Le convoi tout entier, hormis Keenan, pivote vers lui.

Les hommes le dévisagent avec une expression qui ne trompe pas. Ils sont prêts à tirer.

— Je suis un ancien marine ! crie-t-il aussitôt.

L'information leur parvient, mais n'efface pas les regards méprisants.

Tyron fait un pas de plus.

— Marlon, ça va ?

— Oui, répond Marlon, la voix plus rauque que d'habitude.

Il indique Keenan devant lui, qui n'a toujours pas levé la tête.

— Veille sur ton ami. Il m'a sauvé la vie.

L'un des hommes du SWAT s'avance vers lui.

— Reculez.

Tyron s'exécute.

— Qu'est-ce qu'ils ont fait ? demande-t-il.

— Vous les connaissez ?

Le type n'est sans doute pas plus costaud que lui, mais il paraît plus impressionnant dans sa tenue. Il a les deux mains sur son arme, le canon pointé vers le sol. Pour l'instant. Il semble en proie à une excitation dangereuse et il continue d'avancer lentement vers lui, comme s'il cherchait une excuse pour se déchaîner.

Le regard de Tyron va de son visage à ses mains crispées sur la mitraillette.

— Je ne suis pas armé.

— Je vous ai posé une question.

— Oui, je les connais. Je suis capitaine dans les marines. Rendu à la vie civile il y a quelques jours. Cet homme est un ami à moi. Il a disparu tôt ce matin, et je le cherchais.

L'autre le dévisage sans ciller. Derrière lui, la troupe repart. Un policier en costume gris, qui marche à côté de Keenan, fait signe au flic de les rejoindre.

— Où est-ce que vous les emmenez ? demande Tyron.

— Vous n'êtes plus à Bagdad... *capitaine*.

L'homme tourne les talons et rattrape le convoi, qui sort par la porte principale du Reef. Sans perdre un instant, Tyron appelle Tara.

— Laisse la manif et prends ta voiture. J'ai retrouvé Marlon.

10 : 17

Flash spécial. Flash spécial.

Les mots clignotent en lettres géantes sur l'écran. Deux nouveaux morts au Reef, douze heures après l'assassinat de Norman Bashinsky et de Raymond Monk par Antoine Deco. Les journalistes se pourlèchent les babines. C'est presque trop jouissif pour qu'ils parviennent à garder leur sobriété professionnelle. Toutes les équipes qui couvraient la manifestation se sont précipitées au casino.

Sidérées, Naomi et Rosie regardent les images, avec le sentiment que le monde est devenu fou.

— Au moment où nous vous parlons, dit un reporter, nous ignorons toujours si les tirs d'aujourd'hui sont liés aux meurtres d'hier soir, mais nous savons que la police a appréhendé deux hommes.

Naomi se lève et fait les cent pas devant la fenêtre. Le bitume du parking miroite comme de l'eau au soleil. Un peu plus loin, des voitures filent dans la rue. En ville, c'est le chaos, et où est-elle ? Terrée, cachée, inutile.

— Attention, la police va sortir avec les hommes arrêtés. Nous devrions avoir une image à leur passage.

Naomi se tourne vers Rosie.

— Est-ce qu'on ne devrait pas essayer de le rappeler ?

— Quand Craig veut être seul, il vaut mieux le laisser tranquille, répond Rosie, lui adressant un bref regard.

— Et Antoine ?

Cette fois, Rosie ne quitte même pas l'écran des yeux.

— Je connais Antoine. C'est un gentil garçon. Il ne fera rien à Craig.

Naomi fronce les sourcils. Elle ne peut aller nulle part, ne peut joindre personne. Il n'y a que la télé pour lui rappeler constamment que les crises se succèdent sans discontinuer. Et elle est là à attendre que ça pète.

Un petit groupe franchit les portes étincelantes du Reef. Une unité du SWAT qui entoure des policiers en civil et…

Rosie laisse échapper un râle. Naomi se précipite vers le poste. Keenan. L'un des hommes menottés est Keenan. Inconsciemment, elle met la main sur l'épaule de sa belle-mère qui pose la sienne par-dessus.

Naomi n'écoute plus le journaliste. Dans quoi est-ce qu'il s'est encore fourré ? L'air totalement apathique, il marche d'un pas pesant vers les véhicules de police.

Naomi reconnaît Brian Fitzgerald, parlant avec animation à un homme en costume gris.

Fitz. Lui pourra l'aider.

Elle s'empare de ses clés.

— Où est-ce que tu vas ? lui demande Rosie.

— Au Reef. J'ai un truc à faire.

— Il ne sera plus là le temps que tu arrives. Ils vont l'emmener au poste.

— Je ne peux pas rester sans rien faire.

— Mais…

— Si Keenan est en prison, il ne peut pas aller chercher Craig. Moi, si.

— Non, s'il te plaît, n'y va pas !

Naomi est déjà à la porte. Sur le seuil, elle regarde derrière elle. Le visage désemparé de sa belle-mère l'arrête un instant. Elle ouvre la bouche pour parler, mais ne trouve aucun mot de réconfort. Ni pour Rosie ni pour elle.

Elle fait demi-tour. L'embrasse sur le front et la serre dans ses bras.

— Ne vous inquiétez pas, Rosie. Tout ira bien.

Puis elle s'en va et, cette fois, elle ne se retourne pas.

10 : 47

Keenan se réveille en sursaut. Sa tête le fait horriblement souffrir. Il frissonne et constate qu'il est toujours menotté quand il veut se frotter les tempes. Ses poignets et ses épaules sont douloureux. Il ne voit qu'une lumière éblouissante. Son dos est raide. Il arque la colonne en arrière et remue sur son siège, clignant des yeux. Des formes et des couleurs apparaissent peu à peu. Des rouges, des beiges et des bruns.

Il est à l'arrière d'une voiture de police banalisée. Une grille de métal le sépare de la banquette avant. La seule autre personne à bord tient le volant : Miles. Dehors, rien, hormis les montagnes et le désert. Il cherche de tous les côtés. Vegas n'est nulle part en vue, il n'y a que la route noire qui se perd à l'horizon, une fine ligne tracée au crayon dans le paysage.

Dans le rétroviseur intérieur, il croise le regard de Miles qui lève un instant les yeux vers lui, puis se concentre de nouveau sur la conduite.

Keenan veut parler mais il a la bouche trop sèche, et rien ne sort. Il avale sa salive.

— Où est-ce que vous m'emmenez ?

Encore une fois, les yeux vert délavé dans le rétroviseur.

Un frisson glacé le parcourt. Il rentre les épaules. Que se passe-t-il ?

— Vous n'allez pas me dire où on va ?

Pas de réponse.

De toute manière, il n'y a qu'une raison d'emmener un homme attaché dans le désert, et ce n'est pas pour le libérer. Mais pourquoi voudrait-il le tuer ? Puis il repense aux derniers événements : Thompkins descend Fischer, Miles débarque dans la minute avec une unité d'intervention et le regarde d'un air écœuré, comme s'il avait tout foutu en l'air. Miles travaillait avec Thompkins. Et Keenan en sait trop.

Il tire sur ses menottes, juste assez pour s'assurer que c'est une perte de temps, puis se demande s'il peut défoncer la grille à coups de pied ou s'il devrait essayer de casser une vitre. Cela dit, il est peu probable qu'il réussisse à se jeter par la fenêtre d'une voiture lancée à pleine vitesse avec les mains attachées. Et encore moins probable qu'il survive.

Il constate avec étonnement que son cœur est calme. Rien à voir avec les battements furieux dans le couloir de l'hôtel. Il aurait toutes les raisons de paniquer, mais il s'en fout. Il se fout de ce qui peut lui arriver, du moins. La vérité, il ne s'en fout pas.

— Pourquoi ? demande-t-il.

Miles reste silencieux.

— Pourquoi est-ce que Thompkins a tué Fischer ?

Pas de réponse.

— Et l'autre type, pourquoi est-ce qu'il le séquestrait ?

La voiture file sur la route, pourtant le paysage monotone paraît immobile de l'autre côté de la vitre. Et, malgré la fraîcheur qui règne dans la voiture climatisée, le sable rouge semble sur le point de s'embraser sous le soleil incandescent.

Keenan a un sursaut soudain. Il se penche vers la grille.

— Laissez-moi appeler mon père. S'il vous plaît. Deco veut sa peau. Je ne lui dirai rien. Je veux juste…

— Ce n'est pas après Craig qu'il en a.

— Quoi ?

— Deco n'a rien contre votre père.

— Comment vous pouvez en être sûr ?

— Parce que ce n'est pas Craig qui a tué Raul Deco. C'est moi.

Keenan marque une pause.

— Pourquoi ?

— Qu'est-ce que ça peut faire ?

— C'est bon, je sais où on va. Je sais ce qui va se passer. Ça m'est égal. Mais je veux savoir. Je veux savoir pourquoi. Tout. Raul Deco. Bashinsky. Terrence et Viola Shaw. Fischer et Thompkins. Cet autre type que Thompkins allait buter. Pourquoi ? Pour quelle raison foutre en l'air autant de vies ?

Miles pince les lèvres sans quitter la route des yeux. Penché en avant, Keenan attend, le visage à deux centimètres de la grille. Plusieurs minutes s'écoulent. Les montagnes brun-jaune forment un contraste saisissant avec l'azur sans nuages. Keenan s'adosse contre la banquette. Manifestement, il n'aura pas de réponse. Après tout, c'est sans doute la conclusion logique à ce putain de gâchis qu'est sa vie.

— Raul Deco était un voleur. Il a fait quelques jobs pour Bashinsky, dont un très important. Bashinsky ne voulait pas de témoin.

La voix sèche et atone de Miles le tire de sa torpeur. Il se redresse, surpris que l'autre se décide soudain à se confier.

— C'était quoi, ce job important ?

— Bashinsky bossait dans le milieu du jeu depuis un moment quand il s'est dit qu'il voudrait bien avoir un casino à lui, de préférence sur le Strip. Alors, il a présenté une fille à un vieux croulant qui en possédait un, et il a payé les gens de son entourage pour l'encourager à épouser la fille et pour le monter contre ses enfants. Le vieux a épousé la gamine et lui a légué ses parts du casino. Mais quelqu'un a dû parler, ou peut-être qu'il a mené sa propre enquête, toujours est-il qu'il a soudain rédigé un nouveau testament en faveur de ses enfants. C'est là que Raul Deco est entré en scène. Il a volé toutes les copies de ce testament. Monk et moi l'avons éliminé. Puis on s'est occupés du vieux. En se débrouillant pour que ça paraisse naturel. La fille a hérité du casino. Elle l'a vendu à Bashinsky et a été bien payée. Et Bashinsky a rasé le bâtiment pour faire construire le Reef.

Miles lève des yeux amusés vers le rétroviseur.

— Quand il voulait quelque chose, Norman Bashinsky savait y faire.

— Et les Shaw ? Qu'est-ce qu'ils venaient faire dans tout ça ?

— Comment est-ce que vous êtes au courant pour les Shaw ?

— C'est Antoine qui m'en a parlé. Je n'avais pas assez confiance en vous ni en Fischer pour vous le dire. Une des rares fois dans ma vie où j'ai pris une bonne décision.

— Ils ont reçu un avertissement. Ils auraient dû écouter.

— Pourquoi un avertissement ? Qu'est-ce qu'ils avaient fait ?

— Ils représentaient une menace.

— Les Shaw ?

— C'étaient des agitateurs. Ils donnaient une mauvaise image de nous. Et ils avaient des soutiens. Ils voulaient que les casinos paient des taxes plus élevées, qu'ils embauchent plus de gens issus des minorités. Ça ne marche pas comme ça dans cette ville. Ça ne marche pas comme ça dans ce pays.

Keenan se remémore l'enterrement. Les larmes de Tyron. Les siennes. Celles d'Antoine.

— Vous n'avez pas peur d'Antoine ?

— Je le trouverai avant qu'il me trouve.

Miles braque sans crier gare et s'engage sur une route de terre cahoteuse.

— Pas d'autres questions ? demande Miles. C'est le moment ou jamais.

— C'était quoi ce foutoir, aujourd'hui ?

— Je vous ai dit de dégager de ma scène de crime, non ? Maintenant, il faut payer.

— Pourquoi avoir tué Fischer ? Merde, pourquoi faire un truc aussi…

— Il devenait dangereux. Il fourrait son nez partout. Et, sur le long terme, Black Lives Matter, c'est pas bon pour les affaires. Marlon Joseph, l'homme que vous avez trouvé, idem. On a envoyé des faux SMS de sa part à Fischer, au sujet d'une cellule extrémiste noire. Un militant noir connu tue Fischer, puis met fin à ses jours : on se débarrasse de Fischer et on décrédibilise le mouvement. Bingo.

— Vous êtes malade. Bashinsky est mort, pourquoi continuer à protéger son business ?

Miles lui jette un regard méprisant.

— Est-ce que le Reef est mort ? Est-ce que le Strip est mort ? Les affaires sont les affaires. Ça ne s'arrête jamais. Un homme tombe, un autre prend sa place. C'est l'ordre naturel des choses.

Keenan secoue la tête, incrédule. Sa respiration s'accélère. La route contourne une petite éminence rocheuse et plonge dans une vallée entre des falaises mordorées.

— Sauf que votre plan a foiré dans les grandes largeurs. Marlon Joseph est vivant. Vous êtes fini.

— Encore faux, Quinn. Thompkins fera un coupable parfait. Grâce à vous.

— Ah oui, et vous comptez leur dire quoi pour moi ?

Keenan se penche en arrière pour donner un coup de pied dans la grille. Elle tremble mais reste en place. Il tente d'attraper son téléphone, qui a glissé à côté de lui, en vain.

— Vous arrêtez un homme, et il disparaît ? Ce n'est pas très malin.

Miles ne lève même pas les yeux.

— Je trouverai quelque chose.

— Vous allez finir en taule.

— Vous êtes naïf.

Keenan pivote et tente de frapper la fenêtre des deux pieds. La vitre ne bouge pas. Il se prépare à essayer une deuxième fois, lorsqu'ils tournent brutalement. Son crâne heurte la portière. Il se redresse et découvre qu'ils ont quitté la route de terre pour une piste à travers un terrain sableux envahi de broussailles, qui s'enfonce entre les collines. La voiture tressaute sur le sol inégal. Il regarde par le pare-brise arrière. Le nuage de poussière qu'ils soulèvent dans leur sillage masque la vue.

Les yeux fixés sur la nuque de Miles, il envisage de le supplier. Pour se reprendre aussitôt. Non. Pas question. Il ne demandera rien à une ordure pareille. Qu'il aille au diable. Avec un peu de chance, Antoine lui réglera son compte, à ce salopard. Il doit savoir que c'est lui. Ce qui veut dire que son père ne risque rien.

La voiture ralentit, puis s'arrête à l'ombre, dans une cuvette cernée de montagnes.

Miles sort. Ses grosses chaussures de cuir font craquer la terre sous ses pas. Il ouvre la portière arrière, pistolet à la main.

— Dehors.

— Je vous emmerde. Vous n'avez qu'à me tuer dans la bagnole. Débrouillez-vous pour expliquer pourquoi elle est tapissée d'éclaboussures de cervelle.

— Dehors.

— Sinon quoi ?

Miles plonge dans le véhicule. Keenan se penche en arrière, genoux pliés, et détend les jambes pour le frapper. Mais l'espace est trop exigu. Pas assez de place pour prendre de l'élan. Miles s'écarte et abat la crosse de son pistolet sur son plexus solaire exposé. Keenan étouffe un cri. Il a l'impression que c'est son âme et sa vie qui s'échappent par sa bouche. Il ne peut plus respirer. La douleur qui lui cisaille le ventre et la poitrine est intolérable. Il sent Miles le tirer hors de la voiture et se dit qu'il n'aura même pas à le descendre. Ce coup l'aura tué avant.

Il tombe dans la terre poussiéreuse, pantelant, se tordant comme un ver. Miles le traîne un peu plus loin.

Il parvient enfin à respirer une fois, deux fois, puis inspire avec l'avidité d'un homme assoiffé qui aurait trouvé une source. Concentré sur son souffle, il n'entend pas tout de suite le vrombissement d'un autre moteur. Toujours haletant, il lève les yeux. Son pistolet pointé sur lui, Miles a la tête tournée dans la direction d'où ils sont arrivés. Le bruit se rapproche. Miles se met en position de tir, tenant son arme à deux mains.

Une voiture verte hors d'âge, longue et large, apparaît au bout de la piste, soulevant des tourbillons de poussière, et fonce sur eux dans un vrombissement rageur.

Miles la vise et appuie sur la détente. La détonation fait sursauter Keenan, qui essaie de se lever mais retombe aussitôt. Sans ses mains pour amortir la chute, ses genoux, ses épaules et son visage s'écrasent violemment contre la terre sèche. Nouvelle détonation. Crachant du sable, Keenan se dévisse le cou.

La voiture franchit une bosse et décolle de trente centimètres, mais ne s'arrête pas. Miles vide son chargeur sur le pare-brise qui vole en éclats. Keenan rampe tant bien que mal pour s'écarter de la trajectoire de la voiture.

L'énorme bolide rugissant est presque sur eux.

Miles fait feu une dernière fois. Keenan se recroqueville.

10 : 48

La voiture de tante Trudy doit bien aller sur ses vingt ans. Une antiquité, mais solide et parfaitement entretenue. Tyron fonce sur la route déserte qui s'étire devant lui. Tara et Ricky sont beaucoup plus loin devant. Mener une filature alternée est l'un des quelques trucs utiles qu'il a appris au Moyen-Orient. Son téléphone est dans le porte-gobelet, réglé sur haut-parleur. Tara et Ricky le tiennent régulièrement informé de ce qui se passe, et il leur transmet ses ordres.

Quand il les a appelés depuis le Reef, ils ont pris un taxi jusqu'au parking du Convention Center pour récupérer la voiture de Tara et rejoindre Las Vegas Boulevard. De son côté, Tyron attendait que les flics embarquent Marlon et Keenan. C'était la cohue devant le casino. Les autorités tentaient d'éloigner la foule et la presse. Une discussion animée opposait un policier barbu et un grand type plus âgé en costume gris qui avait l'air de diriger l'opération. L'objet de leur dispute semblait être Keenan, car le plus jeune le montrait du doigt avec insistance. Étant donné le chaos, il avait fallu un moment avant qu'on puisse emmener Marlon et Keenan, ce qui avait donné à Tara et Ricky le temps de se positionner. Marlon était monté à l'arrière d'un fourgon de police, tandis que le grand maigre embarquait Keenan dans une voiture banalisée. Tyron avait hésité un instant : qui suivre ? Puis il s'était souvenu que Marlon lui avait dit de veiller sur Keenan. Il avait transmis la couleur, le modèle et le numéro d'immatriculation à Tara et Ricky, qui avaient pris le véhicule en filature. Lui-même avait ensuite pris un taxi jusqu'au Convention Center, où tante Trudy l'attendait avec les clés de sa voiture. Elle voulait l'accompagner mais, lorsque Ricky avait dit à Tyron que la voiture fonçait vers le désert au lieu d'aller au poste, il avait refusé.

À présent, il se félicite de sa décision.

La voix de Ricky retentit dans l'habitacle.

— Ty, ils ont pris une route de terre.

— Où ça ?

— Tu vas bientôt passer devant. Il y a un gros rocher gris à l'intersection. Et nous, qu'est-ce qu'on fait ? On fait demi-tour ?

Il écrase l'accélérateur, et la voiture bondit en avant. Son pouls est régulier.

— Continuez pendant encore une minute, puis revenez sur vos pas. Garez-vous à l'entrée du chemin. Attendez mes instructions. Je raccroche.

Il prend le téléphone, coupe la communication et le laisse tomber sur le siège passager. Maintenant, c'est à lui de jouer.

Ralentissant à peine, il prend le chemin indiqué par Ricky, faisant jaillir une gerbe de graviers sous ses pneus. La voiture est plus fiable qu'il n'osait l'espérer.

Il roule à fond de train sur le sol raboteux, les deux bras tendus pour maintenir le volant droit, le visage crispé par l'effort. Mais il est récompensé. Devant lui, un ruban de poussière se dirige vers des collines. Il accélère encore, gagnant du terrain sur le nuage de sable.

Il s'enfonce dans l'ombre d'une vallée, comme un requin pourchassant un sillage de sang qui s'évapore à mesure qu'il l'aspire. Il ne peut pas ralentir, ne peut pas se reposer un instant, seulement continuer la chasse. La traînée laissée par sa proie quitte brusquement la route, et il fait une embardée pour la suivre. L'odeur du sang emplit ses narines. Celle de la transpiration aussi. Des gouttes de sueur coulent sur son visage et le long de ses bras.

Il contourne un repli rocheux et, de l'autre côté, il aperçoit ce qu'il cherchait : une voiture garée et deux hommes, le premier à genoux, le second debout avec une arme.

Une balle part. Elle transperce le pare-brise avec un hurlement. Tyron ne dévie pas.

Les tirs se succèdent rapidement. Une bonne gâchette : la vitre est criblée de trous. Tyron se tasse sur son siège. La voiture passe sur une bosse et s'envole. Avant d'atterrir avec un crissement strident. Les roues menacent de déraper. Il se cabre pour les maintenir droites. Ne percute pas Keenan, se dit-il.

Le pare-brise explose d'un seul coup. Des bris de verre pleuvent sur lui. Il y est presque. Encore quelques secondes.

Keenan est trop proche. Beaucoup trop proche.

Et le type qui le canarde l'a dans le viseur. Le temps s'arrête, comme à Bagdad.

C'est celle-là. La balle sur laquelle ton nom est inscrit. Et, ici, il n'y a pas de sniper pour te sauver.

Il se couche sur le volant. Une détonation, un sifflement tout proche de son oreille, une entaille sur sa pommette. Il ne bronche pas et continue sa course.

L'homme fait un bond de côté pour ne pas être fauché, mais Tyron braque à fond.

Le crissement du métal et le bruit mat de la chair. Un autre craquement tandis que le corps disparaît sous les roues.

Il écrase le frein. La voiture ripe avant de s'immobiliser.

Déclic de la ceinture. Portière. Course.

Keenan est par terre. Il est en train de vomir, il est couvert de sable mais apparemment indemne. Le tireur a atterri à côté, ses membres formant des angles contre nature. Tyron se laisse tomber à genoux et vérifie que Keenan n'est pas blessé. Il ne crache plus que de la bile et bientôt plus rien, même si son corps est toujours secoué de spasmes.

— Cette bosse, ça vient d'arriver ? demande Tyron, tâtant la boule à l'arrière de la tête de Keenan.

— La nuit dernière, bafouille-t-il.

Tyron l'aide à se mettre à genoux.

— Ça va aller, dit-il en souriant.

Les paupières lourdes, presque closes, Keenan s'effondre contre lui.

Tyron l'étreint. Le soutient.

— J'ai cru qu'on t'avait perdu, mon frère.

— J'étais pas loin de le croire aussi.

— Tu penses que tu peux tenir debout ?

— Je crois, oui. Mais… reste à côté de moi.

Il l'aide à se lever et passe un bras autour de ses épaules.

— Naomi me quitte… Je sais pas pourquoi je te dis ça maintenant, balbutie Keenan en secouant la tête.

— Je suis désolé pour toi.

Keenan le regarde. Ses yeux à présent grands ouverts s'embuent.

— Tu m'as sauvé la vie. Après tout ce que j'ai fait, tu m'as sauvé la vie, bredouille-t-il, le visage ruisselant de larmes.

Tyron le serre dans ses bras et le lâche délicatement.

— Je vais t'enlever ces menottes. Il a les clés sur lui, tu penses ?

— Aucune idée.

Ensemble, ils contemplent le corps.

— C'est lui qui a tué tes parents, lâche soudain Keenan.

— Lui ?

— Il me l'a dit dans la voiture.

— Il a expliqué pourquoi ?

— Des raisons politiques…

Keenan soupire.

— Pardon. Je vais tout te raconter. Mais il faut d'abord que j'appelle mon père. Je veux être sûr qu'il va bien. Et le rassurer à propos d'Antoine. Tu crois que tu peux m'enlever les menottes ?

Les yeux sur l'homme qui gît dans la poussière, Tyron se dit qu'il devrait être en état de choc. Le meurtrier de ses parents, mort devant lui. Mais il est en mode commando. L'information est enregistrée dans un coin de son cerveau pour plus tard. La mission d'abord.

Il s'accroupit pour fouiller ses poches. Récupère les clés. En se redressant, il remarque que l'arme est tombée un peu plus loin. Il n'y touche pas – il n'est pas idiot au point de mettre ses empreintes digitales dessus.

Les menottes s'ouvrent. Keenan se masse les poignets, puis il se dirige d'un pas hésitant vers la voiture pour attraper son téléphone sur le siège arrière.

Tyron lève les yeux vers les pics brûlés par le soleil au-dessus d'eux, puis regarde Keenan, portable à l'oreille. Il voit le soulagement sur son visage.

— Papa, dit-il. Dieu soit loué !

10 : 49

Antoine surveille la ruelle derrière le bar depuis la banquette d'une petite voiture grise aux vitres teintées. Carlos est assis au volant. Ils ne parlent pas. De temps en temps, Antoine jette un coup d'œil à l'écran de son téléphone. Un de ses hommes est à l'intérieur de l'établissement.

Antoine est devenu une légende chez les Latin Knights. Il les a mis sur le devant de la scène en sidérant le monde de la boxe, puis en assassinant un milliardaire. Et il les a rendus riches : il les a poussés à parier un maximum d'argent sur lui. Lui aussi a empoché le pactole. Il avait misé jusqu'à son dernier dollar. Tout ce qu'il a pu emprunter et son cachet : il avait négocié pour être payé un peu moins, mais avec une plus grosse avance. Carlos avait tout placé sur lui. Soit il battait Konitsyn et tuait Bashinsky, soit c'était sa vie entière qui était un échec.

Il aura largement de quoi vivre comme un roi au Venezuela. Ou en Bolivie. Non pas que vivre comme un roi fasse partie de ses priorités. Ni même qu'il se soucie de franchir la frontière et de prendre un avion pour Caracas à Mexico. Qu'ils l'arrêtent. Qu'ils le jettent en prison ou qu'ils l'abattent, peu importe, tant qu'il termine ce qu'il a commencé. C'est tout ce qui compte. Et il est tout proche du but.

De toute manière, il sait qu'il quittera ce pays, ce pays qui n'a jamais été le sien alors qu'il y a passé toute sa vie. Il ne s'inquiète pas. Ses hommes savent ce qu'ils font et ils sont prêts à se sacrifier pour lui.

Son écran s'allume.

Ahora, dit le message.

Il regarde Carlos, qui hoche la tête. Antoine descend de la voiture.

Il traverse, la démarche raide, et s'engouffre dans la ruelle, une casquette de base-ball enfoncée jusqu'aux sourcils, des lunettes de soleil dissimulant ses yeux contusionnés et injectés de sang. Si on fait abstraction des bleus sur ses phalanges, avec sa chemise blanche parfaitement repassée et son pantalon noir, il ressemble à n'importe quel Latino en route pour aller débarrasser des tables, laver la vaisselle ou frotter le sol. La porte verrouillée à l'arrière du bar s'ouvre. Tulio, son comparse, lui fait signe. Large d'épaules, dénué d'expression, il a les cheveux rasés et un bouc. Antoine entre sans un mot. Tulio referme derrière lui.

Antoine retire ses lunettes. Ils longent un couloir, dépassent une réserve, et il entend l'animation des cuisines un peu plus loin. Quelques pas seulement le séparent des toilettes pour hommes. Du coin de l'œil, il voit Tulio repartir en direction de la salle.

Les toilettes mal éclairées au carrelage crasseux comptent quatre urinoirs et deux W-C. Il n'y a personne, Tulio a vérifié. Il se dirige vers le box le plus éloigné de la porte d'entrée et s'y enferme. Il baisse l'abattant, s'assied, remonte la jambe de son pantalon et tire un couteau de l'étui à sa cheville. Puis il rajuste son pantalon sur sa chaussure. Il sort de sa poche son téléphone qu'il garde dans la main gauche.

Il est parfaitement calme. Ces dernières vingt-quatre heures ont vidé ses réserves d'adrénaline.

Son portable s'illumine.

Vienen 2. No es el.

Trente secondes plus tard, Antoine entend la porte grincer. Les pas de deux hommes. L'urine qui éclabousse la porcelaine. Quelques mots échangés, des rires. L'un des deux pète. La porte gémit de nouveau, puis se referme doucement.

Il attend.

Il se demande s'il aurait pu agir différemment. Pas aujourd'hui ni hier – il a exécuté son plan à la lettre –, mais il y a vingt ans. Aurait-il pu faire autrement, il y a vingt ans ? Emprunter un autre chemin ?

Mais comment est-ce que j'aurais survécu sans ce but pour tenir ? se dit-il. Mille fois, j'aurais été brisé.

De toute manière, peu importe, à présent. Ce qui est fait est fait. Le reste appartient au passé.

Pourtant, il a essayé. Même après la mort des parents de Tyron. Il aspirait à une vie normale. Il était prêt à renoncer à sa mission.

Viene otro. No es el.

Mais la vie normale ne voulait pas de lui. Personne ne voulait de lui. Pas avant que, à force de travail, il se transforme en quelqu'un dont on pouvait tirer profit. Un soldat pour un gang. Un champion pour les hommes d'affaires. Un portefeuille pour les femmes. Et, à ce moment-là, il était trop tard. Il n'était plus question de faire demi-tour.

La porte s'ouvre. Des pas. Le client entre dans le compartiment à côté du sien et s'assied avec un profond soupir. Sous la cloison, Antoine voit ses chaussures marron et son pantalon qui tirebouchonne. Il subit les bruits de son transit intestinal. Et son odeur. L'homme n'arrête pas de souffler, comme si c'était une activité épuisante.

Magne-toi, *hombre*. Je ne veux pas de témoin.

La puanteur est telle, ses soupirs si insupportables, qu'Antoine espère presque que sa cible aura besoin de se soulager avant que ce *pendejo* ait terminé. La mort la plus humiliante qui soit. Ça lui apprendra, à ce pédé.

Mais l'homme finit par tirer la chasse, et la porte grince derrière lui.

Antoine attend toujours.

Quel intérêt si les gens se soucient de toi uniquement parce que tu leur es utile ? Aucun. Ça n'a aucun intérêt. Ils n'en ont rien à foutre. Ce qu'ils aiment, c'est ce que tu peux faire pour eux. Et ils te laisseront tomber dès que tu ne leur serviras plus à rien.

J'ai fait le bon choix.

Ya viene. Solo.

Sa main se crispe sur le manche du couteau.

Quelqu'un entre. Des pas lourds sur le carrelage. Antoine se lève lentement, tourne le verrou. Il entend le jet qui éclabousse l'urinoir. Il tire la porte vers l'intérieur. Sans un bruit.

Dans le miroir, il voit un homme, grand, la tête baissée. Il pisse toujours.

Antoine prend son temps. Ce type a trop bu de bière.

Les pieds d'un boxeur doivent être légers. Ceux d'un meurtrier encore plus. Il s'approche, aussi silencieux qu'un python se laissant glisser d'un arbre.

Le jet s'affaiblit.

Antoine tire la tête de l'homme en arrière. Enfonce le couteau dans la gorge. Tranche le larynx. Le sang éclabousse les graffitis au-dessus de l'urinoir.

Il retire la lame et le poignarde quatre, cinq, six fois dans le ventre. L'homme gargouille et tente de porter une main à son cou béant, à ses intestins troués, en vain. Antoine le couche par terre. Il se tient au-dessus de lui, tandis que la flaque à ses pieds se transforme en mare.

Il fixe les yeux exorbités et attend qu'ils le reconnaissent. Il y lit la surprise. L'horreur avant la mort.

Le regard se voile. Le sang coule toujours.

Antoine laisse tomber le couteau et se lave les mains. Alors qu'il se savonne, il entend un téléphone sonner. Il se retourne. Ça vient du corps. La mare couvre la moitié du sol à présent. Antoine marche dedans et s'accroupit pour prendre l'appareil dans la poche du mort.

Il regarde l'écran. *Keenan*, lit-il.

Il se relève. Décroche. Plaque le portable contre son oreille tout en se dirigeant vers la porte.

— Papa. Dieu soit loué.

Tulio monte la garde devant les toilettes. Il le guide jusqu'à la sortie.

— Papa. Papa, tu es là ?

Ils sortent dans la lumière crue du soleil. Carlos les attend dans la voiture toujours garée dans la rue. Ils grimpent. La voiture démarre.

— Papa ? Papa ?

— Il ne peut pas répondre.

10 : 55

La voiture de Naomi file le long des avenues désertes.

Puisque Keenan a été arrêté, elle trouvera Craig à sa place. Et elle le mettra à l'abri. Elle doute qu'Antoine lui veuille réellement du mal, mais ça rassurera Keenan. Quels que soient leurs problèmes, il compte pour elle.

Le laïus qu'elle a fait à ses joueuses dans le vestiaire après le match lui revient confusément en mémoire. Est-ce que c'était vraiment hier ? Pas il y a un mois ? Un an ? Peut-être dans une autre vie, car tout a changé depuis. Elle qui rêvait de les voir tous les quatre réunis, jamais elle n'aurait imaginé qu'ils formaient les ingrédients d'un mélange hautement inflammable qui embraserait la ville, n'épargnant aucun d'eux. Et la journée est loin d'être finie. Elle préfère ne pas penser à ce qui les attend.

Elle passe d'abord chez Craig et Rosie. Personne ne semble être venu depuis qu'ils sont partis en début de matinée. Puis elle se souvient du bar où ils vont parfois regarder le football américain, le dimanche après-midi. Il y a toujours des serveuses légèrement vêtues. Craig flirte lourdement avec elles, et elles le taquinent. Parce que c'est un habitué, et aussi parce que c'est Vegas.

Stressé, en mal de réconfort, il a pu aller y faire un tour, même si ce n'est pas la saison du foot.

Elle se gare juste devant la porte, sans se soucier des panneaux de stationnement interdit. Elle est accueillie par une bouffée d'air brûlant lorsqu'elle descend de voiture, puis par une bouffée d'air climatisé à l'intérieur. Le bar est grand, avec des écrans plats qui diffusent des chaînes de sport, et c'est assez animé. Des gens engouffrent de copieux petits déjeuners : œufs, saucisses, bacon, jambon, frites maison qu'on fait glisser avec des pintes de bière.

— Excusez-moi, je cherche Craig, un homme d'un certain âge, très grand. Vous ne l'auriez pas vu ?

L'hôtesse à l'entrée lui fait signe que non et regarde la salle sans conviction. Naomi passe devant elle.

Elle scrute chaque table, en vain. Elle s'approche alors d'une barmaid.

— Vous n'auriez pas vu un homme, grand, les cheveux gris ? Il s'appelle Craig, ça vous dit quelque chose ?

Elle hoche la tête.

— Il était assis juste là, dit-elle, indiquant un tabouret au comptoir avec un verre de bière à moitié plein devant. Je pense qu'il est allé aux toilettes.

Naomi se dirige vers le fond du bar et tourne à droite dans un couloir sombre. À l'autre bout, quelqu'un sort. La lumière qui pénètre par l'embrasure l'éblouit, et elle distingue une silhouette noire, un téléphone à l'oreille. La porte se referme avec un déclic. Naomi s'immobilise. Ce n'était qu'un dos à contre-jour, mais on aurait dit…

Elle pique un sprint jusqu'aux toilettes. Pousse la porte, fait deux pas et se fige. Le sol est trempé de sang. Elle étouffe un cri. Craig a les yeux vitreux. Le sang s'échappe à gros bouillons de sa gorge et coule de son ventre. On dirait que le flot ne peut pas s'arrêter. Ses larmes jaillissent comme si on avait ouvert une vanne. Elle n'a jamais rien vu de pareil.

Il lui faut quelques secondes pour réaliser que c'était bien Antoine dans le couloir. En train de fuir. Elle se lance à sa poursuite, sortant le pistolet de l'étui qu'elle avait caché sous sa chemise, dans son dos. Elle passe une porte, puis une autre. Une vague de lumière et de chaleur se déverse sur elle. Éblouie, elle s'immobilise le temps de retrouver la vue. Au bout de la ruelle, une voiture tourne à droite.

Elle s'élance et, comme une coureuse se détachant du peloton, franchit les quelques mètres qui la séparent du croisement. Trop tard, la voiture a déjà atteint l'intersection suivante et bifurque sur l'avenue. Elle se campe sur ses pieds et lève le pistolet, le tenant à deux mains. Son doigt se pose sur la détente. Mais Antoine est trop loin. Une seconde plus tard, il a disparu. Elle baisse son arme. Remet la sûreté.

Mon Dieu, Antoine. Qu'est-ce que tu as fait ?

12

11 : 00

Keenan trébuche sur une pierre. Il a la tête qui tourne. Les montagnes tourbillonnent.

— Antoine ? C'est toi ?

— Oui.

— Où est mon père ?

Tyron le regarde comme s'il voulait le sauver de ça aussi. Keenan se détourne pour faire face aux reliefs arides et déchiquetés.

— Où est-il ?

— C'est fini.

— Non.

Keenan secoue la tête. Il a les yeux qui brûlent.

— Non, non, non, non. Où est-ce qu'il est ?

— Il est mort. J'y ai veillé personnellement.

Il sent venir les larmes. Il ferme les paupières, et elles se mettent à couler.

— Ce n'était pas lui, proteste-t-il, ravalant un sanglot. Ce n'était pas lui. C'était Miles.

Son visage se convulse.

— Tu m'entends, salopard ?

Les montagnes lui renvoient son écho.

— Ce n'était pas lui ! Miles a tout avoué, espèce d'ordure ! C'est lui. C'est lui qui a tué ton père !

— Miles t'a fait des aveux ?

Keenan tombe à genoux.

— Salopard ! Ordure !

— Où est Miles ?

— Il est mort. Tyron l'a tué. Espèce de psychopathe… mon père… il n'a rien fait.

Les sanglots le submergent.

— Tu t'es trompé. Ce n'était pas lui.

— Je sais.

Keenan entend crisser la terre et relève la tête. Tyron l'a rejoint. Il lui tourne le dos, incapable de supporter son regard.

— Quoi ? Qu'est-ce que tu dis ?

— Je savais pour Miles.

Il se redresse.

— Hein ?

— Je sais que c'est Miles qui a tué mon père. Avec Monk. Sur les ordres de Bashinsky. Mes parents adoptifs aussi. Je le savais.

— Tu savais ? balbutie Keenan, grimpant de quelques pas sur la pente. Espèce de sale… espèce de malade… Je sais même pas comment on appelle les gens comme toi. Pourquoi ? Pourquoi mon père ?

— Tu aurais pu le sauver.

— Va te faire foutre.

— Tu aurais pu le sauver quand on avait seize ans.

— Quand on avait seize ans ? Tu es complètement fou. Tu t'entends ? C'est quoi ton problème ?

— Vous avez pris Tyron, ma seule famille, et vous m'avez jeté. Ton père m'a jeté. Tu m'as jeté. Tu aurais pu m'aider. Mais tu n'as pas fait le bon choix.

Keenan hurle, le corps entier contracté. Ses cris résonnent entre les montagnes.

— Je vais te tuer ! Je vais te tuer, espèce de salaud !

— Tu ne me reverras jamais.

— Pauvre merde ! Tu étais prêt à épargner Miles et tu assassines mon père ?

— J'avais des hommes en planque devant chez Miles depuis la nuit dernière. S'il rentrait, il était mort. Mais merci... Tyron et toi, vous avez fait le sale boulot à ma place. Au revoir, Keenan. Maintenant, tu vas savoir ce que ça fait de vivre sans son père.

La communication est coupée.

Keenan se laisse tomber par terre, le visage dans les mains.

11 : 19

Un temps de retard. Comme sur le terrain de basket. Toujours un temps de retard.

La police interroge Naomi. Elle répond, tant qu'il s'agit des faits. Elle est arrivée au bar ; elle a aperçu Antoine au bout du couloir ; elle est entrée dans les toilettes, a découvert le corps, le sang ; elle s'est lancée à sa poursuite.

— Quel genre de voiture ?

— Grise. Petite.

— Quelle marque ?

— Je ne sais pas.

— Plaque d'immatriculation ?

— Je n'ai pas eu le temps de la voir.

— Pourquoi a-t-il fait ça, à votre avis ?

Elle ne peut pas répondre aux questions plus profondes, au pourquoi. Keenan lui a demandé de ne raconter à personne la conversation qu'il a eue avec Antoine sur le parking. Alors, elle ne répète pas aux inspecteurs ce qu'Antoine a dit au sujet de la mort de son père. De sa vengeance. Elle se dit que Keenan est au poste, qu'il parlera quand il sera prêt. De toute manière, ça ne suffirait pas à expliquer comment Antoine a pu faire une chose pareille. Il faudrait qu'elle reprenne leur histoire à tous les quatre depuis le début pour essayer de comprendre ce qui s'est passé au cours de ces dernières vingt-quatre heures. Elle n'en a ni l'envie ni la force. Surtout face à des inconnus.

Enfin, la police la laisse tranquille. Elle sort et s'assied au bord du trottoir, devant le bar, incapable de rester dans le même bâtiment que ce cadavre qui n'en finit pas de se vider de son sang. Mais c'est Rosie qui lui a fait le plus de peine. Elle s'est effondrée au téléphone.

Naomi a su que Craig était mort à l'instant où elle l'a vu. Et elle s'est lancée à la poursuite d'Antoine. Si elle lui avait couru après tout de suite, quand elle avait cru l'apercevoir au bout du couloir, elle l'aurait rattrapé. Aurait-il essayé de la tuer, elle aussi ?

Je l'ai abandonné, pense-t-elle. À l'époque, il n'était pas un monstre. Je n'aurais pas dû l'écouter quand il m'a demandé d'arrêter de lui rendre visite en prison.

Mais est-ce que ça aurait suffi ? Comment sauve-t-on quelqu'un des horreurs qu'il a vécues ? Comment sauve-t-on quelqu'un malgré lui ?

Il faut toujours essayer, se reprend-elle.

Elle repense au temps où ils étaient adolescents. Elle aimerait pouvoir dire : comment aurions-nous pu savoir ? Mais, en réalité, ils savaient. Tous les trois voyaient bien que quelque chose le rongeait. Et ils l'avaient laissé se débrouiller seul. Ils étaient trop préoccupés par leurs ambitions personnelles.

Elle étouffe un rire amer en songeant à ce qu'ils ont fait de leur vie.

Tout ça pour ça ?

Elle baisse la tête. Se passe les mains dans les cheveux. Elle pourrait pleurer si elle n'avait pas déjà versé toutes les larmes de son corps.

Soudain, elle revoit les visages rayonnants des filles de l'équipe après le match. Pendant un instant, elle ne pense plus qu'à leur exubérance radieuse. Et elle sourit, en dépit de tout ce qui s'est passé depuis la veille.

Tu ne serais pas coach aujourd'hui si tu n'avais pas tant voulu être une championne.

Elle se lève. Fait les cent pas comme si c'était la dernière période et qu'elle encourageait ses joueuses au bord du terrain.

Elle a perdu Antoine. C'est sûr. Le garçon qu'elle connaissait ne reviendra pas, et c'est pire que s'il était mort. Mais elle est vivante. Elle est là. Et elle ne perdra ni Tyron ni Keenan. Elle ne les divisera plus. Elle sera toujours là pour les soutenir dans les moments difficiles. Et ils seront là pour elle. Simplement, elle ne sera plus jamais avec l'un ni avec l'autre. C'est fini. Ils sont ses frères, sa famille. C'est une évidence. Elle restera seule. Paradoxalement, elle est certaine qu'elle se sentira mieux, aussi certaine que de la chaleur du soleil sur sa peau.

Son téléphone sonne.

— Salut, Tyron.

— Naomi.

Sa voix est grave. Il a dû se passer quelque chose.

— Qu'est-ce qu'il y a ?

— Je suis dans le désert. Avec Keenan.

— Comment ça ?

Elle écoute. Les crimes et la mort de l'inspecteur Miles. La conversation téléphonique entre Antoine et Keenan. La fusillade au Reef. Lorsqu'il a terminé, elle lui raconte ce qu'elle sait.

— Alors, Antoine disait la vérité. J'espérais encore qu'il avait menti, pour Craig.

— C'est ma faute, Ty. J'ai promis à Keenan que je protégerais son père. Il est mort à cause de moi.

— Ne raconte pas n'importe quoi. Tu n'y es pour rien. Antoine a fait ses choix. Ce qui lui est arrivé n'excuse rien.

— On n'aurait jamais dû le laisser tomber. Il avait besoin d'une famille, et on était les seuls à pouvoir jouer ce rôle.

— Je me suis dit la même chose. Mais on avait nos propres problèmes. Aujourd'hui, oui, on aurait pu l'aider. En revanche, à l'époque ? On n'était pas prêts pour ça.

— Donc, il savait que Craig n'avait rien à voir avec le meurtre de son père. Ni avec celui de tes parents. Il le savait et il l'a tué.

— C'est ça.

Il lui faut un moment pour digérer ça. Une telle férocité, une telle soif de vengeance.

— Comment ça se fait que tu ne sois pas devenu comme lui, Ty ? Tes parents ont été assassinés quand tu étais gamin aussi. Comment ça se fait que tu n'aies pas envie de te venger ?

Un silence.

— Je ne sais pas trop, dit-il enfin. En tout cas, ce n'est pas parce que je suis meilleur que lui, ça, j'en suis sûr. Antoine était plus jeune quand il a perdu son père. J'ai profité de mes parents plus longtemps, et c'étaient des gens bien.

Il s'interrompt.

— Et puis les parents de Keenan m'ont accueilli chez eux. Alors qu'il s'est retrouvé seul.

Naomi l'entend dans sa voix : il se sent coupable.

— Toi aussi, Ty. Tu es quelqu'un de bien. Tu l'as toujours été.

— Merci, Naomi.

— Comment va Key ?

— Mal.

— Je devrais être avec lui. Vous rentrez à Vegas ?

— On reste encore un peu. Key dit qu'il vaut mieux pas quitter la scène de crime avant l'arrivée de la police. Pour expliquer ce qui s'est passé. Il m'a demandé d'appeler un ami flic. Fitzgerald. Il est en route.

— Fitz, je le connais. Sa femme aime un peu trop flirter à mon goût, mais il est fiable. On peut compter sur lui.

Ils restent silencieux quelques instants, chacun rasséréné par la présence de l'autre au bout du fil. Naomi s'éloigne un peu du bar, autour duquel s'agitent des policiers, des ambulanciers, des témoins et des badauds.

— Naomi.

— Oui ?

— Pour nous deux…

— Oui ?

— Que tu quittes Keenan ou non, il t'aime. Je ne peux pas…

Elle rit. Rien de joyeux, juste une tension qui se relâche.

— Moi non plus. Vous êtes ma famille. Toi, Keenan. Je le sais, maintenant.

— C'est bien.

Elle a l'impression qu'il va ajouter quelque chose, mais il se contente de répéter :

— C'est bien.

Ça suffit à Naomi.

11 : 28

Tyron regarde son téléphone. Il prend une grande inspiration. Puis le range.

Il se tourne vers Tara et Ricky – il les a appelés après avoir parlé à Fitzgerald. Pour une fois, Ricky est sans voix. Tara, qui n'est pas du genre démonstratif, a l'air calme, mais il la sent sur ses gardes. Il le voit à la crispation de sa mâchoire.

Hypnotisé par le corps, Ricky tend la main à Tara. Elle l'examine, réfléchit, puis la prend dans la sienne. Leurs regards se croisent. Ils échangent un bref sourire, puis se détournent, de peur de gâcher le moment en attirant l'attention dessus. Mais ils ne se lâchent pas la main. Tyron est content pour eux.

Keenan n'est nulle part en vue. Il doit s'être mis à l'écart, de l'autre côté de la colline. Il a probablement besoin d'être seul.

Tyron suit les traces de pneus jusqu'à la voiture de tante Trudy, ce qui l'oblige à passer à côté du corps. Ça ne lui fait ni chaud ni froid. Il se sent peut-être même plus calme lorsqu'il regarde ses membres tordus, ses vêtements déchirés, son visage ensanglanté. Celui-là n'était pas un civil, bien que son uniforme se trouve dans un placard et son arme dans les mains d'un autre. Il fait le tour de la voiture pour inspecter le capot maculé de sang et le pare-chocs enfoncé. Il paiera les réparations. Ou peut-être qu'il achètera une nouvelle voiture à tante Trudy.

Il sait qu'il y aura des poursuites. Même avec l'ami flic de Keenan de leur côté, on ne laisse pas quelqu'un qui a écrasé un policier décoré s'en tirer comme ça.

Cette perspective ne le perturbe pas outre mesure. L'adversité, le danger, la mort : il est équipé pour ça. Il s'est construit pour y faire face.

Marlon avait raison, songe-t-il. Je peux me rendre utile. Tout le monde n'est pas capable de garder la tête froide quand ça part en vrille.

Mais plus question de me battre et de tuer au service d'hommes pour qui il ne me viendrait jamais à l'idée de voter. Plus question de me battre pour des intérêts économiques dont je ne profiterai jamais. Plus question de me battre contre des gens privés de tout. Je décide contre qui je me bats. Et pour qui.

La chaleur est impitoyable. Une brise légère lui apporte un répit salutaire. Le vent est frais sur sa joue. Il a un petit sourire. Peut-être que je suis à ma place dans le désert, après tout. Dans quel autre endroit le vent lui paraîtrait-il aussi agréable ?

— Ty ? demande Tara. Où est Keenan ?

— Je crois qu'il a grimpé par là, dit-il en se retournant.

— Tu devrais aller voir ce qu'il fait, non ?

— Pourquoi ?

— Juste au cas où.

— Son père vient d'être tué, renchérit Ricky. C'est le genre de truc qui pourrait faire basculer n'importe qui. Pardon, dit-il en levant les yeux vers la colline. C'est nul. J'ai pas fait exprès.

Tyron suit son regard. Le suicide ? Il n'avait pas pensé à ça.

— Vous croyez ?

Tara hausse les épaules.

— La matinée a été éprouvante pour tout le monde. Il ne devrait pas rester seul. Pas là-haut. Va le chercher, Ty. Il a besoin de toi.

Tyron part à petites foulées. La pente n'est pas très raide. Pas un instant il n'a songé au suicide. Mais, à présent que Tara lui a mis cette idée en tête, il sent son pouls accélérer. Il revoit Keenan sangloter à genoux et gratter la terre avec les ongles. Finalement, ce ne serait pas si surprenant.

Il escalade des rochers et continue sur une piste tortueuse qui monte en lacets entre des épineux. Au-dessous de lui, c'est le vide, un vaste océan brun-rouge qui s'étend jusqu'à l'horizon, uniquement interrompu par un sommet ici ou là. La sueur plaque sa chemise contre son dos. Il s'arrête, prend une profonde inspiration et lève la tête. Keenan est là, un peu plus haut, debout sur une saillie.

— Key !

Il se tourne vers lui.

— Attends, j'arrive.

Tyron bondit sur le sentier caillouteux.

11 : 49

Keenan sait qu'il aurait dix fois le temps de sauter avant que Tyron le rejoigne. Ce serait une longue chute, puis le sable et les rochers. Une belle vue, songe-t-il. La sensation de fendre l'air. La mort avant d'avoir réalisé quoi que ce soit.

— Key !

Il ne se lassera donc jamais d'essayer de le sauver ? Ce mec est infatigable. Et il faut reconnaître que ça fait du bien.

Il a beaucoup appris au cours de ces dernières vingt-quatre heures. Il a appris que le monde est sans pitié quand on n'est pas au sommet. Mais il a aussi découvert qu'il est capable de le supporter. De supporter ses échecs et ceux des autres. Une souffrance qu'il n'imaginait même pas. La perte. Et surtout, il a appris que semer la mort ne résout rien. Cela fait plus de morts, c'est tout. Ça ne ramènera pas Raul Deco, ni Terrence ni Viola. Ça ne ramènera pas Craig Quinn.

Tyron est à quelques mètres. C'est maintenant ou jamais. Il se penche en avant, contemple l'à-pic. Ferme les yeux.

Ça ne ramènera pas Reggie Harrison. Ça ne le ramènera pas.

— Key !

Ses paupières se rouvrent.

Tyron escalade la corniche, hors d'haleine.

— Ça va ?

Keenan l'aide à le rejoindre.

— Non, pas vraiment. Mais je ne vais pas sauter, si c'est ce que tu crois.

— Non, je n'ai pas… C'est ma cousine, elle…

Keenan secoue la tête. Il regarde en bas.

Le désert se brouille à travers ses larmes. Il sent la main solide de Tyron sur son épaule et se tourne vers lui, reconnaissant.

— On est condamné à vivre avec nos erreurs, je suppose ?

— Oui. Mais ça ne nous empêche pas de faire au mieux pendant le temps qui nous reste.

Keenan ne répond pas. Enfin, il hoche la tête.

— Allons-y. Je suis prêt.

Tyron sourit.

— Moi aussi.

Ils entament la redescente.

11 : 56

Assis à l'arrière d'une voiture aux vitres teintées dotée d'une plaque d'immatriculation neuve, Antoine file vers la Californie et le Pacifique. Un de ses hommes conduit, et Carlos est sur le siège passager. Il montera avec lui à bord du bateau qui l'emmènera au Mexique, puis dans l'avion à destination du Venezuela, et restera sans doute à ses côtés pendant longtemps. Un allié loyal. Un employé efficace. Un soldat téméraire. Pas un ami, cependant. Et encore moins un frère. Antoine n'a besoin ni de l'un ni de l'autre.

Il en est arrivé à un stade de sa vie où il se sent mieux seul. Plus fort. Les êtres humains sont des instruments dont on peut se servir, et nul ne lui est plus précieux que Carlos, mais tous sont remplaçables. On n'a que l'embarras du choix. C'est ce qu'il n'a pas su comprendre enfant. Un être disparaît, eh bien, on en trouve un autre. Tous remplaçables, tous interchangeables.

Les hommes qu'il a tués sont remplaçables. C'est évident. Ils ne manqueront à personne. Et ceux qui les regrettent sont des imbéciles. C'était leur destin.

J'ai trente-deux ans et j'ai accompli l'œuvre de ma vie, songe-t-il. Alors, que vas-tu faire, maintenant, Antoine Deco ? J'aime l'action. Je ne suis pas un spectateur, j'aime jouer. Ma partie est terminée, mais je pourrais peut-être tenir un rôle dans celle de quelqu'un d'autre. Louer mes services.

On aura peut-être besoin d'un homme comme moi en Bolivie ou au Venezuela. Ça te plairait, *padre*, pas vrai ? C'est pour ça que tu ne m'as jamais dit d'où vous veniez, maman et toi, pour que j'aie le sentiment d'être chez moi partout en Amérique du Sud ?

Est-ce que tu dors mieux ? Ton fils n'est pas un lâche. Il t'a vengé. Il n'est pas un lâche.

Antoine regarde le paysage qui s'ouvre devant lui. Tout est possible.

Oui. J'ai encore envie de jouer. Je vais avoir besoin d'un long repos, puis je repartirai à la chasse. C'est peut-être ce que le destin me réservait depuis toujours. C'est peut-être pour ça qu'il t'a enlevé à moi, *padre*. Pour me donner un but qui me préparerait à quelque chose de plus grand. Le monde m'attend.

J'aimerais chasser encore.

Remerciements

En tout premier lieu, je tiens à remercier ma famille : mes parents, Chris et Debra, et ma sœur, Ruth, non seulement pour leur amour, leur soutien et leurs encouragements, mais aussi pour m'avoir accompagné tout au long de cette aventure. En m'écoutant, en me donnant leur avis et en relisant mes premiers jets, ils m'ont aidé à trouver ma voie.

Je ne pouvais pas rêver d'un supporteur plus fervent que mon agent, Michael Levine. Je lui suis infiniment reconnaissant de la générosité dont il a fait preuve envers ma famille et moi-même, et pour les portes qu'il m'a ouvertes.

Mon éditeur Doug Richmond m'a offert la chance extraordinaire d'être publié, et ce livre ne serait pas ce qu'il est sans ses conseils.

Je remercie Sarah MacLachlan, Janie Yoon, Maria Golikova, Holley Corfield, Sonya Lalli, Joshua Greenspoon et toute l'équipe de House of Anansi Press. Je suis fier d'être associé à cette maison d'édition de renom et je ne pourrais être plus satisfait du livre que nous avons fait ensemble. Je tiens à saluer en particulier Alysia Shewchuk, la graphiste qui a conçu la couverture de ce roman, un élément essentiel dans l'expérience de lecture. Je remercie également mon relecteur, Tilman Lewis, et ma correctrice, Gemma Wain, pour leur rigueur.

Toute ma gratitude à Donna Morrissey, ma tutrice à Humber School for Writers. Ses conseils m'ont permis de progresser et d'améliorer ce livre. Je ne l'oublierai jamais.

Merci à David Bezmozgis et à tout le monde à Humber School pour leur aide et leur soutien inestimables.

Je suis reconnaissant à toute l'équipe de Westwood Creative Artists, et notamment à Maxine Quigley, pour le travail qu'ils ont accompli.

Merci à ma professeure de *creative writing* à Queen's University, Carolyn Smart, dont les enseignements et les encouragements ont fait de moi l'écrivain que je suis aujourd'hui (en espérant que c'est un compliment).

Merci à mon concepteur web, Louis Wong, qui a réalisé mon site Internet. Le résultat dépasse mes attentes.

Merci à Jacobo Romo et au Spanish Centre de Toronto, qui ont corrigé mon espagnol.

Merci à tous les lecteurs de mes premiers jets (pas seulement de ce livre, mais aussi de mes manuscrits non publiés). Ils sont beaucoup trop nombreux pour tous les nommer, toutefois, leurs commentaires et leurs suggestions ont contribué à façonner mes histoires, m'enseignant ce qui fonctionnait et ce qui ne fonctionnait pas. Merci à tous ceux, famille, amis et connaissances, qui ont eu des mots gentils ou encourageants tout au long de cette route ardue, qui pouvait parfois paraître sans fin. Je leur dois énormément.

Enfin, merci à vous d'avoir lu ce roman (et les remerciements). Toute ma vie, j'ai voulu écrire des histoires pour les autres. J'espère que celle-là vous a plu.

Composé et édité par HarperCollins France.

Achevé d'imprimer en février 2020.

CPI
FIRMIN-DIDOT

à Mesnil-sur-l'Estrée (Eure)

Dépôt légal : mars 2020.

Pour limiter l'empreinte environnementale de ses livres, HarperCollins France s'engage à n'utiliser que du papier fabriqué à partir de bois provenant de forêts gérées durablement et de manière responsable.

Imprimé en France